생활의 발견

THE IMPORTANCE OF LIVING

LIN YUTANG

생활의 발견

The Importance of Living

린위탕(林語堂) 지음 | 안동민 옮김

문예출판사

이 책에서 원주는 *, **, ***로, 옮긴이주는 1, 2, 3…으로 하였음.

저자의 말

이 책은 사상과 인생에 관한 나의 체험을 밝힌 개인적인 증언이다. 이 책에 밝힌 나의 입장은 객관적인 것도 아니고, 영구불변의 진리도 아니다. 실제로 나는 철학에서 객관성을 주장하는 것을 오히려 경멸하는 사람이다. 객관적인 진리보다는 사물을 어떤 입장에서 보느냐가 중요하다고 생각하기 때문이다. 나는 서정시적(抒情詩的)이라는 말을 개성이 강한 독자적 견해라는 뜻으로 간주하여, 이 책을 '서정 철학'이라고 부르고 싶지만 지나친 미명(美名)인 듯싶어 그만두기로 한다. 너무 높은 곳을 겨누게 되면 독자들에게 지나친 기대를 갖게 할 염려도 있고, 무엇보다 내 사상을 구성하고 있는 주요 골자는 서정시적인 것이 아니라 평범한 산문이다. 때문에 이 책은 누구나 손쉽게 읽을 수 있는 자연스럽고 쉬운 글이 될 것이다.

너무 높은 곳을 겨누지 않고 땅에 매달려 흙과 같은 존재가 되어버리더라도 나는 매우 만족스럽게 여길 것이다. 내 마음은 흙과 모래 속을 즐겁게 뛰노는 것으로 행복을 맛보고 있다. 이 땅 위의 생활에 도취될 때 사람들은 우화등선(羽化登仙)했나 여겨질 만큼 마음이 경쾌해지는 수가 있지만, 실제에 있어 우리네 육신은 땅 위 6척도 떠나는 일이 드물다.

　나는 또한 플라톤의 「대화편」 같은 형식으로 써볼까 하는 생각도 해보았다. 이러한 형식은 개인적으로 두서없는 이야기를 하거나, 일상 생활에서 일어나는 일 가운데 무언가 뜻 있는 듯한 이야기를 적거나, 아름답고 조용한 사상의 목장을 이리저리 거닐 때에는 매우 편리한 형식이 될 수도 있으리라. 그러나 어찌된 셈인지 그런 대화 형식을 취하는 게 싫었다. 그 이유는 내 자신에게도 분명치 않은데 이런 형식의 문학은 오늘날 그다지 유행하고 있지 않고, 읽는 사람도 없으리라는 생각이 들었기 때문이 아닌가 싶다. 따지고 보면 저자란 자신의 책이 널리 읽혀지기를 바라는 법이다.

　그러나 내가 여기서 말한 대화란 신문에 실리는 인터뷰 기사의 문답과 같은 것은 아니다. 여기서 대화란 한 개의 글이 몇 장씩 계속되는, 사실 유쾌하고 길게 주고받는 한가한 담화를 뜻하는 것으로 돌아가는 것 같으면서도 전혀 뜻밖의 곳에서 지름길로 빠져 맨 처음의 논점으로 되돌아오는 형식의 글을 말한다. 마치 담장을 타고 넘어 먼저 집으로 돌아와 나중에 온 동행의 친구를 놀라게 하는, 그런 식의 글을 뜻한다. 나는 뒷담장을 넘어 집에 돌아오거나 샛길을 거닐거나 하는 것을 여간 즐기는 게 아니다. 적어도 내 벗들은 내가 집으로 돌아오는 길이라든가, 그 근처 시골 지리에 밝다는 것을 인정해줄 테지만 나는 굳이 그런 짓을 하고 싶지는 않다.

나는 결코 독창적인 글을 쓰지는 않았다. 이 책에서 말하고 있는 사상은 동서의 많은 사상가들이 몇 번이고 생각했고, 표현한 것들이다. 동양에서 빌려온 것은 이미 동양에서는 낡아 빠진 진리이다. 그럼에도 불구하고 그것은 나의 사상이기도 하다. 그 사상이 내 머릿속에 뿌리를 박았다면 본래 내 속에 있는 무엇인가 독창적인 것의 표출로 처음에 내가 그 사상에 접했을 때 내 마음이 본능적으로 찬성의 뜻을 나타냈기 때문이라고 생각한다. 나는 그들 사상을 사상으로서 아끼고 존중한다. 사상을 말한 인물의 가치 때문이 아니다.

사실 나는 저술에서도, 독서에서도 샛길을 걸어왔다. 이 책에서 인용한 글들의 저자 대부분은 세상에 알려지지 않은 이름들이어서 중국문학을 전공하는 교수들로서도 전혀 뜻밖일 사람들이다. 간혹 유명 인사의 이름도 나오지만, 그건 인물들의 사상을 직관적으로 승인하지 않을 도리가 없기에 빌려 쓴 것이지 저자가 유명해서는 아니다. 이름도 없는 싸구려 고본(古本)을 사들여 그 속에서 혹시 숨은 보배를 찾아낼 수 있지 않을까 조사하는 것이 내가 갖고 있는 버릇이다. 만일 문학을 가르치는 교수들이 내 사상의 출처가 어딘지 알게 된다면 이런 속물이 있나 하고 어이없어

할 것이다. 그러나 보석상의 진열장에서 커다란 진주를 구경하는 것보다도 쓰레기통 속에서 작은 진주를 찾아내는 편이 훨씬 유쾌한 일이라고 나는 늘 생각한다.

　나는 심원한 사상가도 아니요, 많은 책을 잘 읽는 편도 아니다. 너무 지나치게 꼼꼼히 책을 읽다가는 옳은 것은 옳고 틀린 것은 틀리다는 것을 뚜렷하게 분별하지 못하게 된다. 나는 로크나 흄이나 버클리의 저서들을 아직 읽지 못했다. 대학에서 철학을 전공하지도 않았다. 전문가의 입장에서 본다면 내가 닦은 학문의 방법과 훈련은 모두 그릇된 것이리라. 나는 철학을 읽지 않고, 직접 인생을 읽는 데 지나지 않기 때문이다. 철학 연구치고는 파격적인 것이라 할 수 있으니, 결국 그릇된 방법이라 할 수 있으리라.

　여기 내가 간직하게 된 철학적인 지식의 출처를 몇 가지 예로 들어볼까 한다. 우선 우리 집 식모인 황씨 부인, 그녀는 중국의 양가 출신으로서 부끄럽지 않은 여러 생각들을 모두 갖고 있는 사람이다. 그리고 굉장히 입이 험한 소주(蘇州)의 여자 뱃사공, 상해의 전차 차장, 우리 집 요리사의 아내, 동물원의 사자 새끼, 뉴욕 중앙공원의 다람쥐, 한때 그럴듯한 비평을 한 일이 있는 어느 배의 갑판 보이, 천문란(天文欄)의 필자(10년 전쯤에 작고했다), 신문 매점으로 들어오는 온갖 뉴스, 그리고 이 밖에 인생에 대한 우리들의 호기심과 자신의 호기심을 억제하지 않으려고 하는 작가라면 어떤 작가든 모두 좋다…… 그러나 그러한 것들을 하나하나 들자면 한이 없다.

이와 같이 나는 철학의 학술적인 훈련이 결여된 사람이다. 그러하기에 더욱더 철학 책 쓰는 것을 두려워하지 않는다. 정통 철학자란 무슨 일에 대해서건 어렵게 말하는 법이다. 그러니까 그와 같은 철학을 그만두고, 무엇이든 그 보상을 할 생각을 갖는다면 무슨 일이거나 아주 뚜렷하게 또 단순하게 보이게 마련이 아닌가 한다.

그러나 과연 그렇게 잘 될지는 의문이 아닐 수 없다. 내 태도에 대해서 세상 사람들은 이러니저러니 말이 많을 것이다. 내가 쓰는 용어가 정통 철학자의 것처럼 길지 않다느니, 모든 일을 너무나 알기 쉽게 해버린다느니, 심지어는 신중하지가 못하다느니, 철학의 신성한 전당에 들어와서도 낮은 소리로 속삭이거나 의젓한 걸음걸이로 걷지 않는다느니, 자못 그럴듯한 엄숙한 표정을 짓지 않는다느니, 여러 가지 트집거리가 있다는 것을 잘 알고 있다.

용기라는 것이야말로 모든 근대 철학자들에게서 가장 찾기 어려운 미덕이 아닌가 싶다. 허나 나는 항상 철학의 성역 바깥만을 맴돌았고, 그것이 바로 나에게 용기를 가져다주었다. 나는 감히 말하고자 한다. 여기에 자기의 직관적인 판단에 호소하는 하나의 방법이 있노라고. 자기 스스로의 사상을 생각해내고, 독특한 판단을 정하고, 어린이와 같이 자연스럽게 세상에 발표하는 그런 방법이 있다.

그러면 세계 어딘가에 나와 똑같은 생각을 갖고 있는 사람들이 있어서 내 의견에 동의해준다. 이런 방법으로 자기의 사상을 가꾸어낸 사람은 많은 다른 저작들이 이러니저러니 논하고는 있지만 결국은 자기가 한 것과 똑같은 말을 했고, 자기가 느낀 것과 똑같은 느낌을 가졌었다는 것, 그리고 아마도 자기보다 우아하고 보다 쉬운 말로 표현했다는 사실을 자주 발견하고 소스라치게 놀랄 것이다. 이때 그는 고인(古人)을 발견하게 되는 것이요, 고인은 그가 옳다는 것을 입증해주게 되어 양자는 마음의 벗으로서 영원히 맺어지게 된다.

이리하여 나는 이들 옛 어른들, 특히 중국 고대의 마음의 벗들에게 힘입은 바 크다. 그러니까 이 책이 쓰여지기까지 많은 고대의 협조자가 있었던 셈이다. 모두가 정다운 사람들이어서 나는 그들에게 깊은 호감을 갖고 있거니와 그들 역시 내게 호의를 가져주었으면 한다. 왜냐하면 가장 참된 뜻에서 이분들의 마음은 항상 나와 함께 있어주었기 때문이다. 이것이야말로 내가 진심으로부터 이상적이라고 믿는 정신적 교류의 유일한 형식이다. 생각해보라, 여기 두 사람이 있어서 오랜 세월을 두고 같은 생각을 하고 같은 느낌을 갖고 서로가 완전히 상대방을 이해하고 있는 것이다. 또한 이 책을 집필함에 있어서 나를 가르쳐주고, 나에게 충고해주고, 여러 모로 각별히 힘을 빌려준 몇 사람의 마음의 벗이 있다.

즉, 8세기의 백낙천(白樂天), 11세기에 살았던 소동파(蘇東坡), 16세기 및 17세기에 있어 독창적인 생각들을 가졌던 인물의 대집단, 그리고 로맨틱하고 능변이었던 도적수(屠赤水),[1] 우스갯소리 잘하고 독창적인 데가 있던 원중랑(袁中郞),[2] 심원웅대한 사상을 가졌던 이탁오(李卓吾),[3] 민감한 궤변가였던 장조(張潮),[4] 쾌락파였던 이립옹(李笠翁),[5] 유쾌하고 명랑했던 노(老) 쾌락주의자 원매(袁枚), 허풍쟁이이자 해학가이며 걸핏하면 흥분하던 김성탄(金聖嘆)[6] — 모두 한결같이 인습에 사로잡히지 않은 인물들이다. 또한 너무나 독창적인 판단에 뛰어나고 지나치게 다감한 인물들이었기에 정통파의 비평가들에게는 호감을 사지 못한 사람들이었다. 또한 유학자들의 입장에서 볼 때는 '도덕적'이라고 부르기에는 너무나 선량하고, 막상 한마디로 선량하다고만 하기에는 너무나도 도덕적인 인물들이었다. 불과 몇 안 되는 빼어난 인물들이었기에 이러한 인물들이 태어난 데 대한 후세 사람들의 기쁨 또한 크고, 그들의 가치는 더욱 진지하게 평가되지 않으면 안 된다고 생각한다. 이 책에 이름이 거론되지 않은 사람이 있을지도 모르나 그렇더라도 그들의 정신은 늘 이 책 속에 면면이 흐르고 있을 것이다. 이 인물들이 중국에서 그들이 지닌 정당한 가치를 인정받게 되는 것은 시일의 문제에 지나지 않는 일이라고 생각한다.

이들처럼 이름은 알려지지 않았지만 좋은 글로써 나의 마음을 끄는 사람들도 있다. 내가 말하려는 생각을 너무나 잘 표현하고

---

1 도륭(屠隆), 호는 적수(赤水), 명(明)의 희곡 작가.
2 명의 원굉도(袁宏道). 자(字)는 중랑(中郞). 시문(詩文)에 뛰어났다.
3 이지(李贄), 호는 탁오(卓吾). 명의 문인.
4 청(淸)의 문인. 호는 산채(山茉).
5 이어(李漁), 호는 입옹(笠翁). 명말청초(明末淸初)의 시문가(詩門家).
6 구성(舊姓)은 장(張), 이름은 채(茉), 자(字)는 약채(若茉). 후에 개성(改姓)하여 김(金)이라 하고 자를 성탄(聖嘆)이라 했다. 명말(明末)의 비평가, 시문가.

있기 때문이다. 나는 이러한 사람들을 중국의 아미엘7이라 부르고 있다. 즉, 입은 무겁지만 이야기할 때면 언제나 센스가 풍부하기 때문이다. 나는 그들의 센스에 경의를 표한다. 또한 모든 나라, 모든 시대에서 찾아볼 수 있는 유명한 아논(Anons)의 친구들 속에 끼워주고 싶은 그런 사람들도 있다. 이 같은 사람들은 세상에 알려지지 않은 위인의 아버지처럼 영감에 사로잡히면 자기가 알고 있는 지식 이상의 훌륭한 말을 입에 담는다.

마지막으로 지금까지 말한 사람들보다 위대한 인물이 몇 사람 있다. 마음의 벗이라기보다는 내가 스승으로 받드는 사람들로서, 인생과 자연에 대한 맑고 투명한 경지에 이르러 인간미가 담뿍 깃들여 있으면서도 아주 신성하고 자연히 솟아나오는 슬기는 천의무봉(天衣無縫) 털끝만큼도 인위의 흔적이라고는 찾아볼 수가 없다. 이러한 인물로 장자(莊子)가 있고 도연명(陶淵明)이 있다. 그 마음의 소박함은 도저히 시시한 인물들이 따를 바가 아니다. 나는 자주 이 인물들이 한 말을 인용하여 직접 독자에게 들려주었거니와 그 고마움을 잊어버린 것은 결코 아니다. 동시에 내 생각을 이야기하고 있는 것처럼 여겨질 때에도 실은 이들 선철(先哲)을 대신해 내가 말하고 있는 것이다. 그들과의 마음의 교류가 오래되면 될수록 그들의 사상에서 받는 은혜는 더욱더 친화의 도를 더하여 내 자신도 알 수 없을 만큼 혼연일체가 되어간다. 마치 좋은 집안

---

7 1821~1881. 스위스의 철학자. Journal 『*Intime*』으로 유명하다.

에서 자라난 사람이 부모로부터 받는 감화와 같다고 할 수 있다. 그렇게 되면 이러이러한 점이 아주 비슷하다고 꼬집어 말할 수가 없게 된다.

또한 나는 중국인으로서만이 아니라 근대 생활을 영위하고 있는 근대인의 하나로서 이야기하려고 애쓴 터이기도 하다. 다시 말하면 고인의 사상의 충실한 소개자로서 이야기했을 뿐 아니라 근대 생활에서 내 자신이 스스로 체험하여 얻은 것을 말하려 한 것이다. 이러한 태도에 결점이 없는 것은 아니지만, 대체로 말하면 더욱더 진지한 태도로 일을 할 수 있게 된다. 그러하기에 고인이 한 말에 대한 취사 선택은 완전히 나의 자유 재량에 의한 것이다. 어느 한 시인이나 어느 한 철학자의 전모를 여기다가 옮기려고 하지는 않았다. 그러니까 이 책에 쓰여진 증거에 의하여 고인을 판단할 수는 없는 일이다.

따라서 나는 언제나 그러하듯 이와 같은 말로 이 머리말을 끝내지 않으면 안 되게 되었다. 즉, 이 책의 가치는(가령 가치가 있다면) 주로 내 마음의 벗의 유력한 시사에 힘입은 것이며, 만일 내 판단에 부정한 점이나 불완전한 점이나 미숙한 점이 있다고 한다면 그 잘못에 대한 책임은 오로지 나 혼자 져야 될 성질의 것이다.

마지막으로는 나는 리처드 J. 월쉬 부부에게, 첫째로 이 책을 쓰도록 착상을 갖게 해준 데 대하여, 둘째로 유익하고 솔직한 비평을 해준 점에 대하여 감사하는 바이다. 또한 원고를 인쇄에 붙이는 데 필요한 모든 준비와 교정에 있어서 협조해주신 휴 웨이드

씨에게 감사하고, 색인을 만들어준 릴리안 페퍼 양에게 대해서도 고맙다는 뜻을 표시해야겠다.

— 린위탕

차례

사람을 위대하게 만드는 것이 진리가 아니라, 진리를 위대하게 만드는 것이 바로 사람이다.   — 공자(孔子)

세상 사람들이 바삐 서두르는 일을 소일 삼아 하는 사람들만이 세상 사람들이 소일 삼아 하는 일을 바삐 서두를 수 있다.   — 장조(張潮)

1. 깨우침

인생에 대하여

이제부터 말하려 하는 것은 사물을 바라보는 중국인의 견해이다. 다른 견해란 나로서는 피력하려고 해봐야 별 도리가 없기 때문이다. 나는 다만 중국인 가운데 가장 뛰어나고 슬기로운 사람들의 눈에 비쳐 민족적인 예지와 문학 작품이 되어 나타난 인생관이나 자연관에 대해 말하고자 한다. 그것이 내가 살고 있는 지금과는 다른 시대에, 어떤 한가한 생활에서 생겨난 여유 있는 철학이라는 것을 나는 너무나 잘 알고 있다. 그러나 나로서는 이와 같은 인생관이야말로 본질적으로는 진실한 인생관이며, 사람들이란 한 꺼풀 벗기고 보면 누구나 똑같은 것처럼 어느 나라에서나 사람들의 마음을 움직이는 것은 전인류의 마음을 움직이게 하는 게 아닌가 하는 생각을 한다. 나는 여기서 중국의 시인이나 철인(哲人)들이 그들의 상식과 현실주의와 시감(詩感)에 의하여 평가한 중국인다운 인생관을 독자들에게 소개하지 않으면 안 되겠다고 생각한다. 또한 저 기독교도가 아닌 이교도의 세계에 있어서의 어떤 종류의 아름다움, 곧 인생의 애상(哀傷), 미(美), 공포, 희극의 느낌을 그려보고 싶다. 우리들의 존재가 보잘것없다고 강하게 느끼면서도 한편으로는 인간으로서의 긍지를 잃지 않고 있는 그런 사람들의 마음에 비친 느낌을 나타내자는 것이다.

중국의 철인들이란 한 눈을 뜬 채 꿈꾸는 사람들이다. 그는 사랑과 달콤하게 비아냥거리는 다정한 인종(忍從)의 정신을 한데 범벅을 해서 인생의 꿈에서 깨어났다가는 다시 잠들고, 잠들고 있는가 하면 다시 눈을 뜨며, 깨어 있을 때보다도 잠들어 있는 편이 더 사물을 생생하게 느끼고, 따라서 잠이 깨어 있을 때의 인생에다가 꿈나라의 황홀한 느낌을 지니게 하려고 한다. 그리고 자기 주변에서 일어나는 잡다한 일이나 스스로의 노력이 헛된 것임을 한 눈은 뜨고 한 눈은 감은 채 관망한다. 그러나 그런 속에서 살아가고자 하는 결의(決意)를 지닐 만한 현실감만은 잃지 않고 있다. 환상이 없기에 환멸을 느끼는 일이 없고, 큰 소망을 간직하고 있지 않기에 실망하는 일도 거의 없다. 중국인의 정신은 이러한 심경(心境)에 놓여 있다. 어째서 이런 말을 하느냐 하면, 중국의 문학과 철학의 분야를 더듬어볼 때 다음과 같은 결론에 도달하기 때문이다. 중국인으로서 바라는 교양의 최고 이상은 현자(賢者)의 각성을 지닌 채 초연하게 인생을 살아가는 데 있다. 이러한 심경에서 고매한 정신(high-mindedness)이 생겨난다.

이러한 고매한 정신을 지닐 수 있기에 사람들은 너그럽게 세상을 비아냥거리며 살아갈 수 있고, 명성이나 부귀나 공명을 얻고자 하는 유혹에서 벗어날 수 있을 뿐더러, 종국에 가서는 죽음의 운명까지도 기꺼이 받아들이는 것이 아닌가 한다. 또한 매사에 초연한 이런 정신으로부터 자유의 감각이나 표랑(漂浪)에 대한 애착, 긍지와 아무것에도 구애되지 않는 태연하고 고요한 마음이 비롯되는 것이다. 따지고 보면 우리네 중국인이 강렬한 삶의 기쁨을 누릴 수 있는 것은 아무것에도 구애되지 않는, 자유스러운 마음과 초연한 정신 때문이라고 하겠다.

내가 말하는 철학을 서구인들이 지지하느냐 안 하느냐는 나로서는 아무래도 괜찮다. 서구인의 생활을 이해하려면 토박이 서구인의 입장에서, 곧 서구인으로서의 심정과 그 육체적인 특질과 신경 조직을 가지고서 생각하지 않으면 안 된다. 중국인의 신경으로서 견디기 어려운 많은 일에 미국인의 신경이 능히 견디어낼 수도 있다는 사실을 나는 의심하지 않는다. 그 반대의 경우도 마찬가지이다. 곧 미국인이 참지 못하는 일이라도 중국인이라면 참을 수 있는 일이 있는 법이다. 또한 그래야 마땅한 것이며 우리들은 의당 모두가 다르게 태어난 게 옳다고 하겠다. 그러나 이것은 상대적인 이야기에 불과하다.

미국인의 경황 없이 시끄러운 생활 속에는 허전한 데가 많아서 그들 역시 일이 없는 대낮에 높고 아름다운 나무 그늘 아래의 풀

밭에 벌렁 드러누워 아무것도 하지 않고 편히 쉬고 싶다는 거룩한 희망을 아마도 갖고 있기가 쉬우리라고 생각한다. 흔히 들을 수 있는 '잠을 깨라, 살아라' 하는 말을 외치지 않으면 안 되는 것은 인간답게 살고 싶다고 생각하고 있는 소수의 현명한 미국인들이 하루에 몇 시간쯤은 꿈꾸며 보내고 싶다는 증거이다.

따지고 보면 미국인들이 모두 나쁘다고 할 수는 없다. 다만 미국인들이 방금 내가 말한 그런 소질을 다소나마 갖고 있는지 어떤지, 또한 그런 식으로 살아가려면 미국인의 생활을 어떤 모양으로 조정하면 좋으냐 하는 것이 문제가 될 따름이다.

우리들은 중국인이 전체로서 생각하고 있는 철학과 생활 방식에 대해서 살펴보고자 한다. 좋은 뜻에서건 나쁜 뜻에서건 온 세계를 두루 살펴보아도 중국인이 지니고 있는 철학이나 생활 방식과 비슷한 것은 없다. 중국인은 아주 색다른 사고 방식에 의하여 전혀 새로운 인생관에 도달했다. 대개 어떠한 국민의 문화도 그들 정신상의 산물이라는 것은 더 말할 나위도 없는 일이다. 따라서 서구 문화의 세계와는 인종적으로도 다르고 역사적으로도 고립되어 있는 한 국민의 사고 방식이라는 것이 있다면, 우리들은 인생 문제에 대해 새로운 해답을 기대할 권리가 있다. 더 나아가서 서로 다른 두 개의 것을 가까이 하게 만드는 새로운 방법, 어쩌면 더 나아가 인생 문제 그 자체의 새로운 취급 방법을 구할 권리가 있다.

중국인다운 사고 방식 가운데에는, 적어도 역사에 나타나 있는 바에 의하면, 좋은 데도 있지만 결함도 있다는 것을 잘 알 수 있다. 그 가운데에는 빛나는 예술도 있지만 보잘것없는 과학도 있다. 굉장한 상식이 있는가 하면 유치한 논리도 있다. 인생에 대한 섬세하고 여성적인 잔소리는 있으나, 학문적인 철학은 없다. 세상에 알려진 바에 의하면 중국 국민성은 아주 실제적(實際的)이라 빈틈이 없는 것으로 알려져 있다. 그리고 중국 예술을 아끼고 사랑하는 사람들은, 중국 민족성에는 깊은 감수성이 있다고 말한다. 또한 아주 소수의 사람들은 심원한 시적(詩的)·철학적 정조(情操)가 있음을 인정하고 있다. 적어도 중국인은 사물을 철학적으로 생각하는 국민으로 유명하다. 이는 중국인에게는 위대한 철학이 있고, 또한 몇 사람 안 되지만 대철학자가 있다는 것을 표시하고도 남음이 있는 말이다.

어느 국민이 몇 사람의 철학자를 갖고 있다는 것은 그다지 신기한 일이 아니다. 하지만 온 국민이 사물을 철학적으로 생각한다는 것은 굉장한 일일 것이다. 어쨌든 중국인을 한 국민으로서 생각한다면, 실제적이라고 하기보다는 오히려 철학적이라고 할 수 있다. 설사 그렇지 않다고 하더라도 4천 년이라는 오랜 세월에 걸친 능률적인 생활의 고혈압을 능히 견디어낸 백성은 중국인을 빼놓고는 거의 없다. 4천 년 동안이나 능률적인 생활을 계속하면 웬만한 백성들은 지쳐서 녹초가 되게 마련이다. 이러한 국민성을 가졌으므로 다음과 같은 중대한 결과를 빚게 된다. 즉 서구인들 중에는 미친 사람들이 굉장히 많아서 그들을 정신병원에 수용하지만, 중국에는 정신병자가 아주 드물 뿐만 아니라 우리는 오히려 그들을 존경하고 있다. 중국 문화에 대한 지식만 있다면 누구나 이 사실을 증명할 수가 있다.

다시 말해서, 내가 노리는 것이 바로 이 점이다. 물론 중국인은 천하태평의, 항상 명랑하다고 여겨지는 철학을 갖고 있는 게 사실이다. 그리고 그들의 철학적인 기분을 가장 잘 나타내고 있는 것은 현명하고 유쾌한 그들의 생활 철학이다.

이상으로서의 자유인

정신적으로 동양과 서양과의 혼혈아인 내 입장에서 말한다면, 인간의 위엄은 인간이 짐승과는 다른 여러 사실로부터 기인한다고 생각된다.

첫째로, 인간에게는 유희적인 호기심과 지식을 탐구하는 타고난 재능이 있다. 둘째로, 여러 가지 꿈과 높은 이상주의가 있다(막연하여 두서가 없고 한낱 자만에 그치는 경우도 있지만, 어쨌든 대견한 일이 아닌가). 셋째로, 보다 중요한 것은 인간은 유머 감각으로 꿈을 수정하고 보다 우람하고 건강한 현실주의로 이상주의를 억제할 수 있다는 점이다. 끝으로, 인간은 동물처럼 기계적이며 일률적으로 환경에 반응하지 않고, 자진해서 자기 자신의 반응을 결정하며 자신의 의지로 환경을 변화시킬 수 있는 능력과 자율성을 갖고 있다. 이 마지막 사실은 인간의 개성은 기계적인 법칙에 복종될 수 없다는 것을 가리키고 있다.

어쨌든 인간의 마음이라고 하는 것은 영원히 딱 잡아 한마디로 표현할 수 없으며, 포착하기도 예언하기도 어려운 것이어서, 정신이 돈 심리학자나 독신인 경제학자들이 억지로 인간에게 강요하려고 하는 기계적인 법칙이나 유물론적 변증법에서 어떻게든 빠져나가게 마련이다. 그러니까, 인간이란 존재는 기묘하고도 꿈이 많고 유머러스하고 변덕스러운 동물이라고 말할 수 있다.

나의 최근 저서인 『내 나라 내 국민』에서 내가 '능구렁이 철학자'를 예찬하려고 했다는 것이 독자 여러분이 받은 에누리 없는 인상이었던 것 같다.

그런데 이 책에 대한 에누리 없는 인상으로서, 저자가 자유민을 예찬하는 데 최선을 다하고 있다는 느낌을 독자들이 갖는다면, 나로서는 더 이상 더 바랄 게 없다. 제발 그래 주기를 바란다. 허나, 얼른 보기에는 간단하게 보여도 세상 일이란 그렇게 단순하게 처리되는 것은 아니다. 민주주의와 개인적인 자유가 몹시 위협을 받고 있는 현시대에 살면서, 잘 훈련되어 있고 순종적으로 조직화되고 획일적인 노무자들의 무리 속에서 순번대로 취급되는 신세를 면하려면, 오직 이 자유민과 자유민적인 정신을 갖는 것밖에 없다. 안하무인격인 자유민이야말로 독재주의에 있어서는 가장 무서운 마지막 적이 아닐까. 자유민이야말로 인간의 위엄과 개인의 자유를 지키는 선택된 투사들이며, 마지막까지 정복될 수 없는 사람들이리라. 인간의 모든 근대 문명은 전적으로 자유민의 어깨에 달려 있다고 해도 지나치지 않다.

나는 중국인으로서 말하는 것이지만, 어떤 문명이건 인위(人爲)에서 자연으로 진보하여 의식적으로 소박한 사색과 생활로 돌아오기 전에는 이를 완전한 문명이라고 부를 수 없다. 또한 나는, 어떠한 인간이건 현명한 자의 지혜를 터득한 뒤에 어리석은 자의 슬기까지 몸에 익혀, 우선 인생의 비극을 먼저 느끼고 이어서 인생의 희극을 깨닫고 큰 소리로 웃을 수 있는 철학자가 되기 전에는, 그를 현명하다고는 부를 수 없다. 왜냐하면 우리들은 웃을 수 있게 되기 전에 울지 않으면 안 되기 때문이다. 슬픔을 맛보는 데서 깨달음이 생기고 그 깨달음에서 따뜻한 마음과 너그러움을 아울러 지닌 철학자의 홍소(哄笑)가 터져 나오게 마련이다.

이 세상은 너무나도 엄숙한 것이라고 나는 믿는다. 너무나 엄숙한 것이기에 현명하고 명랑한 철학이 필요하다. 만일 니체의 말을 그대로 쓸 수 있다면, 중국인의 생활 철학이야말로 진정 '명랑한 과학(gay science)'이라고 부를 수 있을 것이다. 결국 명랑한 철학만이 심원한 철학이다. 서양의 엄숙한 철학은 인생이 어떠한 것인지에 대해서는 애초부터 전혀 이해하고 있지 않다. 이것은 나의 개인적인 생각이지만, 철학이 지닌 유일한 기능은 세상의 일반 실업가들이 생각하고 있는 것보다도 인생을 더 가볍고 명랑하게 이해하도록 가르치는 데 있다. 곧 나이 쉰 살이나 되어 은퇴하려면 할 수도 있는데 은퇴하지 않는 실업가는 내가 보기엔 철학자라고 여겨지지 않는다. 이것은 단지 우연히 떠오른 생각이 아니라 나에게는 근본적인 사고 방식이다.

인간이 이같이 가볍고 명랑한 정신에 물들었을 때야말로 세계는 보다 평화스럽고 생활을 온당하게 즐길 수 있는 곳이 된다. 현대인은 인생을 너무나 엄숙하게 대한다. 그러므로 이 세계는 골치 아픈 일투성이가 된다. 인생을 진심으로 즐길 수 있도록 하고 인간의 기질이 좀더 온당하고, 평화스럽고 또한 냉정한 것이 되게 하려면 도대체 어떻게 하면 좋은가, 곰곰이 생각할 필요가 있다.

이것은 아마도 한 학파의 철학이라기보다는 중국 민족의 철학이라고 불러야 마땅할 것이다. 이것이야말로 공자(孔子)보다도 위대하고 노자(老子)보다도 위대한 철학이다. 이 철학에는 공자, 노자, 그 밖의 옛날 철학자들이 주장한 것 이상의 것이 있기 때문이다. 이 철학은 이들 사상의 원천에서부터 솟아 나와서 그것을 한 개의 전체적인 것으로 조화시키고, 그들이 지닌 예지의 추상적인 요령을 따서 현대인이면 누구나 친밀하게 느낄 수 있는 실제적인 생활법을 창조하였기 때문이다. 중국의 문학, 예술, 철학을 전체적으로 연구한 결과 나는 다음과 같은 뚜렷한 결론에 도달하였다. 즉 현명한 자의 깨달음과 보람찬 인생의 즐거움을 존중하는 철학, 이것이야말로 문학, 예술, 철학을 일관해서 면면히 흐르는 메시지이며 가르침이라는 것이다. 다시 말해서 가장 끈덕지고, 가장 색다르고, 가장 집요한 중국 사상의 되풀이라는 이야기이다.

2. 누가 인생을 가장 즐길 수 있는가

그대 자신을 알라—장자

근대 사회에서는 철학자란(가령 그러한 인간이 실제로 존재한다면), 이 세상에서 가장 존경을 받고 있거나 가장 무시당하고 있는 부류이다. '철학자'라는 말은 단지 사회적인 존칭에 불과하게 되어버렸기 때문이다. 까다롭고 편협한 사람을 누구나 '철학자'라고 부른다. 또한 현실 생활에 초연한 사람도 '철학자'라고 불린다. 후자의 뜻이라면 다소 수긍이 안 가는 바도 아니다. 셰익스피어가 「뜻대로 하세요」라는 작품에서 터치스톤에게 "목동이여, 그대는 철학이라도 갖고 있는가?"라는 말을 하는데, 그것은 후자의 뜻으로 쓰인 말이다.

이 뜻으로 철학이라고 하는 말은 자연과 인생 전반에 관한 평범하고 조잡하고 흔해 빠진 생각을 가리킨 데 불과하다. 이 정도의 것이라면 누구나 다소는 갖고 있다. 현실의 전경(全景)을 그 표면적인 가치 면에서 바라보는 것을 거부하거나 신문에 쓰여진 말을 거부하는 사람이라면 누구나 다소 철학자라고 할 수 있다. 즉, 그는 남의 속임수에 넘어가지 않는 인간이다.

대개 철학에는 깨달음에서 오는 황홀한 느낌이 항상 따르게 마련이다. 철학자가 인생을 관망할 때, 그 방법은 화가가 풍경을 바라보는 것과 흡사하며 베일이나 아지랑이 같은 것들을 통해서 바라보는 것이다. 그렇게 보면 현실 그대로의 또렷또렷하고 생생한 면이 다소 흐려지게 되므로 오히려 현실의 대의(大意)를 쉽사리 파악할 수 있다. 적어도 중국의 예술가나 철학자의 사고 방식은 이러한 것이었다. 그러므로 철학자란 그날그날 자기 일에 파묻혀서 자기 일의 성패와 이해 득실만이 절대적인 현실이라고 굳게 믿는 철저한 현실주의자와는 정반대의 입장에 서 있는 이를 뜻한다. 이와 같은 사람은 사물에 대해 의문을 갖는 일조차 없기 때문에 어떻게 해볼 도리가 없다. 그러하기에 공자는 '어찌하면 좋을까, 어찌하면 좋을까 하고 스스로 말하지 않는 사람에게는 나 역시 어찌할 바를 모르겠다'고 했다. 이 말은 공자가 한 말 가운데서 여간해서 찾아보기 힘든, 지식적으로 비아냥거린 말 중에 하나이다.

이 장(章)에서 나는 사람은 어떻게 살아가야 할 것인가에 대하여 중국 철학자들이 생각한 것들을 다소 이야기해볼까 한다. 이들 철학자들의 생각은 저마다 다르지만, 그만큼 일치되는 점도 있다. 즉 인간은 현명하지 않으면 안 되며, 행복한 생활을 즐기는 것을 두려워해서는 안 된다는 것이다. 맹자의 생각은 적극적인 것으로 보이고, 노자의 생각은 교활한 평화주의로 보이지만 그만큼 양자의 생각은 이른바 중용(中庸)의 철학 속에 하나로 녹아들고 있다.

내가 보기에는 이 중용의 철학이야말로 중국인의 일반 종교라고 생각된다. 활동과 무활동(無活動)이라는 서로 반대되는 생각은 일종의 타협, 다시 말하면 이 땅 위에 이룩된 극히 불완전한 천국에 만족한다는 생각에 머물게 마련이다. 이에 비로소 현명하고 명랑한 생활 철학이 생겨나고, 마침내 중국의 역사를 통틀어 최대의 시인이며 최고로 조화된 인격자라고 생각되는 도연명(陶淵明)의 생활에서 그 전형을 찾게 되는 게 아닌가 한다.

어쨌든 무의식적으로 모든 중국 철학자들이 중요한 것이라고 한결같이 생각한 유일한 문제는 어떻게 인생을 즐길 것인가, 또 어떤 사람이 가장 인생을 즐기며 살 수 있는가 하는 것이었다.

이는 이른바 완전주의는 아니다. 바랄 수 없는 일이 이루어지기를 바라는 것도 아니요, 도저히 알 수 없는 일을 굳이 알아내자는 것도 아니다. 어느 시기가 오면 속절없이 죽어야 하는, 이 초라한 인생의 모습을 있는 그대로 바라보고 평화스럽게 일하고 무던히 참고 즐겁게 살려면 생활을 어떻게 설계해야 할 것인가, 이 점을 문제로 삼고 있다.

우리는 도대체 어떤 존재인가? 이것이 맨 처음 부딪치는 문제이다. 그리고 이는 거의 답변이 불가능한 문제이기도 하다. 허나, 일상에서 살아가기 위해 분주히 뛰어다니고 있는 우리네 자신이 결코 참된 자기의 모습이 아니라는 것에 우리 모두는 동감한다. 그저 목숨을 이어나가기 위해서만 애쓴다면 뭔가 허전하다는 것이 우리 모두의 숨길 수 없는 확신이다. 여기 무엇인가를 찾아 들판을 뛰어다니고 있는 사람이 있다고 할 경우, 그 모습을 바라보고 있는 모든 사람들을 향하여 '자아, 이 문제를 풀어보시오'라고 현명한 자는 하나의 어려운 문제를 내놓을 수가 있을 것이다. 즉 '저 사람은 무엇을 잃었는가?' 어떤 이는 시계라고 말할 것이고, 어떤 사람은 다이아몬드 브로치라고 말할 수도 있으리라. 그 밖의 사람들도 여러 가지로 상상할 것이다. 그러나 결국 그들의 짐작이 모두 틀린 뒤에 홀로 현명한 자는 그 사람이 무엇을 찾고 있는지는 모르지만, 대중을 향하여 이렇게 말할 것이다. "당신네들에게 가르쳐주지. 저 사람은 무엇인지 굉장히 소중한 것을 잃은 것이란 말씀이오." 그의 말이 옳다는 것을 누구도 부정할 수 없다.

이와 마찬가지로 우리들은 생활에 쫓기고 있는 동안에 흔히 참된 자기의 모습을 잊고 있기가 쉬운 법이다. 그것은 버마재비를 노리는 새가 자기 몸에 닥쳐오는 위험을 알지 못하고, 버마재비는 버마재비대로 다른 먹이를 노리느라고 자기 몸이 위험한 지경에 놓여 있음을 깨닫지 못하는 것과 흡사하다.

맹자가 공자의 뒤를 이은 뛰어난 능변가였던 것처럼, 장자는 노자의 뛰어난 언변을 이어받은 사람이었다.

두 사람은 자기 스승보다 1백 년이나 뒤에 태어난 인물들이었다. 노자가 공자와 같은 시대에 태어난 인물이었듯 장자는 맹자와 같은 시대의 인물이었다. 하지만 맹자와 장자는 다음과 같은 점에서는 생각이 같았다. 즉, 인간은 무엇인가 중요한 것을 까맣게 잊고 있는데, 철학이 추구해야 할 것은 잃어버린 것, 여기서는 맹자가 주장하는 이른바 '어린이의 순진한 마음'을 발견하거나 다시 되찾는 데 있다고 하였던 것이다. 맹자는 말하고 있다. '위대한 인물이란 어린이의 순진한 마음을 잃지 않는 사람을 뜻함이다.' 맹자는 문명이 발달한 기교적(技巧的)인 생활이 인간이 타고난 젊고 싱싱한 마음에 끼치는 영향을 숲의 나무를 마구 자르는 것과 같은 것이라고, 생각하고 있었던 것이 분명하다.

한때 우산(牛山)의 숲은 매우 아름다웠다. 허나, 큰 도시 근처에 있어 나무꾼들이 마구 나무를 자르니 어찌 더 이상 아름답다고 할 수 있을까? 밤과 낮이 숲에 휴식을 주고, 비와 이슬이 계속해서 땅을 기름지게 하여 땅에서 쉴새없이 새싹이 돋아나 이제 소와 양 떼들이 마구 거닐게 되었다. 그 뒤로 우산은 저와 같이 벌거숭이가 되었으니, 사람들은 이를 보고 우산에는 일찍이 아름드리 나무가 있었던 일이 없었다고 생각한다. 이 벌거벗은 우산의 지금 모습이 저 산이 지닌 참다운 본성이었을까? 헌데, 인간에게도 남을 사랑하는 마음과 옳은 것을 추구하는 정신이 어찌 없겠는가? 그러나 나무꾼이 도끼로 매일 나무를 찍어내는데 어찌 자연이 본래 타고난 아름다움을 유지할 수 있겠는가? 분명히 말하건대 낮과 밤이 상처를 아물게 하고 새

벽의 신선한 공기가 몸을 기름지게 하여 건강을 유지하게 한다
고 하나, 인간이 낮에 행한 악(惡)은 이를 다 소용없는 것으로
만드는 것이다. 인간이 타고난 착한 본성에 쉴새없이 도끼질을
하므로 밤 동안에 취한 휴식과 건강의 회복이 소용이 없게 되
며, 밤사이에 취하는 휴식이 전혀 효험이 없게 되는 날에 그 인
간은 짐승과 별로 다를 바 없는 처지가 될 것이다. 사람들은 그
가 짐승과 같이 행함을 보고 그에게는 일찍이 인간다운 참된
마음이 없었다고 생각한다. 그러나 이것이 그가 타고난 진짜
본성이었을까?

맹자가 한 말이다.

정(情)·지(智)·용(勇) — 맹자

　인생을 가장 행복하게 보낼 수 있는 이상적인 성격은 마음에
온정을 지녀 대범하며 근심이 없고, 그러면서도 용기를 지닌 성격
이다. 맹자는 이른바 대현(大賢)이 갖추어야 할 성덕(成德, mature
virtues)으로 세 가지 덕을 들었는데, '지(智)·인(仁)·용(勇)'이 바
로 그것이다. 나는 인(仁, compassion)이라는 말의 첫 음절을 뗀 정
(情, passion)과 슬기(wisdom), 용기(courage)를 위대한 인물이 지

녀야 할 성품이라고 생각한다. 다행히 영어에는 passion이라는 단어가 있어서 중국어의 '정'과 아주 비슷한 뜻으로 쓰이고 있다. 두 말이 성적 열정(sexual passion)이라는 좁은 뜻에서 시작되었으나 두 말 모두 그보다는 훨씬 넓은 뜻을 지니고 있다.

장조(張潮)가 말했듯이 "정이 있는 사람은 항상 이성(異性)을 사랑하지만, 이성을 사랑하는 자가 항상 정이 있는 사람은 아니다." 또는 "정은 인간 세계의 밑바닥을 받치고 있는 것이고 재(才)는 그 지붕을 채색하는 것이다." 우리에게 정이라는 것이 없다면, 우리는 이 세상에 태어나 아무것도 할 수가 없다. 인생의 정기(精氣), 빛나는 별빛, 음악의 곡조, 꽃이 주는 기쁨, 새의 깃털, 여성의 아름다움, 학문 탐구, 이들은 모두 정의 정다운 나타남이다. 표현이 없는 음악을 생각할 수 없듯이 정이 없는 마음이란 존재할 수 없다.

정이야말로 유쾌하게 인생을 즐길 수 있는 따뜻한 마음과 풍부한 생명력을 준다. 중국의 문인들이 '정'이라고 부르는 말을 passion과 같은 말로 취급한다는 것은 어쩌면 잘못인지도 모르겠다. passion이라는 말보다 조용하고, 거친 파도와 같은 정열이라는 뜻이 비교적 담겨져 있지 않은 sentiment라는 말로 옮기는 게 낫지 않을까. 아니, 어쩌면 옛날의 로맨티스트들이 sensibility라고 부른 그 말과 같은 뜻으로 취급해도 좋을 것 같다. 이는 정답고 너그러운 예술가적인 심정 속에서 찾아낼 수 있다.

passion이라는 것 내지는 그보다는 좀더 나은 말인 sentiment라는 것을 우리들은 태어날 때부터 다소 갖고 있는 게 사실이며, 부모를 자기 마음대로 골라 잡을 수 없듯이 본시 몸에 갖추어진 차가운 성질이라든가 따뜻한 마음씨를 우리들은 저마다 갖고 있게 마련이다. 이는 사람의 힘으로는 어쩔 수 없는 것이요, 불행하지만 부인할 수 없는 엄연한 사실이기도 하다.

한편 마음속까지 진짜 차가운 성질을 갖고 태어난 어린이란 결코 없다. 우리들이 따뜻한 마음씨를 잃게 됨은 다만 청년 시대의 싱싱한 심정을 잃게 되는 것과 정비례할 따름이다. 중년이 되면 우리들이 지닌 다감한 성품은 주위 환경에 의해 무자비하게 말살되어 숨이 막히고 냉각되고 위축된다.

그렇게 되는 이유의 대부분은 이 같은 순정을 잃지 않으려고 애쓰지 않은 게으름 때문이거나 무자비한 환경을 피할 힘이 없기 때문이다. 세상 경험을 쌓는 동안 외부 세계의 많은 힘이 우리들의 타고난 천성에 작용하게 되고, 이로 말미암아 자기 자신의 마음을 둔하게 하고, 잔재주를 피우고 때로는 냉혹하기 이를 데 없이 만드는 것을 알게 된다. 그러므로 세상 경험을 많이 쌓았다는 것을 자랑스럽게 여기게 될 무렵에는 신경이 보다 둔감해지고 마비되어 있게 마련이다.

정계와 실업계에서는 특히 이런 경향이 심하다고 본다. 그 결과 누구나 가릴 것이 없이 닥치는 대로 옆으로 제치고 혼자서 앞장서 달리는 끔찍한 '억지투성이' 인간이 나타나게 된다. 이런 사람은 강철같이 굳은 의지와 굳센 결의는 갖고 있지만, 사람다운 따뜻한 마음씨는 찾아볼 수 없고 겨우 그 흔적이 남아 있을 뿐이다. 이런 사람들은 정다운 마음씨 따위는 어리석기 짝이 없는 이상주의, 또는 한낱 감상에 지나지 않는 것으로 간주한다. 바로 이런 이들이 내가 멸시하고 싶은 사람들이다. 이 세상에는 마음이 차가운 사람이 너무나도 많다. 만일 단종(斷種)이라고 하는 것을 나라의 정책으로서 시행한다면, 도덕적으로 무감각한 인간, 미적(美的) 감각이 썩어빠진 위인들, 정감이 우둔하기 이를 데 없는 자, 수단 방법을 가리지 않고 잔인하고 냉혹한 방법으로 성공을 거둔 인간, 도저히 구제할 길 없는 냉혈한 또는 세상 살아가는 데 아무런 기쁨도 느끼지 못하게 된 위인, 그러한 사람들을 우선 단종해야 된다고 생각한다. 정신병자나 폐병환자보다도 먼저 이런 인간들을 단종시켜야 한다. 정열이나 감상적인 마음을 가진 사람은 많은 어리석은 짓과 터무니없는 일을 저지를 수 있다. 하지만, 인간에게 그런 성품이 없다면 삶은 하나의 우스꽝스러운 만화에 지나지 않을 것이다.

도데가 그린 사포(sappho)와 비교하면, 이 따위 인간들은 벌레나 기계, 자동 인형 아니면 땅 위에 버려진 하나의 더러운 존재에 지나지 않는다. 매춘부 가운데에도 성공한 실업가보다 훨씬 마음이 깨끗한 여인이 많다. 사포는 죄를 저질렀다. 하지만 도대체 그것이 어쨌다는 것인가? 과연 그녀는 죄를 짓기는 했다. 허나, 그녀는 사람을 사랑하지 않았던가. 강렬하게 사람을 사랑할 수 있는 사람이라면, 그가 지은 죄는 대체로 용서해주어야 마땅할 것이다.

어쨌든 그녀는 현대와 비교될 만한 살기에 몹시 힘든 사회에서 태어난 여인이었다. 하지만 저 수많은 백만장자들보다 훨씬 젊고 싱싱한 애정을 갖고 있었던 것은 사실이다. 막달라 마리아를 숭배하는 것도 옳은 일이라고 생각한다. 정열이나 감상적인 성품을 지닌 탓으로 과오를 범하게 되고, 그로 말미암아 벌을 받게 됨은 어쩔 수 없는 일이다. 설령 그렇다고 해도 이 세상에는 죄를 지은 어머니가 때로는 그 죄 때문에 오히려 보다 훌륭한 사랑의 판단을 내리는 일도 있다는 것을 알아야 한다. 또는 세상에서 흔히 볼 수 있는 엄격하고 준엄한 사람들처럼 거북살스럽게 일생을 보내지 않고 가족들과 좀더 즐거운 생활을 했더라면 좋았을 걸, 노년에 이르러 이렇게 후회하는 어머니도 반드시 있으리라. 일찍이 친구에게서 들은 이야기인데, 일흔여덟 살이 되는 어느 노파가 다음과 같은 이야기를 들려주더라는 것이다. "지나간 칠십팔 년의 생애를 돌아보고 제 자신이 죄를 졌을 때를 회상하는 것은 그래도 즐겁습니다. 하지만, 제가 어리석었다고 생각되면 이 나이가 되어서도 제 자신을 용서할 수가 없습니다."

그러나 이같이 다정하고 관대한 정신을 가지고 이 세상을 살아가려면 자기 몸을 지킬 수 있는 철학이 하나쯤은 꼭 필요하다. 이 세상 인심은 가혹한 것이기에 온정만 가지고서는 부족하다. 그래서 정은 슬기와 용기와 하나로 맺어지지 않으면 안 된다. 내 생각에 의하면 슬기와 용기는 같은 것이다. 왜냐하면 용기란, 인생을 보다 잘 이해하는 데서 자연히 생겨나는 것이기 때문이다.

그러하기에 인생을 완전히 이해하는 사람에게는 항상 용기가 있는 법이다. 하여간에 우리들에게 용기를 갖게 해주지 않는 그런 슬기는 아무런 소용도 없다. 우리들이 어리석은 야심을 부정하고, 사상에 관한 것이건 생활에 관한 것이건 일반인들이 사로잡히기 쉬운 망집(忘執)에서 벗어날 때 슬기는 비로소 용기와 하나가 되는 것이다.

이 세상에는 허다한 망집이 있다. 중국의 불교도들은 갖가지 작은 망집을 두 개의 커다란 묶음으로 분류하였으니, 명성(名聲)과 부귀(富貴)가 바로 그것이다.

전해지는 옛이야기에 의하면, 옛날에 건륭(乾隆) 황제가 중국 남쪽을 여행하다가 바다가 내려다보이는 언덕에 올라 부지런히 바다를 오가는 수많은 범선들을 바라보았다고 한다. 이때 황제는 곁에 있는 장관을 돌아다보며, 저 수백 척의 배에 타고 있는 사람들은 도대체 무엇을 하고 있느냐고 물었다고 한다. 장관은 대답하여 아뢰기를 "소신에게는 두 척의 배가 보일 따름입니다. 한 배의 이름은 명성이고, 다른 하나는 부귀라고 하옵니다." 교양 있는 많은 사람들은 부(富)의 유혹을 쉽사리 물리칠 수가 있다. 그러나 명성을 얻고 싶다는 유혹을 물리치는 일은 굉장히 위대한 사람이 아니고서는 도저히 힘든 것이다.

옛날 어느 스님이 세속적인 번뇌의 두 개의 원천에 대하여 그 제자에게 이렇게 말한 일이 있다고 한다.

"명성을 얻고 싶은 욕망을 버리기보다는 금전욕(金錢慾)을 버리기가 보다 쉬운 게야. 은퇴한 학자나 스님조차도 자기네 동료들 사이에서 두각을 나타내어 이름을 떨치기를 원하거든. 많은 청중이 있는 공석에서 설교하고 싶어하며, 너와 나처럼 스승 하나 제자 하나인 이런 작은 절에서 숨어 살려고는 하지 않거든."

그러자 제자가 대답했다.

"스님의 말씀이 옳습니다. 스님이야말로 명성을 얻고자 하는 욕망을 이겨내신 오직 유일한 분이십니다."

그러자 스님이 빙그레 웃었다는 것이다.

내 자신의 눈으로 인생을 관찰해본다면 인간이 지닌 망집에 대한 이러한 분류는 완전하지 않다. 인생의 큰 망집은 두 종류가 아니라 명성과 부귀와 권력 이렇게 세 종류라고 본다. 이 세 가지를 하나의 커다란 망집으로 포함시켜주는 적당한 말이 미국에 있다. 그것은 곧 '성공'이라는 말이다.

그러나 많은 슬기로운 사람들은 이미 알고 있는 일이지만 성공, 곧 명성과 부귀에 대한 욕망이라고 하는 것은 실패와 가난과 무명(無名)에 대한 공포를 완곡하게 표현한 말이며, 이 같은 공포가 우리들의 생활을 지배하고 있는 게 사실이다. 그러나 이 세상에는 이미 명성과 부귀를 얻은 뒤에도 여전히 계속해서 사람들을 지배하려고 버티는 사람들이 많다. 이러한 사람들은 자기 나라를 위하여 그들의 생활을 바치는 사람들이다. 그러나 때론 그 대가가 너무 비싼 경우가 많다.

이에 다음가는 사회적인 망집이 또 하나 있다. 강력하고 일반적으로 널리 퍼진 망집인데 남에게 멋있게 보이고 싶다는 바로 그 생각이다. 자기의 자연스러운 모습을 그대로 남 앞에 드러내는 용기를 가진 사람이란 매우 드문 법이다.

그리스의 철학자였던 데모크리토스는 이렇게 생각하였다. 자기는 두 개의 커다란 공포, 즉 신에 대한 공포와 죽음에 대한 압박으로부터 인간을 해방시켜주기 위해 위대한 일을 하고 있노라고. 그러나 그렇다 하더라도 죽음과 신에 대한 공포와 같이 보편적인 또 하나의 공포, 즉 이웃에 대한 공포에서 사람들을 해방시켜주지는 않았다. 신과 죽음에 대한 공포에서 해방된 사람일지라도 이웃 사람들, 즉 인간에 대한 공포에서 놓여나온 이는 많지 않다. 의식을 하건 못하건 우리 모두는 세상 사람들에게 인정받은 역할과 차림을 하고서 인생이라는 무대에서 연극을 하고 있는 배우라고 할 수 있다.

연극적인 재능은 그 재능의 일부로서 관계가 깊은 모방의 재능과 함께 우리들이 우리 조상인 원숭이들로부터 물려받은 습성 가운데 가장 두드러진 특징이다. 남에게 보여주고 싶어 안달하는 흥행사와 같은 인간의 습성에서 비롯되는 틀림없는 이점이 여러 가지 있는 것은 사실이다. 즉 가장 눈에 잘 띄는 것이 관중의 갈채를 받을 수 있다는 것이다. 그러니 갈채가 클수록 무대 뒤에서의 걱정도 유난히 크게 마련이다. 그러나 그것 또한 사람이 살아나가는 하나의 생활 방식이다. 그러니까 관중들이 기뻐하는 차림새로 자기가 맡은 구실을 다했다고 해서 부끄러워할 일은 하나도 없다.

다만 한 가지 마땅치 못한 것은 인간의 자리에 배우가 대신 들어앉음으로써 인간 본래의 모습이 완전히 상실된다는 점이다. 명성이나 높은 지위를 차지하고 있더라도 단지 항상 웃음을 띤 채 본래의 자기 모습을 바꾸지 않는 그런 선택된 인물이란 많지가 않다.

이러한 사람들이야말로 연극을 할 때는 연극하고 있다는 사실을 깨닫고 있으며, 지위라든가 칭호라든가 재산이나 부귀 따위의 인위적인 환각에 사로잡히지 않고 자기에게 찾아오는 것은 항상 관대한 미소로 받아들이면서 자기는 여느 사람들과 좀 다른 존재라는 생각에 사로잡히지 않는 사람들이다. 그들은 개인 생활에서 본질적으로 간소한 생활을 즐길 줄 알며, 이 같은 사람들이야말로 진실로 위대한 정신의 소유자라고 할 수 있다.

무릇 간소하게 지내는 것이 늘 진실로 위대한 사람의 표지가 되는 이유는 그들이 앞서 말한 여러 가지 환각을 받아들이지 않기 때문이다. 결국 제일 딱하고 불쌍한 인간이란, 자기가 뛰어난 인물이라는 환각에 사로잡혀 살고 있는 보잘것없이 초라한 시골 관청의 공무원이라든가, 여봐라는 듯이 보석을 마구 보이며 자랑하는 벼락부자 출신의 사교계 여인이라든가, 불굴의 작가들 대열에 끼게 되었다고 확신하여 삽시에 여태까지 해온 간소하고 자연스러운 생활을 외면하는 신진 작가 따위이다.

이같이 우리들이 지니고 있는 연극적인 본능은 심각한 것이기 때문에 때로는 무대에서 떠나 사는 일을 잊는 경우가 있다. 그리하여 우리들이 이마에 땀을 흘리며 일하면서 이 인생을 살아가는 것도 참된 인간의 본능에 의하여 자기 자신을 위하여 살아가는 것이 아니라 사회로부터 인정을 받기 위해 살아가는 것이다. 중국 속담에도 있듯이 '다른 여인의 결혼 의상을 짓고 있는 노처녀'와 같다.

냉소·대우(大愚)·위장─노자(老子)

굉장히 심술궂은 노자의 '노회(老獪)'[1] 철학이 예로부터 중국인의 최고 이상인 평화, 관용, 소박, 지족(知足)[2]의 정신의 밑바탕이 되어왔다는 것은 진정 야릇한 일이다. 이와 같은 가르침에는 어리석은 사람이 지닌 슬기, 위장의 이점, 약자의 힘, 지나치게 약아빠진 인간이 지닌 소박함 등이 포함되어 있다.

나무꾼과 어부들의 자연 생활에 대한 시적인 환상과 찬미에 가득 차 있는 중국 예술은 이와 같은 철학이 없이는 존재할 수 없는 게 아닐까.

중국인이 지닌 평화주의의 밑바닥에는 사람이 살아나가는 데 있어서 한때 다소 손실을 보는 것 따위는 염두에 두지 않고, 행운

---

1 늙고 교활하다는 뜻.
2 만족할 줄 안다는 뜻.

이 찾아오기를 기다리는 편이 좋다는 생각이 있는데, 그것은 다음과 같은 신념에서 비롯된 것이다. 즉 만물의 운행은 스스로 정해진 바 있어, 자연히 동(動)과 반동(反動)의 법칙에 지배되고 있기에 영구히 우월한 지위를 차지하고 있는 이도 없고 일생 동안 구렁텅이에서 헤어날 수 없는 '대우(大愚)'도 있을 수 없다.

뛰어나게 훌륭한 지혜는 얼른 보기에 어리석음으로 보이며,
뛰어난 능변은 말더듬이와 흡사하도다.
동(動)은 추위를 이겨내고 정(靜)은 열(熱)을 이겨내나니, 청정(清靜)은 천하의 정(正)이니라.*

자연의 섭리, 그러니까 영원히 우월한 자리를 차지하고 있는 이도 없고 일생 동안 머리를 쳐들지 못하고 죽어지내는 큰 바보도 없다는 사실을 깨닫게 되면, 그 당연한 결론으로서 인생을 살아가는 데 있어서 무슨 일이고 서로 다툴 필요가 없다는 생각에 도달하게 마련이다. 노자의 말을 빌리자면 어진 사람은 "그 다투지 아니함으로써 천하 또한 그와 다투는 일이 없도다." 또한 이렇게도 말하고 있다. "폭력을 쓰는 자로서 그 종말이 좋은 자가 있다면 내 그를 스승으로 삼으리라." 현대의 필자라면 아마 여기에 덧붙여 이렇게 말할 게 틀림없다. "비밀 경찰의 도움 없이 독재를 유지할

* 이 인용문과 다음에 소개하는 『도덕경』(道德經)에서의 인용문은 Arthur Waley의 뛰어난 영역 『The way and It's Power』(Allen & Unwin, London)에서 뽑은 것이다.

수 있는 자가 있다면 그 앞에 나를 데려가다오. 내 그의 부하가 되리라."

그러하기에 노자는 또한 이렇게 말하고 있는 것이다. "천하에 도(道)가 행해지고 있지 않으면 말(馬)은 전투용으로 훈련되고, 도가 행해지고 있으면 말은 분뇨차 끄는 용도로 훈련되느니라."

뛰어난 전사는 성급히 앞으로 나아가지 않으며,
잘 싸우는 병사는 함부로 노여움을 드러내지 않는다.
위대한 정복자는 남의 병력을 빌리지 않고 이기는 법이다.
남을 잘 부리는 자는 마치 자기가 부림을 당하는 자보다 못한 듯이 행하느니라.
이를 남과 다투지 않는 덕이라 하며,
이를 남의 힘을 쓰는 법이라 하며,
이를 하늘의 순리를 따르는 것이라 하니
아주 오래 전부터 내려오는 비법이니라.

동(動)과 반동(反動)의 법칙은 힘을 반발해 물리치는 힘을 낳게 한다.

도(道)로써 사람을 좌우하는 자는
병력으로써 천하를 억지로 정복하지는 않는다.
이런 일은 천하의 인심을 잃게 하기 때문이다.

군마가 머문 곳에는 가시덤불이 자라고,

대군을 일으킨 뒤에는 반드시 흉년이 드느니라.

그런고로 명장(名將)은 목적을 이룬 뒤에 곧 군대를 거두며
승리에 따른 자기의 이점을 더 이상 추구하지 않는 법이니라.

목적을 달성할 뿐 성취한 일을 영광스럽게 여기지는 않는다.

목적을 달성할 뿐 성취한 일을 자랑하지는 않는다.

목적을 달성할 뿐 성취한 일로 해서 교만해지지는 않는다.

목적을 달성하되 부득이한 일만 행하며 폭력을 행사하지 않
고 목적을 이루느니라.

한창 기운나는 성시(盛時)가 있을진대 힘이 빠지고 쇠잔해지
는 때가 있음이로다.

이를 지키지 않음은 도를 어김이니 도를 어긴즉 곧 멸하느
니라.

중국인의 평화주의는 몽상적인 박애주의자들이 주장하는 그런
평화주의가 아니며, 노회 철학(老獪哲學)에 의한 평화주의이다.
보편애(普遍愛)에 근거를 둔 것이 아니요, 확고부동하며 현묘(玄
妙)한 지혜에 기초를 둔 것이다.

끝에 가서 줄어들게 하고자 한다면

우선 이를 팽팽하게 해야 하며,

약하게 하기를 원한다면

우선 튼튼하게 만드는 것부터 시작해야 하며,

폐(廢)하고자 한다면

우선 이를 일으켜 세워야 하며,

빼앗은 자가 되고자 한다면

우선 주기부터 해야 하느니라.

이를 가리켜 미명(微明)이라고 하느니라.

그리하여 약한 자가 강한 자를 이길 수 있나니,

물고기는 연못을 떠나지 않게 함이 상책이며,

나라의 이기(利器)는 이를 사람들 눈에 띄지 않는 곳에 간직
해야 하느니라.

약자(弱者)가 지닌 힘, 평화애(平和愛)의 승리, 스스로 몸을 낮
추는 이(利)를 노자만큼 효과적으로 이야기한 사람은 일찍이 없었
다. 노자에게 있어 물은 영원히 약자가 가진 힘의 상징이었다. 한
방울 한 방울 조용히 떨어져서 바위에 구멍을 뚫는 저 물. 스스로
를 가장 낮추려는 위대한 노자와 같은 지혜를 갖추고 있는 저 물.

강해(江海)가 능히 백곡(百谷)의 왕이 된 연유는 무엇인고?

강해는 백곡보다 더 몸을 낮춤으로써 능히 백곡의 왕이 된 것
이니라.

이에 못지않게 세상에 널리 알려진 것은 이른바 '곡'(谷)의 설

(說)로서, 곡이란 공동(空洞), 만물의 자궁 곧 모체, 현(玄) 또는
빈(牝, 암컷)을 뜻함이다.

　　부모는 죽지 않나니
　　이를 가리켜 현빈(玄牝)이라 부른다.
　　현빈의 문,
　　이를 천지의 뿌리(根)라 한다.
　　면면히 존재하는 것 같고
　　아무리 써도 마르는 법이 없느니라.

　동양 문명은 빈(牝)의 원리를 대표하고 서구 문명은 무(牡, 수
컷)의 원리를 대표하고 있다고 해도 지나친 말은 아닐 줄 안다. 어
쨌든 자궁이라는 말과 중국인이 말하는 이른바 수동적인 힘으로
서의 곡(谷)이라는 말에는 서로 비슷한 데가 있다. 노자의 말을 빈
다면 '천하의 곡(谷)이 되면 상덕(常德)을 갖춘 게 된다'고 하였던
것이다.
　나는 노장 사상의 고설(高說)을 짧게 간추려 다음과 같은 시구
를 지었다.

　　어리석은 사람의 슬기가 있는 곳에
　　유장(悠長)의 아름다움이 있고
　　노둔(魯鈍)의 묘리(妙理)가 있으며

하위(下位)의 이(利)가 따르느니라.

기독교도인 독자에게는 흡사 산상수훈(山上垂訓)과 같이 느껴질 게 틀림이 없으리라고 생각한다. 그리고 산상수훈과 마찬가지로 아마 별다른 감명을 주지 않을 줄로 안다. 저 산상수훈의 복음에 대하여, 노자는 '백치에게 축복이 있으라. 땅 위에서 가장 행복한 자이기 때문이니라'라고 덧붙였는데, 진실로 능청스러운 말이 아닐 수 없다.

노자가 한 유명한 말, "뛰어나게 훌륭한 지혜는 얼른 보기에 어리석음과 같이 보이며, 뛰어난 능변은 말더듬이와 흡사하도다"에 따라 장자는 "소지(小知)를 떠나라"고 말하고 있다.

8세기에 살았던 유종원(柳宗元)은 자기 집 근처 산을 우구(愚丘)라 부르고, 근처에 흐르는 강을 우강(愚江)이라고 불렀다.

18세기 사람인 정판교(鄭板橋)는 다음과 같은 유명한 말을 남겼다. "어리석은 사람이 된다는 것도 어려운 일이요, 똑똑한 사람이 된다는 것도 어려운 일이다. 그러나 총명을 졸업하고 어리석음으로 들어감은 더욱 어렵다."

중국 문학에서 우(愚)의 찬미가 그친 일은 없다. 이런 태도를 취하게 되는 슬기는 일찍이 미국인도 다음과 같은 속어를 통해 이해한 일이 있다. '너무 지나치게 똑똑한 체하지 말아라.' 그러니까 최고로 현명한 사람은 때로 '멍텅구리'인 체하고 있는 사람 가운데서 찾아볼 수 있다.

그러하기에 중국 문화 가운데에는 기이한 현상을 찾아볼 수 있는데 그것은 곧 자기 스스로를 의심하기 시작하는 높은 지성으로서, 내가 알고 있는 한에서는 유일한 무지(無知)를 찬양하는 복음과 옛 사람들이 행한 바 있는 위장술을 발전시켜서 생존 경쟁에서의 가장 좋은 무기로 삼는 높은 지성이기도 하다. 장자가 말한 이른바 '소지(小知)를 떠나라'는 권고와 치인 예찬(痴人禮讚)과는 그 차이가 별로 없다. 이러한 생각은 걸인이라든가, 어느 사람 모양 위장한 선인(仙人)이라든가, 기승(奇僧)이라든가, 또는 도적수(屠赤水)가 쓴 『명료자유(冥廖子遊)』 속에 나오는 세상을 등지고 사는 괴짜들을 그린 중국의 그림이나 문학적인 스케치에 항상 반영되어 있다. 초라한 누더기를 걸친 반미치광이 중이 우리들에게 있어 최고의 지혜와 숭고한 품성을 나타내는 상징이 될 때, 이러한 인생에 대한 총명한 깨달음은 낭만적이며 종교적인 느낌을 띠게 되어 마침내는 시적인 환상의 세계로 들어가게 마련이다.

　　중국 역사에는 유명한 우인(愚人)들이 많이 등장한다. 모두가 진짜 정신이 돌았거나 미친 체하고 있는 사람들로서, 굉장히 유명할 뿐 아니라 일반 대중들의 사랑을 듬뿍 받고 있다.

　　이들 중에 저 유명한 송대(宋代)의 화가 미불(米芾)이 있다. 미전(米顚)(미치광이 米)이라고도 쓰는데, 그 자신이 의부(義父)라고 부르고 있는 기암(奇岩)의 한구석에 절을 하기 위해 예복을 입고 찾아간 일이 있는데 그 뒤부터 이런 이상스러운 별명으로 불리게 된 인물이다.

이 미불이라든가 원대(元代)의 유명한 화가였던 예운림(倪雲林)은 더러운 것을 몹시 싫어하는, 그러니까 깨끗한 것을 굉장히 찾는 괴벽스러운 결벽광이었다고 한다. 이 밖에도 유명한 기승이며 시인이기도 했던 한산(寒山)이 있다.

그는 더벅머리에 맨발로 마구 돌아다니며 여기저기 절의 부엌에서 이상스러운 일을 하고 식은 밥술이나 얻어먹으면서, 절이며 절 부엌의 벽에다 불후의 시를 남겨놓았다.

중국인의 공상을 사로잡은 가장 위대한 기승(奇僧)은 더 말할 것도 없이 제전(濟顚, 濟狂人) 또는 제공(濟公, 濟本人)으로서, 이 스님에 관한 유명한 이야기는 덧붙여지고 과장되어 돈키호테의 세 배 가량 되어 오늘날까지도 끝날 줄을 모르는데, 이 많은 일화의 주인공인 그는 마법, 영약, 해괴하게 술 취한 세계에 살며, 수백 마일이나 떨어져 있는 다른 나라의 여러 도시에 하루 사이에 나타나곤 하는 선술(仙術)을 체득한 인물이기도 했다. 그를 흠모하는 비석이 오늘날도 항주 서호(杭州西湖) 근처에 있는 호포사(虎跑寺)에 서 있다.

이 밖에도 그만은 못하지만 16, 17세기에 살았던 위대한 낭만파의 천재들은 우리들과 조금도 다름없이 훌륭하게 제정신을 지닌 사람들이었지만 그 기교(奇矯)한 풍채라든가 그들의 언행 때문에 기인, 광인이라는 인상을 주었다. 이런 부류에 속하는 인물들로서는 서문장(徐文長), 이탁오(李卓吾), 김성탄(金聖嘆)을 들 수가 있다(여기 인용한 마지막 인물은 글자 그대로 '성탄(聖嘆)'으

누가 인생을 가장 즐길 수 있는가 51

로서 그가 태어났을 때 공자를 모신 마을의 사당에서 이상한 한숨 소리가 들렸다고 해서 스스로 붙인 이름이다).

중용(中庸)의 철학—자사자(子思子)

아무것에도 사로잡힘이 없고 근심 또한 없는 생활을 목표로 삼는 철학은 너무도 번잡한 생활이나 지나치게 무거운 책임을 지지 않도록 일깨워주려는 경향이 지나치게 강하기에 인간이 지닌 행동욕(行動慾)을 없애버리려는 면이 많은 게 사실이다. 그러나 한편 생각하면 우리네 현대인은 몸에 도움이 될지언정 아무런 해도 끼치치 않는 이 철학의 신선한 바람을 쐴 필요가 있다.

인간을 채찍질하여 아무 소용 없는 헛된 활동을 하게 하는 일로매진주의(一路邁進主義)는 고금을 통한 온갖 견유철학(犬儒哲學)과 비교해볼 때, 인류에게 큰 손실을 끼치지나 않았나 하는 생각을 한다. 어떤 사람에게나 이러한 철학에 항상 반발하고자 하는 생물학적인 충동이 너무나도 많다. 그러하기에 이 위대한 우유철학(優遊哲學)이 널리 행해지고 있음에도 불구하고 중국인은 세계에서 가장 부지런한 민족의 하나로 남아 있는 것이다. 대다수의 인간은 견유철학자가 될 수 없는 사람들이다. 그 이유는 매우 간단하다. 대다수의 인간이 철학자는 아니기 때문이다.

그러므로 내가 생각하는 바에 의하면 견유철학이 대중 사이에 널리 유행될 그런 위험은 아주 적다.

노장 철학(老莊哲學)이 본능적으로 마음의 금선(琴線)을 울리고 수천 년에 걸쳐서 영향을 끼치고 모든 시, 온갖 산수화 속에서 우리들을 뚫어지게 지켜보고 있는 이 중국에서조차 부귀, 명성, 권력을 망신(妄信)하는 사람들의 대부분이 자기 나라를 위해 일하겠다고 굳게 결심하고, 또 그렇게 하기를 간절히 바라고 있기에 우리네 인생은 마냥 즐거울 수가 있는 것이다.

또한 그렇지 못하다면 이 세상을 살아나갈 수 없을 것이다. 아니 중국인들이란 실패했을 때에만 남을 빈정거리는 사람 또는 시인이 되는 것이며, 중국 군인의 대다수는 모두가 훌륭한 흥행사들이라고 생각한다. 노장적(老莊的)인 냉소 철학이 끼친 영향은 중국인의 생활 속도를 단지 느리게 하였을 뿐, 천재(天災)나 실정(失政)을 겪게 되면 종말에는 사필귀정(事必歸正)이 될 '동(動)과 반동(反動)의 법칙'에 대한 백성들의 믿음을 조장할 따름이다.

그러나 이런 무애무우(無碍無憂)3의 철학, 즉 자연우유철학(自然優遊哲學)에 대립하는 정반대의 철학적인 영향이 중국인의 사상 전체 속에 있는 것 또한 사실이다. 이를테면 자연적 신사(紳士)의 철학에 대한 사회적 신사의 철학이 바로 그것이다. 즉 노장 철학에 대한 유교(儒教)를 말함이다. 노장 사상과 유교가 인생에 대한

3 구애되는 바 없고 근심 없이 지낸다는 뜻.

단지 소극적인 견해와 적극적인 견해를 뜻하는 데 지나지 않는다면 그것은 중국 특유의 사상이라고 할 게 아니라 우리네 온갖 인간성에 구비된 것이라고 할 수 있다.

우리들은 모두가 반은 노장파로, 반은 유교파로서 태어난 것이다. 그러나 철저한 노장주의자가 되는 날에는 그 논리적인 결론으로서 산 속으로 들어가서 선인(仙人)이 되거나 세상을 등지고 사는 생활을 하거나 나무꾼이나 어부와 같이 될 수 있는 한 속세를 떠난 원시적인 생활을 하지 않으면 안 될 것이다. 다시 말하면 푸른 산의 주인인 나무꾼, 푸른 물의 임자인 어부가 되어야 한다. 산봉우리에 걸린 구름에 반쯤 몸을 숨긴 노장파의 은자(隱者)는 나무꾼과 어부를 위에서 내려다보고 있다.

나무꾼과 어부는 '산은 영원히 푸르고, 물은 밤낮으로 흘러서 그치지 않으니 이것으로써 만사는 족하지 않소' 하고 한가한 이야기를 주고받는다. 초라한 두 사람의 말벗들과는 아무런 상관없이 산은 마냥 푸르고 물은 흘러만 간다. 이런 조용한 세계에서 은자는 완전한 평화를 체득하게 된다. 그러나 이것은 인간 사회에서 완전히 떠날 것을 가르치는 아주 초라한 철학이라고 할 수밖에.

이 자연주의보다는 좀더 훌륭한 철학이 중국에는 있다. 휴머니즘, 곧 인간주의(人間主義) 철학이 바로 그것이다. 중국 사상이 이르고자 하는 최고 이상은, 자기가 타고난 행복한 천성을 간직하기 위해서 인간 사회와 인간 생활에서 도피할 필요가 없는 그런 인간이 되는 것이다.

도시 생활로부터 도피하여 산 속에서 홀로 사는 이는 여전히 환경에 끌려다니는 2류급 은자에 지나지 않는다고 본다. 그러하기에 '대은(大隱)은 시중(市中)에 숨는다.' 왜냐하면 그에게는 자기 주위 환경을 두려워할 필요가 없을 만큼 충분히 유유자적한 생활을 즐길 수 있는 자신이 있기 때문이다. 그러니까 인간 사회에 돌아와 돼지고기를 먹고 술을 마시고 여자와 사귀되 자기 마음을 더럽히지 않는 사람이야말로 고승(高僧)이다.

그러므로 이 두 철학은 하나로 혼화융합(混和融合)할 가능성이 있다. 유교와 노장 철학의 모습은 어디까지나 상대적이며, 다만 양쪽 극단에서 출발한 교의(敎義)로서 이 양자 사이에는 많은 중간 단계가 마련되어 있다.

반견유철학자(半犬儒哲學者)가 가장 위대한 견유철학자이다. 결국 최고형의 생활이란, 『중용』의 저자이며 공자의 손자인 자사자(子思子)가 말하는 것과 같은, 미묘하고 사려 깊은 생활이다. 인생 문제를 논한 동서고금의 철학을 훑어보아도 사물의 두 극단 사이 어딘가에 있는 '꼭 알맞은 생활'을 하라는 가르침, 즉 '중용'의 교의보다 뛰어나게 심원한 진리를 찾아낸 예는 아직 없다.

반쯤 세상에 나타나고 반쯤은 숨어서 사는 그런 생활을 보내고 있는 사람이 간직하고 있는 이상 속에서 엿볼 수 있는 것은 활동과 무활동 사이의 완전한 균형에 도달하는, 미묘한 심려(深慮)의 정신이다. 다시 말하면 적당히 게으름을 피우면서 적당히 일하고 적당히 일하고는 쉴 수 있을 정도, 집세를 내지 못할 만큼 가난하지도 않고 그렇다고 해서 조금도 일할 필요가 없을 만큼 부자도 아니며, 또 너무 돈이 많아서 그 때문에 '조금만 더 돈의 여유가 있다면 친구를 도와줄 수 있으련만' 하고 인정미 있는 생각을 하지 않을 만큼도 아니요, 피아노는 있으나 그저 아주 가까운 벗들에게 들려주거나 주로 자기 혼자 즐길 수 있을 정도, 골동품을 수집은 하지만 난로 선반 위에 늘어놓을 만한 정도, 책은 읽지만 지나치게 몰두하지는 않고, 상당히 공부했지만 전문가는 되지 않고, 글은 쓰지만 신문에 보내는 기고가 실리지 않기도 하고 때로는 실리기도 할 정도— 한마디로 말해서 중국인에게 발견된 가장 건전한 이상적인 생활이라고 내가 믿는 것은 중산급의 생활 이상(理想)이다. 이것은 이밀(李密)이 지은 「중용가」(中庸歌) 속에 잘 그려진 이상이다.

중용가

이 세상 모든 일은 중용이 제일이거니, 믿고 살아왔다네 —
한데 이상도 하지.
이 '중용' — 씹으면 씹을수록 단맛이 나네그려.
자아, 이렇게 되면 무엇이고 중용을 택하여 당황하지 않고 서두르지 않으니 마음은 편하기 그지없는 것.
하늘과 땅 사이는 넓디 넓은 것.
읍내와 시골 사이에 살며,
산과 개울 사이에 농토를 갖네.

반은 선비요, 반은 농사꾼일세.

적당히 일하고 적당히 노네.

아랫사람들도 적당히 구슬리네.

집은 너무 좋지도 그렇다고 초라하지도 않으니,

가꾼 것이 절반이요, 안 가꾼 것 또한 절반일세.

입은 옷은 낡지도 않았고 그렇다고 새로 장만한 것도 아닐세.

너무 좋은 음식도 먹지 않고

하인배는 바보와 꾀보의 중간내기라.

아내는 너무 똑똑하지도 않고 너무 단순치도 않으니,

그러고 보면 이내 몸은 반 부처에 반은 노자라고 할 수 있을 듯.

이 몸 절반은 하늘로 돌아가고,

나머지 절반은 자식에게 물려주니,

자식 생각도 잊지는 않지만,

죽은 뒤 염라대왕에게 아뢰올 말씀, 이렇게 말할까 저렇게 말할까 궁리도 절반.

술도 알맞게 취하면 그걸로 좋아.

꽃도 반쯤 핀 것이 볼 품은 제일이요,

돛을 반쯤 올린 돛단배가 안전하도다.

보물이 너무 많으면 걱정이 많고, 가난하면 물욕(物慾)이 생기니 그도 탈일세.

인생은 쓰고도 단 것이니, 깨닫고 보면 그 한가운데 절반 맛이 제일이구나.

　여기서 우리는 세상을 싸늘하게 굽어보는 노장 철학의 냉소주의가 유교의 적극론(積極論)과 하나로 융합되어 중용의 철학으로 변했음을 알게 된다. 어이없을 만큼 저돌맹진주의(猪突猛進主義)를 신봉하고 있는 서구인들에게는 내가 말하는 것이 당장은 불만족스러울지 모르지만, 인간은 실재하는 대지와 가공(架空)의 천국 중간에 태어난 존재이다. 누가 뭐라고 해도 그것은 최대의 철학이라고 나는 확신하고 있다. 이것이야말로 가장 인간미가 있는 철학이다.

　물론 이 사회에는 탐험가, 정복자, 대발명가, 위대한 대통령, 역사의 흐름을 바꾸는 영웅 등과 같은 다소의 초인이 필요한 것은 틀림없는 일이다. 하지만 가장 행복한 사람은 간신히 경제적으로 독립하게 되었고, 인류를 위해서 대단한 공헌은 하지 않았지만 그런 대로 다소의 일은 했고, 사회에서 어느 정도 이름은 알려져 있지만 그다지 유명한 인물은 아닌 그런 정도의 중산층에 속하는 사람들이다.

　한 개인이 가장 행복을 느끼고 가장 처세를 능하게 해나가려면 우선 생활 걱정이 없고, 그렇지만 전혀 걱정이 없는 것도 아닌 정도, 이름이 알려졌다면 알려졌거나 알려지지 않았다면 않았다고 할 수 있을 정도의 상태, 약간의 재정 능력을 가진 조촐한 환경을 지녀야 될 줄 안다.

뭐니뭐니해도 우리들은 이 세상에서 살아나가지 않으면 안 되며, 그러기 위해서는 하늘 나라에서부터 땅 위로 철학을 끌어내리지 않으면 안 된다.

삶을 사랑한 자 — 도연명

그러하기에 인생에 대한 적극적인 견해와 소극적인 견해를 적당히 융합시킴으로써 조화로운 '중용'의 철학에 도달할 수 있다. 짐작컨대 그것은 활동과 활동하지 않는 것의 한가운데 산다는 것을 뜻하며, 노심초사하며 공연히 애쓰지도, 인생의 책임으로부터 완전히 도피하지도 않음을 뜻하는 것으로서, 세계의 온갖 철학에 비추어보더라도 이러한 사고 방식이야말로 가장 건전하고 행복한 처세 철학임을 알 수가 있다.

보다 중요한 것은 이 두 개의 서로 다른 사고 방식을 혼화시키면 조화 있는 개성을 기를 수 있다는 것이며, 조화된 개성이야말로 인간이 갖추고자 하는 온갖 교양 및 교육의 목표로서 인정되고 있는 것이다. 그리고 또한 주목해야 할 일은 이 조화된 개성에 의하여 우리들은 인생의 기쁨과 사랑을 찾아낼 수 있다는 사실이다.

이러한 인생애(人生愛)란 무엇을 말하는 것인가, 이것을 설명하기란 쉬운 일이 아니다. 그것을 알기 위해서는 어떤 우화 형식으로 이야기하거나 진실로 삶을 사랑한 인물의 생애를, 있는 그대로 이야기하는 편이 편하리라고 생각한다. 그래서 중국 문화가 낳은 최대의 시인이며, 최고의 조화적(調和的) 소산인 도연명(陶淵明)의 생애가 자꾸만 내 눈앞에 떠오른다.

도연명은 중국 학예(學藝)의 전역사를 통하여 가장 완전하게 조화된, 원만하기 이를 데 없는 인격자라고 해도 중국에서는 아무도 반대할 사람이 없으리라고 생각한다. 높은 벼슬을 지낸 것도 아니고, 권세나 사회적인 공명이 있었던 인물도 아니었고, 남아 있는 저술이라고 해보았자 불과 몇 편의 시와 두서너 개의 논문이 고작이지만, 그가 세상을 떠난 지 1천 년하고도 몇 백 년이 지난 오늘날에 이르기까지 도연명 그는 눈부시게 빛나는 빛이며, 후세의 군소 시인이나 문인들에게 있어서는 최고의 인간성이란 무엇을 말하는 것인가 하는 것을 말해주는 상징이 되어 있다. 그의 생활을 보면 그가 지녔던 시풍(詩風)에 있어서와 마찬가지로 진지한 맛이 있어 그보다는 원기 왕성하고 이론을 좋아하는 사람들에게 두려움을 느끼게 하기에 충분한 뭔가가 있는 것 또한 사실이다.

그리하여 오늘날 그에게 주어진 지위는 진실로 인생을 사랑하는 이에게 알맞은 전형 바로 그것이다. 왜냐하면 그의 경우는 속세의 욕망에 반항했다고는 하지만 그것이 욕망에서 도피한 것도 아니었고, 관능을 잊지 않는 생활과 조화를 유지하고 있었기 때문이다. 중국에서는 약 2백 년에 걸쳐서 문학적인 낭만주의, 한적한 생활을 노래하며 찬양하는 노장열(老莊熱), 즉 유교에 대한 반역이 유행하였으며, 마침내는 유교 철학과 협력하여 도연명에게서 찾아볼 수 있는 것과 같은 조화적인 성격의 출현을 가능하게 하였다. 도연명의 사상을 살펴보면 사물에 대한 적극적인 견해가 없는 것은 아니지만 어리석은 자기 만족의 경지에서 벗어났고, 회의 철학은 본래 지녔던 준엄한 반역성을 버리고 인간이 지닌 슬기가 비로소 관대한 해학의 느낌 속에서 원숙한 경지에 도달했음을 볼 수 있지 않을까 한다.

도연명. 그야말로 저 현묘하고 특이한 중국인다운 교양을 나타내고 있는 인물이다. 육체에 대한 애착과 고답적(高踏的)인 정신, 금욕이라고까지는 할 수 없는 정신성과 유물론이라고까지는 할 수 없는 유물론의 불가사의한 결합이며, 관능과 정신이 하나의 조화 속에 병립되고 있다. 짐작컨대, 이상적인 철학자란 여성이 지닌 아름다움은 이해하나 아례(雅禮)를 잊지 않으며, 인생을 깊이 사랑하기는 하나 스스로 절도를 잃지 않으며, 속세에서의 성공과 실패가 다같이 허망함을 깨달아, 세상 일에 초월하여 달관하고 있으나 그렇다고 해서 속세를 적대시하지는 않는 선비를 뜻하는 것이다. 도연명은 정신 면에서 성숙해진 결과 이와 같은 참된 조화의 경지에 도달했으며, 그에게는 내적인 정신 면에서의 상극(相剋)과 같은 것은 터럭만큼도 찾아볼 수가 없었고, 그의 생애는 그가 남긴 시와 같이 자연스럽고 솔직한 것이었다.

도연명은 기원 4세기 말에 어느 뛰어난 학자이며 관리이기도 했던 사람의 증손(曾孫)으로 태어났다. 그의 증조부였던 분은 분주한 것을 즐긴 분으로서 언제나 무슨 일이든 하고 있어야 한다는 생각을 지니고 있어서 아침에 일어나면 한 무더기의 기와를 한 곳에서 다른 곳으로 옮겼고, 오후가 되면 다시 먼저 있던 곳에다가 손수 옮겨놓아야 하는 성품이었다고 한다. 도연명은 청년 시대에 늙은 부모를 봉양하기 위해 보잘것없는 공직(公職)에 있었던 일이 있으나 머지않아 그만두고 전원(田園)으로 돌아가 일개 농부로서 스스로 밭을 갈았는데, 그로 말미암아 마침내 병을 얻기에 이르렀다. 어느 날 친척과 친구들에게 묻기를, "논과 밭을 유지하려면 방랑시인이 되어 돈을 벌며 돌아다니는 편이 내 성격에 맞지 않을까요?" 하였다. 이 말을 들은 친구들 가운데 한 사람이 애쓴 보람이 있어서 구강(九江)에 가까운 팽택(彭澤)의 태수 자리 하나를 얻어주었다.

그의 유일한 결점은 술을 몹시 좋아한 점이었다. 유유자적한 생활을 보내고 있었으므로 그다지 손님과 만나는 일은 없었지만, 술만 있으면 비록 상대하는 주인이 전혀 낯선 사람이라도 함께 술을 마시곤 했다. 또한 다른 경우, 자기 자신이 주인인 경우라도 자기가 먼저 취하게 되면 언제나 이렇게 손님에게 이야기했다고 한다.

"나는 취해서 자고 싶으니, 여러분들은 모두 돌아가도 좋소이다."

그는 유현악기(有絃樂器)인 금(琴)을 한 틀 갖고 있었는데, 줄은 하나도 없었다. 금이라고 하는 것은 고악기(古樂器)로서 굉장히 느리게 켜야 하며, 조용하고 마음이 맑게 가라앉았을 때에야 비로소 제 소리가 나는 그런 악기였다. 술 좌석이 파한 뒤에 음악적인 감흥이 일면 이 무현금(無絃琴)을 어루만지며 흥취를 돋구곤 하였다.

"이제 음악의 진미를 맛보았으니 줄 당기는 소리를 들을 필요가 어디 있을까보냐."

겸허하고 단순하면서도 꿋꿋한 성품을 지녔던 그는 사람들과 사귀는 것을 몹시 성가시게 여기곤 했다.

도연명의 숭배자였던 강주(江州)의 척리(刺吏) 왕홍(王弘)은 간절히 그와 친하기를 바랐으나 매우 힘들다는 것을 알게 되었다. 연명은 태연자약하게 이렇게 말했다.

"내가 혼자서 이렇게 조용히 살고 있는 것은 본래 성품이 사교생활에 맞지 않고 몸이 불편하기 때문에 이렇게 집에 있는 것이지요. 세상 일에 초연하다는 고고(孤高)의 명성을 얻기 위하여 이런 생활을 하는 것은 결코 아니외다."

그 무렵 연명이 그 기슭에서 살고 있던 대려산(大盧山)에는 선종(禪宗)에 속하는 고승들의 훌륭한 종단(宗團)이 있었는데, 대학자였던 승장(僧長)인 혜원법사(慧遠法師)가 연명을 초청하여 그들의 종단인 백련사(白蓮社)에 가입시키려고 한 일이 있었다. 어느 날 연명은 산(山)사람들로부터 초대를 받았는데, 그는 술을 마셔도 좋다는 이야기였다. 불교도의 금주계(禁酒戒)를 깨뜨려도 상관없다고 하기에 그는 산으로 찾아갔다. 그러나 막상 단원(團員)으로서 이름을 적어 넣으려는 단계가 되자, 그는 눈썹을 찡그리고 떠나버리고 말았다. 이 승단(僧團)은 사령운(謝靈運)과 같은 대시인까지도 가입시키려 했다가 실패하였던 터였다.

연명이 도망쳐 돌아온 뒤에도 승장은 여전히 호의를 보여 어느 날인가는 또 하나의 노장과 친구인 육수정(陸修靜)과 함께 연명을 술자리에 초대하였다. 이리하여 세 사람이 한자리에 모이게 되었는데, 승장은 불교를 대표하고, 연명은 유교를 대표하고, 육수정은 도교를 대표한 인물이었던 셈이다. 혜원법사는 날마다 산책을 하는데 호계교(虎溪橋)는 절대 건너가지 않는다는 규칙을 세워 이를 엄격히 지켰다. 그날은 친구와 함께 연명을 전송하고 있었는데 너무나도 재미있는 이야기에 넋이 빠진 나머지 자기도 모르게 호계교를 건너고 말았다고 한다. 뒤늦게 이 사실을 깨달은 세 사람은 크게 웃음을 터뜨렸다. 이 세 노인이 크게 웃는 모습은 호계삼소도(虎溪三笑圖)라고 해서 중국화에서 흔히 볼 수 있는 화제(畫題)가 되었다. 다시 말하면 그것은 무애무우의 경지에 도달한 세 현인들의 환담유락(歡談愉樂)의 상징이며, 유교, 불교, 도교 세 종류의 교의가 유머 감각으로 통일되었음을 말해주는 그림이다.

도연명은 이와 같이 일생을 보냈고, 아무것도 걸리는 게 없고 근심 없는 한 빈농 시인(貧農詩人)으로, 현명하고 명랑한 늙은 이로서 세상을 떠났다. 그러나 술과 전원을 노래한 조그만 시집이라든가 그때그때 지은 두서너 편의 수필들, 자손에게 보낸 편지, 희생적 기분이 넘치는 세 개의 기도문(그 중 하나는 그 자신에 대한 글이었다), 또는 그의 손자에게 남긴 몇 가지 교훈들을 음미하노라면, 완전무결한 자연스러움에 도달하여 일찍이 누구에게서도 찾아볼 수 없었던 조화적인 생활에 대한 정감과 재능이 있었음을 알 수가 있다. 기원 405년 11월, 태수의 자리를 내어놓고 고향으로 돌아가려고 결심했을 때, 그가 지은 「귀거래사」(歸去來辭)에 실려 있는 것은 그가 지녔던 이 위대한 인생에 대한 사랑 그것이었다.

귀거래사

아, 고향으로 돌아가리라! 내 집 뜰에 잡초가 무성했으리니, 어찌 돌아가지 아니할까보냐!

내 마음이 육신의 종이 되었거니, 어찌 헛되이 홀로 슬퍼만 할 것이랴!

기왕에 지나간 일은 어찌할 수 없는 것, 앞으로 닥칠 일을 부지런히 쫓아가리라. 진실로 길을 잃고 아직 멀리 헤매지 아니하였으니, 오늘의 내 생각이 옳고 어제 일은 모두 그릇되었음을 깨달았노라.

배는 가볍게 물 위로 미끄러져 가고, 바람은 산들산들 옷깃을 날리는구나. 지나는 길손에게 길을 물으니 새벽 빛 희미함이 원망스럽도다.

이윽고 초라한 내 옛집 지붕이 보이고 기쁜 마음으로 걸음을 재촉하노라. 하인들이 나를 반겨 인사하고 애들은 문 앞에서 나를 기다리노니.

정원의 오솔길은 거칠어졌으나 국화와 소나무는 아직 남아 있거니! 한 손에 제일 어린 것 손을 잡고 방 안에 들어가니, 탁자 위에 가득 찬 술병 하나 놓여 있도다!

술병을 당기어 스스로 따라 마시고 뜰 앞의 나뭇가지를 기껍게 바라보노라.
지극히 마음 흐뭇함을 느끼고 남창(南窓)에 기대어 앉으니, 방은 좁으나 왔다갔다하기 충분하니, 마음 편함을 알겠노라.

나날이 산책하니 정원은 점점 낯이 익고 정이 드누나.
아무도 찾는 이 없이 문은 항상 잠겨 있거니!
지팡이에 의지하여 고요히 거닐다가 때로 걸음을 멈추고 푸른 하늘을 올려다보노라.

구름은 무심히 산 후미진 곳을 돌아가고, 새들은 날기에 지치면 자연 둥우리 생각을 하리로다.
해는 뉘엿뉘엿 지려 하여 어둠이 찾아드는데, 나는 아직도 외로이 서 있는 소나무를 어루만지며 그 주위를 돌고 있노라.

아, 고향으로 돌아가리라! 이제부터 홀로 살 법을 배울까 하노니! 세상과 이 몸은 서로 인연이 없거니, 다시 무엇을 찾아 세상을 두루 다닐까보냐!

친척들과 이야기를 나누는 데 정을 붙이고 음악과 독서로 시간을 보내리라. 농부가 찾아와 이곳에 봄이 왔음을 알리면 장차 서쪽 밭에 할 일이 생기리로다.

때로는 포장한 달구지를 몰고 때로는 작은 배의 노를 젓노라. 때로는 이름 모를 조용한 못을 찾고, 때로는 험한 산 위에 오르기도 하노라.

나무들은 기꺼이 무럭무럭 싱그럽게 자라고, 샘들은 졸졸거리며 흘러가는구나. 철따라 만물이 자라남을 진실로 가상히 여기나니, 내 인생 또한 장차 쉴 날이 있음을 느끼노라.

만족하거니! 한 번은 어차피 죽어야 할 목숨이 아니더냐? 어찌 태어났을 때와 같이 조용히 가지 못하고 공연히 수선을 피울까보냐!

부귀, 권도(權道)도 내 바라는 바 아니거니, 허물의 천국에 갈 것을 어찌 바랄까보냐! 청명한 아침 홀로 거닐고, 때로는 지팡이를 한 옆에 세워놓고 잡초를 뽑고 밭매기도 하리로다.

깨끗한 시냇물 근처에서 시를 읊기도 하고, 동고(東皐) 높은 언덕에 올라 마음껏 외치기도 하리로다.

그리하여 기꺼이 살다가 기꺼이 죽으리니, 진정 한마디 의문도 없이 하늘의 뜻을 기쁘게 받아들이겠노라.

도연명을 은자라고 생각할 사람이 있을지 모르나 결코 그렇지는 않다. 그가 피하려고 한 것은 정치였을 뿐, 인생 그 자체는 아니었다. 만일 그가 논리를 존중히 여기는 인물이었다면 불교의 승려라도 되어 인생으로부터도 동시에 도망칠 결심을 했을지도 모른다. 그러나 그에게는 위대한 인생애(人生愛)가 있었기에 그럴 수는 없었다.

아내나 애들은 그에게 있어서는 너무나도 진실한 존재였다. 전원이며, 자기 집 뜰 안에 뻗은 나뭇가지이며, 정든 언덕 위 외톨박이 소나무들에게 한결같은 애착을 느꼈고, 논리가가 아니라 생각이 보다 깊은 사람이었기에 그러한 것들에게서 떠나지 않았던 것이다. 그것은 인생에 대한 사랑 때문이었고, 인생에 대한 질투를 버릴 수 없었던 탓이기도 했다.

또한 그가 지닌 교양의 특징인 인생의 조화감에 도달할 수 있었던 것은, 인생에 대한 적극적이고 사려깊은 태도 때문이었다. 그래서 인생에서 가장 위대한 중국의 시가가 읊어지게 되었다. 이 세상에 속하고 이 세상에 태어난 인간으로서, 그가 지닌 결의는 인생에서 도망치는 게 아니라 '청명한 아침 홀로 거닐고 때로는 지팡이를 한 옆에 세워놓고 잡초를 뽑고 밭매기도 하리로다' 하는 것이다.

도연명은 단지 전원과 가족에게로 돌아왔던 것이다. 그가 바란 것은 조화였지 반역은 아니었다.

3. 인생의 즐거움

행복이란 무엇인가

인생의 즐거움에는 많은 것이 포함될 것이다. 자신이 살아 있음으로써 누릴 수 있는 즐거움, 가정 생활의 즐거움, 나무와 꽃과 구름, 흐르는 시냇물, 떨어지는 폭포, 그 밖의 삼라만상을 보는 즐거움, 그리고 어떤 모양의 형태로서 이루어지는 마음의 교류, 시가(詩歌), 미술, 사색, 우정, 주고받는 이야기, 책읽는 즐거움 등이 바로 그것이라 할 수 있다.

맛있는 음식을 먹는다든가, 유쾌한 모임을 갖는다든가, 가족끼리 단란하게 지낸다든가, 아름다운 봄날에 들놀이를 가는 즐거움과 같이 그 형태가 뚜렷한 것도 있지만 시가, 미술, 사색의 즐거움과 같이 그다지 꼭집어 말할 수 없는 것도 있다. 이들 두 방면의 즐거움을 물질적인 즐거움이니 정신적인 즐거움이니 하고 나누어 부른다는 것은 불가능한 일이다. 왜냐하면 우선 나는 이런 구별을 믿지 않고, 둘째는 이런 식으로 나누려고 하면 언제나 갈피를 잡을 수 없게 되기 때문이다.

남녀노유(男女老幼)가 함께 모여서 소풍을 즐기고 있는 장면을 보고, 그들이 맛보고 있는 즐거움 중 어느 것이 물질적이고 어느 것이 정신적인 것이라고 나누어 말할 수 있겠는가? 한 아이는 풀밭 위에서 뛰놀고, 다른 아이는 들국화를 따서 꽃줄을 만든다. 어머니는 샌드위치 한 조각을 들고 있고, 삼촌은 맛있어 보이는 빨간 사과를 먹고 있고, 애들 아버지는 하늘에 떠 있는 파이프를 물고 있다. 그리고 대개 이런 경우에는 누군가 축음기를 틀고 있을 것이고, 멀리서부터 음악 소리 혹은 파도 소리가 은은히 들려오기 마련이다.

이들 즐거움 가운데 어느 것이 물질적인 즐거움이고 어느 것이 정신적인 즐거움일까. 샌드위치를 먹는 즐거움과 시취(詩趣)라고 부르는 아름다운 경치를 감상하는 즐거움 사이에 뚜렷한 선을 긋는다는 것이 그렇게 쉬운 일일지 의문이 아닐 수 없다. 우리들이 예술이라고 부르는 음악의 즐거움이 물질적이라고 말해질 수 있는 파이프 취미보다 절대적으로 고급의 즐거움이라고 생각할 수 있을까. 물질적인 즐거움과 정신적인 즐거움을 구별한다는 것은 난처한 일이고 잘못된 생각이며 그다지 현명한 생각이 아닌 듯 여겨진다. 이런 구별을 내세우려는 생각은 정신과 육체를 준엄하게 구별하여 인간이 누릴 수 있는 참된 즐거움을 단도직입적으로 음미하지 않는 그릇된 철학에서 비롯된 생각이 아닌가 싶다. 내 말이 너무 지나치게 독단적인 것일까. 아니면 인생의 목적은 원래 어떤 것이냐 하는 문제를 다루는 데 있어 논점의 중심을 잘못 잡고 있는 것일까?

나는 여태까지 생활의 목표는 그 참된 즐거움을 추구하는 데 있다고 늘 가정해왔다. 사실이 그러하니까 그렇다고 할 뿐이다. 오히려 나는 '목표'니 '목적'이니 하는 말을 쓰는 것을 주저한다. 참된 즐거움을 포함한 인생의 목표니 목적이니 하는 것은 인생에 대한 인간 본래의 태도 여하에 달렸다고 하는 것과 같은 의식적인 목적은 아니라고 생각한다. '목적'이라고 하는 말은 너무나 공부라든가 노력이라든가 하는 말을 연상시킨다.

누구나 이 세상에 태어난 뒤 부딪치는 문제는 이제부터 노력해서 도달해야 할 목적이 무엇인지 알아내는 것이 아니라 우선 평균 5, 60년간의 인생을 어떻게 살아갈 것인가 하는 것이다. 이에 대한 대답이, 인생 최대의 행복이 무엇인지 찾아낼 수 있도록 생활을 규정해가는 것이라고 한다면, 그것은 주말을 어떻게 지낼 것인가 하는 것과 같은 문제로서 대우주의 섭리 속에서 인간이 태어난 신비한 목적이 무엇인가 하는 것을 알아내려는 형이상학적인 명제보다는 훨씬 더 현실적인 문제라고 생각된다.

이와는 반대로 인생의 목적이 무엇인가 하는 문제를 해결하려고 덤벼든 철학자들은 처음부터 인생에는 목적이 있지 않으면 안 된다고 하는 독단 아래 출발했기 때문에 애초 논리의 전후를 잘못

잡은 것이라고 할 수 있다. 서구의 많은 사상가들이 너무도 지나치게 파고들어간 이 문제가 오늘날 중요성을 갖게 된 것은 두 말할 것도 없이 신학(神學)의 영향 때문이라고 본다.

우리들은 모두가 설계니 목적이니 하는 것을 가정하기를 너무도 좋아한다. 사람들이 이 문제에 대한 해답을 얻으려고 노력하고 논쟁하지만 여전히 시원한 결론을 찾아내지 못하는 것에 비추어 볼 때, 이와 같은 문제를 두고 생각한다는 것은 완전히 헛수고에 그치는 불필요한 일임을 잘 알 수 있다. 만일 우리 인생에 처음부터 목적이나 설계가 있었다면, 그것을 알아내기가 그렇게 힘들고 막연하고 성가실 까닭은 없다.

문제는 결국 둘이 될 것이다. 즉 신이 인간을 위하여 정해놓은 신성한 목적, 아니면 인간이 자기 자신을 위해서 마련한 인간적인 목적, 둘 가운데 하나이다. 전자에 관한 한 나는 이 문제에 개입하고 싶지 않다. 왜냐하면 신의 고려(考慮)에 들어 있다고 우리들이 생각하고 있는 것은 모두 우리 자신의 머리에서 나온 것이기 때문이다. 다시 말하면 신이 그렇게 생각하고 있다고 우리들이 공상하고 있을 따름이란 이야기이다. 그러니까 신의 지능이라고 하는 것을 헤아려 짐작하려 한다는 것은 인간의 두뇌로는 사실 곤란한 일이다. 보통 이런 이론이 도달하는 마지막 결론은 신을 우리들 군대의 기수로 만들어서, 인간과 똑같이 맹목적인 애국자로 만들어버리게 마련이다.

다음에 두 번째 문제에 대한 논점은 인생의 목적은 무엇인가 하는 것이지, 인생의 목적이 무엇이어야 하는가 하는 것은 아니다. 따라서 이것은 실제적인 문제이지 형이상학적(形而上學的)인 문제는 아니다.

인생의 목적은 무엇이 되어야 할 것인가. 이것이라면 누구나 자기 생각이나 자기가 옳다고 생각하는 가치 판단을 내세울 수 있다. 이 문제를 둘러싸고 우리들이 말다툼을 하게 되는 것은 가치 판단이 사람에 따라 다르기 때문이다.

내 경우라면 그다지 철학적이 아니고 실제적이면 그것으로 충분하다고 생각한다. 나는 인생에는 목적이나 의의가 꼭 있지 않으면 안 된다고 고집할 생각은 없다. '이렇게 나는 살고 있다. 그것으로 충분하다고 생각한다'고 월트 휘트먼도 말하고 있지 않은가. 살아 있다는 것, 그것으로 충분하다 — 아마 앞으로도 몇 십 년은 더 살 수 있으리라 — 이게 바로 인생이라는 것, 그것으로 족하다고 생각한다.

이런 식으로 생각하면 문제는 아주 간단해지고 두 개의 다른 대답이 나올 여지는 없게 된다. 단 하나의 대답이 있을 뿐이다. 즉 인생을 즐겁게 지내는 것 이외에 인생에 무슨 다른 목적이 있겠는가 하는 것이다.

모든 이교도의 철학자에게 있어서는 큰 문제인 이 행복론이 기독교도인 사상가들로부터는 완전히 소홀히 취급되었다는 것은 진정 이상한 일이 아닐 수 없다. 신학의 영향을 받고 있는 사람들을 괴롭히는 큰 문제는 인간의 행복에 있는 것이 아니라 비장하게도 인류의 '구제'에 있다.

이런 말을 들으면 침몰해가는 배 안에 갇혀 있는 사람들의 기분을 생각하게 된다. 그것은 도저히 피할 길 없는 마지막 운명이라든가, 목숨을 건지려면 어떻게 해야 제일 좋을 것인가를 생각하는 기분이라고 할 수 있다. '멸망해가는 두 세계의 마지막 탄식(그리이스와 로마)'이라고 말해지고 있는 기독교에는 오늘날까지도 그 잔재가 아직 남아 있는 것이다. 왜냐하면 구제라는 문제를 강조하기 때문이다.

어떻게 살아가야 할 것인가 하는 문제는 이 세상을 떠나 영생을 얻겠다는 문제 속에는 완전히 잊혀지게 마련이다. 멸망해버릴 운명이라는 것을 생각하지 않는다면 구제라는 것에 대해서 어째서 그토록 머리를 쓰지 않으면 안 된다는 것일까? 신학의 영향을 받고 있는 사람들은 구제라는 것에 너무 열중한 나머지 인생의 행복이라는 것은 그다지 생각지 않는다. 그러니까 미래에 대해서 그들이 가르쳐줄 수 있는 것은 모두 그저 막연히 천국이 있다는 것일 뿐이며, 인간은 천국에 가서 무엇을 하는 것인가, 천국에 가면 어떤 즐거움을 얻을 수 있는가 하는 질문에 성가(聖歌)가 들려오고 백의의 천사가 날고 있다는 매우 막연한 말을 할 뿐이다.

하지만 그 중 마호메트만은 향기로운 과일과 술이 가득하고, 머리가 검고 큰 눈을 가진 정열적인 처녀들이 놀고 있는 천국의 행복을 그려내고 있다. 이것이라면 누구나 알 수가 있다. 천국이라는 것이 좀더 확실하고 믿을 수 있는 곳이 아닌 이상, 이 지상 생활까지 잊고 천국으로 가려고 노력할 이유가 어디에 있는지 알 수가 없다. 누군가 한 말이 생각난다. '내일의 암탉보다는 오늘의 달걀'이라고. 여름 방학을 어떻게 보낼까 하는 계획을 세울 때 적어도 우리들은 이제부터 가보려고 하는 고장에 대해서 여러 가지로 알아보려는 노력을 기울인다. 만일 이때 관광 안내소가 그 고장에 대해서 아무것도 아는 게 없다면 나는 완전히 그 고장에 대해 흥미를 잃게 될 것이고, 차라리 그냥 집에 남아 있게 될 것이다.

진보와 노력을 믿고 있는 사람들은 천국에도 진보와 노력이 존재한다고 믿고 있을 게 틀림없으리라고 나는 생각하는데, 그렇다면 우리는 천국에 가서도 분투 노력을 하지 않으면 안 되는 것일까? 허나 인간은 이미 완전한 존재인데, 어떻게 하여 더 이상 노력하여 진보할 수 있을 것인가? 그렇지 않으면 단지 천국에서 빈들빈들 아무런 일도 하지 않고, 아무런 고생이나 걱정 없이 지내겠다는 것인가? 만일 그렇다면 천국에서 살아갈 준비로서 이 세상에 살아 있는 동안에 빈들거리며 노는 준비라도 해두는 게 낫지 않겠는가?

만일 우리들이 하나의 우주관을 꼭 가져야만 한다면 모름지기 자아를 잊고 우주관을 인생에 한정시키려는 것을 그만두는 게 어떨까. 좀더 우주관을 넓혀 생각하여 우리들의 생각 속에 바위라든가 나무라든가 동물 등 우주 만물이 지니고 있는 의의까지도 포함시키는 게 어떻겠는가. 자연 현상에 일정한 기획이라는 것은 있다고 본다(그러나 이 말은 내가 아주 싫어하는 목표니 목적이니 하는 말과는 다르다). 내가 말하는 뜻은 우주 삼라만상 안에는 하나의 규범이 있으며, 구극론(究極論)으로서는 아니라 하더라도 이 온 우주에 대해서 인간은 어떤 생각에 도달한 후에 우주에 대하여 인간이 차지하고 있는 위치를 정할 수가 있다는 뜻이다. 자연과 자연 속에 사는 인간의 위치에 관한 이러한 생각은 자연스러운 생각임에 틀림없다고 본다. 왜냐하면 인간은 살아 있는 동안에는 자연과 떼어놓을 수 없는 일부이며, 죽게 되면 자연으로 돌아가게 된다.

자기 분수에 넘치는 터무니없는 것을 계획하여 한달음에 결론에 도달하려고만 하지 않는다면 천문학, 지리학, 생물학, 역사학은 한결같이 우리들에게 많은 재료를 공급하고, 공명한 생각을 짜내게 해주리라고 생각한다. 조화(造化)의 목적을 이와 같이 큰 규모로 생각한다면 인간이 차지하는 위치는 다소 초라해지지만 그런 것은 아무래도 좋다고 생각한다. 인간에게는 인간이 차지하는 위치가 있는 법, 따라서 주위의 자연과 조화(調和)로운 생활을 한다면 인생 그 자체에 대하여 실제적이고 분별 있는 생각을 가질 수 있게 된다. 이것으로 충분한 것이다.

행복은 관능적인 것

인간이 누릴 수 있는 행복은 그 어느 것이든 모두 생물학적인 행복이다. 이것은 매우 과학적인 견해라고 할 수 있다. 오해의 여지도 있지만, 이 점에 대해서 좀더 분명히 해두지 않으면 안 되겠다. 되풀이해서 말하지만 인간이 누릴 수 있는 행복이란 모두가 관능적인 행복이라고 나는 생각한다. 유심론자(唯心論者)들은 필경 나를 오해할 것이다. 그러나 유심론자와 유물론자(唯物論者)는 언제까지건 서로 오해하지 않으면 안 되게 되어 있다. 왜냐하면 양자는 같은 언어로 말하지 않기 때문이다. 그렇지 않으면 같은 말을 한다 해도 서로 다른 뜻으로 말하고 있기 때문이다. 우리들도 또한 이 행복을 보전하는 문제에 있어서 유심론자에게 속아 넘어가서 진정한 행복은 정신적인 행복밖에 없다고 인정해야만 한단 말인가? 가령 한 걸음 양보하여 그들이 말하는 것을 승인한다고 하자. 그리고 곧 우리들의 논지(論旨)를 내세워 이렇게 말하도록 하자—정신이란 내분비선의 기능이 완전히 행해지고 있는 어떤 상태이다.

만일 그렇다면 도대체 정신적인 행복이란 어떤 것인가. 나에게 있어서는 행복이란 주로 소화가 잘 되느냐 여부에 달려 있는 것이다. 하지만 인간의 행복은 주로 오장육부의 운행에 달려 있다고 말하며, 내가 사회에서 받고 있는 명성과 존경을 잃지 않으려고 생각한다면, 미국의 어떤 대학 총장의 소매 밑에라도 숨지 않으면 안 될 것이다. 내가 여기에서 말한 미국의 대학 총장은 신입생의 각 클래스에서 훈시할 때면 언제나 다음과 같이 말하곤 하였다. '여러분들이 결코 잊어서는 안 될 것은 단 두 가지이다. 즉 성서를 읽을 것, 그리고 용변(用便)을 잊지 말 것.' 실로 대단한 슬기를 가진 분이라고 생각한다. 총장의 몸으로서 이런 말을 할 수 있다니 얼마나 현명하고 온정이 넘치는 분인가. 내장만 제대로 움직이고 있다면 사람은 행복한 것이다. 그것이 움직이고 있지 않다면 불행하게 마련이다. 문제는 이것뿐이다.

행복이란 무엇이냐 하는 데 대해 말할 때, 추상적인 문제 속에 끼어들지 않도록 해야겠다. 그리고 진정 행복한 때란 어떤 때를 말함인가를 우리들 스스로의 손으로 사실에 비추어 밝혀보는 게 어떻겠는가? 이 세상에서 행복이라는 것은 소극적인 경우가 굉장히 많다고 본다. 다시 말해서 슬픔, 괴로움, 육체적인 고통이 전혀 없는 상태를 행복한 상태라고 말하고 있기 때문이다. 그러나 적극적인 행복도 있을 수 있으며, 우리들은 그러한 경우를 환희라고 부르고 있는 게 사실이다. 이를테면 내 경우라면 진짜 행복한 때란 바로 다음과 같은 경우이다.

늘어지게 실컷 잠을 자고 난 뒤 아침에 눈을 뜨고 새벽의 공기를 들이마시면 폐가 부풀 대로 부푼다. 그러면 이어 깊이 숨을 들이쉬고 싶어지고 가슴 근처의 피부와 근육에 유쾌한 운동 감각이 일어난다. 자아, 이젠 일도 할 수 있겠다는 느낌이 드는 그러한 때.

손에 파이프를 들고 의자 위에 길게 발을 뻗어 올려놓고 있노라면 담배 연기가 모락모락 피어 올라가는 그러한 시간.

여름 여행길에서 목이 타는데, 아름답고 깨끗한 샘물이 있어서 물이 솟아오르는 소리가 흐뭇하게 들려온다. 나는 신발도 양말도 벗어던진 채 콸콸 솟아오르는 차가운 물 속에 발을 담근다. 이러한 순간.

맛있는 음식을 배불리 먹은 뒤 안락의자에 기대어 앉는다. 주위에는 모두 마음이 꼭 맞는 친구들뿐. 두서없는 잡담이 끝없이 가볍게 계속된다. 몸도 마음도 태평스러운 그러한 한때.

어느 여름날 한낮이 겨워, 지평선을 바라다보고 있노라면 검은 구름이 뭉게뭉게 피어오르는 것이 보인다. 15분 가량 지나면 초여름의 소나기가 퍼부을 게 틀림없다. 비를 온몸에 맞고 싶지만 우산도 받지 않은 채 빗속을 거니는 것도 어쩐지 쑥스러운 생각이 든다. 그래서 얼른 바깥으로 나가 들판 한가운데에서 소나기를 만난 것으로 구실을 댄다. 이윽고 흠뻑 젖은 몸으로 돌아와서 집안 식구들에게는 '뭐 비를 조금 맞았어'라고 말하는 그 순간.

어린애들이 재잘거리는 것을 듣거나 그 통통하게 살찐 종아리를 볼 때면 도대체 내가 아이들을 육체적인 뜻에서 사랑하고 있는지, 정신적인 뜻에서 사랑하고 있는지 딱 잘라서 말하는 게 불가능하게 느껴지는 것처럼, 마음이 느끼는 환희와 육체가 맛보는 환희를 구별 짓는다는 것은 도저히 불가능한 일이라고 생각한다. 육체적으로 이성(異性)을 사랑하지 않고 정신적으로만 사랑할 수 있는 것일까? 또한 자기가 사랑하는 여인의 아름다움―즉 그 여인의 웃음, 미소, 머리를 매만지는 모양, 여러 가지 일들을 대하는 태도, 이러한 것들을 해부하거나 분석한다는 것이 남자에게 있어서 그렇게 쉬운 일일까 하는 의문이 생긴다. 결국 어떤 처녀건 좋은 옷을 입었을 때는 보다 행복하다고 느낄 것이다. 연지나 루즈에는 여인의 마음을 들뜨게 하는 그 무엇이 있다. 또 자기가 예쁘게 화장을 했다는 데에서 오는 정신적인 침착함과 마음의 고요도 존재한다. 이런 느낌은 곱게 단장한 그 처녀 자신에게 있어서는 진실하고 뚜렷한 것이지만 세상의 정신주의자라는 말을 듣는 이들로서 이런 심정은 전혀 꿈 밖의 것이라고 할 수 있을 것이다. 우리들은 모두 언젠가는 죽어야 하는 육신을 지닌 몸이기에, 육체와 정신을 딱 갈라놓는 차이란, 있다면 있고 없다면 없는 것으로서 아무리 섬세한 정서나 위대한 정신미(精神美)가 정신의 세계에서 높이 평가된다 하더라도 우리의 감각을 무시하고 그런 상태에 도달한다는 것은 전혀 불가능한 게 사실이다.

촉각, 청각, 시각에는 도덕성이나 비도덕성이란 존재하지 않는다. 인생의 적극적인 환희를 받아들일 힘이 없어지는 것은 주로 관능적인 감수성이 줄어든 탓이거나 아니면 만족스럽게 쓰지 않기 때문이다. 이런 가능성이란 매우 많다.

그런데 도대체 무엇 때문에 공연한 논의를 되풀이하고 있는 것일까.

차라리 그보다는 구체적인 실례를 들어서, 즉 동서양의 모든 위대한 인생 애호가들이 쓴 글 가운데에서 다소의 문례(文例)를 뽑아 그들이 스스로 즐거운 한때라고 생각한 순간들을 어떻게 말하고 있는지, 또한 그러한 행복한 순간들이 귀로 듣는 것, 코로 냄새 맡는 것, 눈으로 보는 것과 같은 그런 소중한 감각과 얼마나 밀접한 관계를 가지고 있는가를 고찰해보는 게 좋지 않을까.

다음에 인용하는 것은 숲의 시인(詩人)인 소로우*가 귀뚜라미가 우는 소리를 들었을 때 얻은 시취(詩趣)이며, 굉장히 심미적인 쾌감을 기록한 대목이다.

우선 귀뚜라미가 우는 소리에 귀를 기울여보게나. 귀뚜라미는 돌 틈에 얼마든지 있네. 한 마리뿐이라면 더욱 흥취가 깊지. 귀뚜라미 울음소리를 듣고 있노라면 왜 그런지 때늦은 것 같은 처량한 느낌이 드네. 그러나 이승에서의 짧은 목숨이 다하면, 영원한 죽음을 맞이하지 않으면 안 되는 생물의 운명을 생각하기에, 우는 벌레 소리를 처량하게도 생각하고 또한 헛되이 발버둥치고 있는 인간의 번뇌를 생각할 때 그런 느낌도 드는 게 아닌가 싶네. 그러나 그 울음소리는 본래 온갖 시간 관념을 초월하고 있는 것이기에 때늦은 처량함이라고는 절대로 말할 수

---

* 소로우는 미국 작가들 가운데 그가 지닌 전 인생관에 있어 가장 중국인다운 데가 있는 사람이다. 나는 정신적인 면에서 그와 아주 비슷한 느낌을 가지고 있다. 나는 불과 몇 달 전에 이 작가를 발견하였거니와 그때 느낀 기쁨은 여태까지 내 마음속에 선명하게 남아 있다. 나는 소로우가 쓴 몇 대목을 중국어로 번역하여 그 누구도 중국 시인의 원문이라고 믿어 의심치 않게 할 수 있다고 생각한다.

없는 것일세. 그보다는 오히려 봄의 욕정이나 여름의 광열(狂熱)이 한창일 때에 홀로 가을의 서늘함과 원숙을 연상하게 해 주는 것이라고 할 수 있네. 새를 향해 귀뚜라미는 말하네.

'너희들은 어린이들처럼 충동에 의하여 울고 있는 거다. 자연은 너희를 통해서 말을 하고 있어. 그러나 우리들에게는 원숙한 슬기가 있는 거다. 우리들에게는 사계절의 변화라는 것은 없는 거다. 우리들은 사계절의 자장가를 부르고 있는 거란 말이다.'

그리하여 그들은 노래한다네. 풀숲에서 그들은 영원의 노래를 부르고 있는 걸세.

귀뚜라미들이 머무르고 있는 곳이 바로 천국인 것이야. 그러니까 그들을 새삼스럽게 천국으로 보내려고 할 필요도 없다네. 5월에도 11월에도 영원히 변함이 없는 거야, 안 그런가? 고요한 슬기, 귀뚜라미의 노래에는 산문과 같은 확실성이 있단 말일세. 술은 마시지 않지만 이슬을 마신다네. 교미기가 지나면 속절없이 사라지는 사랑의 선율이 아니란 말이네. 신의 영광을 찬양하며 영원히 그것을 즐기고 있는 것이란 말일세. 사계절의 변천하는 테두리 바깥에 있어서 그 가락은 진리와 같이 변하지 않는 게야. 마음이 그지없이 고요해진 순간에만 귀뚜라미의 울음소리를 들어야 하는 것일세.

휘트먼이 지녔던 후각, 시각, 청각이 그의 정신성을 높이는 데 얼마만한 힘이 되었고 또한 그가 그러한 감각들을 얼마나 중요시

했는지, 다음 글에서 찾아내기 바란다.

아침부터 내리는 눈보라가 진종일 계속되고 있다. 휘날리는 눈보라 속에 같은 숲, 같은 길을 두 시간 가량이나 걸었다. 바람은 멎었다. 그러나 소나무 사이로 낮은 음악적인 소리가 들려오고 있다. 아주 뚜렷한 이상한 소리, 마치 폭포 떨어지는 소리 같다. 때로는 조용히, 때로는 다시 폭포가 흘러내리는 소리가 들려오고 있다. 온갖 감각, 시각, 청각, 후각의 뭐라고 형용하기 어려운 기쁨, 눈은 내리쌓인다. 상록수, 물푸레나무, 월계수, 그 밖의 모든 나무라는 나무의 수많은 잎과 가지 위에 쌓이고 쌓여 잎사귀는 하얗게 부풀어 올라 에메랄드 빛깔의 잎사귀 가장자리가 뚜렷하게 드러난다─사방에 빽빽이 들어찬 청암송(靑巖松)의 높고 꼿꼿한 기둥─엷은 송진 냄새가 눈 냄새와 한데 어울린다(냄새가 없는 것은 없다. 눈조차도 냄새는 있는 법. 다만 여러분들이 냄새를 맡을 수 있느냐가 문제다. 똑같은 두 장소란 없고, 또 시간의 경우에도 한때와 한때는 어딘지 다르게 마련이다. 정오와 한밤중, 겨울과 여름, 바람이 부는 한때와 조용한 한때, 그 향기가 얼마나 다르냔 말이다!).

정오와 한밤중의 냄새, 겨울과 여름의 냄새, 바람 부는 한때와 정적의 한때에서 풍기는 고유한 냄새를 식별할 수 있는 사람이 얼마나 될지 의심스럽다. 시골에 사는 것보다 도시에서 사는 편이 대개 불유쾌하다는 것은 도시의 시각, 후각, 청각의 변화와 뉘앙스가 시골보다 선명치가 못하기 때문이다. 어디를 바라보아도 단조로운 잿빛 담장과 시멘트를 깐 포도(鋪道) 속에 그것들이 사라져버렸기 때문이다.

이른바 흐뭇한 한때의 참된 한계, 참된 자격, 참된 성질이 어떤 것이냐 하는 것을 따지게 되면 중국인과 미국인 사이에는 공통점이 있다. 어느 중국학자가 쓴 '흐뭇한 한때에 관한 33절'을 번역하여 독자 여러분들에게 보여주기 전에 그가 쓴 글과 비교하는 뜻에서 휘트먼의 글 가운데서 다시 한 대목을 인용한다. 이 글을 읽으면 중국인의 감각과 닮은 점을 잘 알 수 있을 것이다.

맑게 갠 상쾌한 어느 날, 건조한 산들바람이 불어오는 공기 속에는 산소가 가득 차 있다. 나를 감싸고 녹이는 건전하고 말 없는 아름다운 갖가지 기적들―나무, 물, 풀, 햇빛, 첫서리― 그 가운데 내가 가장 유심히 바라보는 것은 가을에 특유한 이상하리만큼 투명한 푸른 하늘이다. 구름이라고 해야 크고 작은 흰 구름뿐, 조용히 생각에 잠긴 듯이 창공을 난다. 아침 나절에는 줄곧(아침 7시부터 11시까지라고 할 수 있겠지) 그 빛은 투명하고 생생한 푸른빛이 돌지만 이윽고 한낮이 가까워지면 빛은 엷어져 두서너 시간 동안은 마치 잿빛이다―그리고는 점점 더 빛은 바래서 황혼으로 접어든다―커다란 나무가 서 있는 언덕 위의 짬 사이로 찬란한 빛을 던지는 낙조를 바라다본다―

불꽃의 방사(放射), 수면에다 비스듬히 광막한 은빛 광택을 던지는 담황색 경관(京觀), 그리고 붉은 빛 — 수면에 맑게 가라앉은 그림자, 사광(射光), 섬광, 그림으로도 그려낼 수 없는 선명한 색조.

굉장히 흐뭇한 몇 시간 동안 분명 나는 가을을 즐길 수가 있었다. 잘은 알 수 없지만 주로 이 하늘이 있기에 가을의 기쁨을 느낄 수 있는 게 아닌가 생각한다(때때로 나는 생각한다. 이 세상에 태어난 뒤 매일같이 하늘을 보고 있지만 제대로 참다운 하늘의 모습을 본 일은 일찍이 없었노라고). 이런 순간들이야말로 더 바랄 나위도 없는 행복한 한때라고 말할 수 있지 않을까. 예전에 읽은 일이 있는데 시인 바이런은 숨을 거두기 전에 친구에게 말하기를, 자기는 전생애를 통해 행복했던 시간이라고는 단 세 시간밖에 없었노라고 했다는 것이었다. 이와 같은 내용으로 임금님의 종(鐘)에 관한 오랜 전설이 독일에도 있다. 문 밖의 숲으로 나가 나무 사이로 빛나는 아름다운 석양을 바라다보면서 나는 바이런과 종에 대한 이야기를 생각하였다. 그러자 내가 지금 행복한 시간을 보내고 있다는 생각이 갑자기 떠오르는 것이었다(아주 즐거웠던 한때의 기억을 기록해본 일은 없다. 그런 순간을 맞이하게 되면 메모를 하느라고 모처럼의 행복한 기분을 잡치는 게 싫기 때문이다. 나는 그저 기분에 맡길 따름이다. 고요한 황홀감 속에 몸을 내맡긴 채 말이다).

그러나 도대체 행복이란 무엇을 말하는 것일까? 내가 경험한 것과 같은 그런 순간의 하나를 말하는 것일까? 또는 그것과 비슷한 한때를 말하는 것일까? 굉장히 미묘하여 — 삽시간에 사라지는 색조인가, 난 영원히 알 길이 없구나 — 그러하옵기에 좋으실 대로, 알지 못하는 즐거움을 즐기게 해주시옵소서. 신이여, 당신의 그 투명한 감벽(紺碧)의 심연 속에 저와 같은 환자를 위한 명약을 간직하고 계시나이까? (오, 몸의 불편과 마음의 번거로움이 지난 3년 동안 계속되었나이다) 신은 대기를 통하여 나에게 신의현묘(神意玄妙)한 명약을 남몰래 떨어뜨려 주신 것일까?

흐뭇한 한때에 관한 김성탄의 33절

우리는 여기서 한 중국인이 쓴 흐뭇한 한때라는 글을 음미하고 감상해보고자 한다. 이 중국인의 이름은 김성탄(金聖嘆)이며, 17세기에 살았던 위대한 인상파의 평론가로서 『서상기』(西廂記)라고 하는 희곡의 평석(評釋) 가운데에서 33절에 이르는 유쾌한 한때라는 것을 차례로 예로 들고 있는 것이다. 이 글들은 어느 때 그가 비에 길이 막혀서 한 친구와 열흘 동안 어느 절에 꼼짝 못하고 갇혀 있었을 때 둘이서 추려본 것이다.

때는 6월의 어느 더운 날, 태양은 아직도 중천에 걸려 있고, 산들바람 한 점 없이 하늘에는 조각구름 하나 보이지 않는다. 앞뜰도 후원도 마치 가마 속같이 찐다. 하늘을 나는 새라고는 그림자도 찾아볼 수 없고, 땀은 온몸을 폭포처럼 흘러내린다. 점심 식사를 하려고 해도 무더위에 숟가락을 들 엄두가 나지 않는다. 그래서 돗자리를 한 장 가져오게 해서 땅바닥 위에 깔고 그 위에 벌렁 누워본다. 그러나 돗자리는 축축하고 파리 떼가 얼굴 근처를 날아다니며 아무리 쫓아도 영 달아나지를 않는다. 이렇게 되면 나는 완전히 맥을 쓰지 못하게 된다. 그러자 갑자기 우뢰 소리가 요란스럽게 들리더니 검은 구름이 첩첩이 하늘을 덮고, 싸움터로 향하는 대군처럼 당당한 기세로 몰려온다. 이윽고 처마에서 비가 폭포처럼 퍼붓기 시작한다. 그러면 땀은 걷히고 돗자리가 축축하던 것도 사라지고 파리 떼들도 어디론지 숨어버려 겨우 밥을 먹을 수 있게 된다. 아아, 이 또한 흐뭇한 일이 아닌가.

10년 동안이나 만나지 못한 친구가 해질 무렵에 갑자기 찾아온다. 문을 열고 그를 맞이한다. 배편으로 왔는지 육로로 왔는지는 묻지도 않고, 침대나 걸상에 앉아 잠시 쉬라는 말조차 하지 않은 채 곧장 내실로 들어가 아내에게 이렇게 말을 건넨다.

"여보, 당신도 소동파의 부인처럼 푸지게 술 좀 사다 주지 않으려오?" 그러면 아내는 기꺼이 금비녀를 뽑아 들며 "이것을 팔도록 하지요" 하고 말한다. 우선 사흘 동안은 실컷 마실 수 있을 듯싶다. 아아, 이 또한 흐뭇한 일이 아닌가.

❧

아무도 없는 텅 빈 방 안에 멍하니 나는 혼자 앉아 있다. 그러자 베갯머리로 쥐가 다가와 점점 성가시게 군다. 도대체 살금살금 무엇을 하고 있는 것일까, 무엇을 쏠고 있는 것일까, 내어느 책을 쏠고 있는 것일까. 이렇게 생각하면서 어떻게 해야좋을지 결단을 내리지 못하고 있는데, 느닷없이 무서운 얼굴을 한 고양이가 무엇을 노리고 있는 듯이 꼬리를 움직이며 눈을 부릅뜨고 다가온다. 나는 숨을 죽인 채 꼼짝하지 않고 잠시 기다린다. 그러자 쥐는 순식간에 바삭 하는 소리를 남겨놓은 채바람처럼 사라져버린다. 아아, 이 또한 흐뭇한 일이 아니겠는가.

❧

서재 앞에 있는 해당화와 자형(紫荊)*을 뽑아버리고 열 그루인가 스무 그루의 싱싱한 파초나무를 심는다. 아아, 이 또한 흐

* 해당화는 장미과에 속하는 나무로서 야생 능금과 같은 열매가 달린다. 자형(박태기나무)의 꽃은 봄에 피며 보랏빛 꽃이 나무줄기나 가지에 직접 핀다.

못한 일이다.

❧

봄날 저녁 로맨틱한 몇 명의 친구들과 술잔을 나누어 상당히 취기가 돌았다. 술잔을 놓기도 싫고 그렇다고 더 마시는 일도 괴로운 일이다. 그러자 내 기분을 알아차린 곁의 동자(童子)가 열두서너 개의 커다란 폭죽을 넣은 광주리를 냉큼 갖다 준다. 나는 술상에서 떠나 마당으로 나가 폭죽을 터뜨린다. 유황 냄새가 코를 찌르고 머리를 자극하여 온몸이 매우 기분이 좋다. 아아, 이 또한 흐뭇한 일이 아니겠는가.

❧

거리를 걷고 있는데 깡패 둘이서 무엇 때문인지 심하게 말다툼을 하고 있다. 얼굴은 충혈이 되고, 눈은 분노에 타고 있어서 마치 불구대천(不俱戴天)의 원수와 같은 형상이다. 그러나 서로 예의를 지킨답시고 팔을 올리고 허리를 굽신거리며 절을 하면서 댁은 말이죠 라든가, 댁에서 말이죠 어떻게 된 셈입니까 라든가, 그렇잖습니까 등등의 매우 점잖은 말을 주고받고 있다. 그러자 느닷없이 하늘을 찌를 듯한 험상궂은 사나이가 팔을 휘두르면서 나타나더니 어서 썩 꺼지지 못할까! 하고 외친다. 아아, 이 또한 흐뭇한 일이 아니겠는가.

＊

물항아리에서 물이 흘러나오듯 우리 집 애들이 옛글을 줄줄 따로 외고 있는 모습에 나는 가만히 귀를 기울이고 있다. 아아, 이 또한 흐뭇한 일이 아니겠는가.

＊

식사를 끝낸 뒤 심심풀이 삼아 근처에 있는 가게를 찾아가 보니 조그만 물건이 갖고 싶어진다. 잠시 동안 흥정을 하며 웬만 하면 조금만 더 깎아주었으면 좋겠는데, 가게 점원 아이가 아직 팔려고 하지 않는다. 그래서 나는 그 값을 깎는 정도의 값이 나가는 간단한 물건을 주머니에서 꺼내어 점원 아이에게 준다. 그러자, 점원 아이는 곧 빙그레 웃더니 정중하게 머리를 조아 리며 말한다. "나으리께서는 아주 마음이 너그러우십니다." 아 아, 이 또한 흐뭇한 일이 아니겠는가.

＊

식사를 끝낸 뒤에 심심풀이로 헌 가방을 열어 가지고 그 속에 든 물건을 뒤적거린다. 그러자 우리 집에서 돈을 꾸어준 사람 들이 쓴 수십 장, 수백 장의 차용증서 뭉텅이가 나왔다. 빚진 사람들 가운데에는 이미 고인(故人)이 된 사람도 있고 아직 살 아 있는 사람들도 있다. 어쨌든 도저히 돈을 받아낼 가망이 없 기는 매한가지다. 나는 몰래 그것들을 둘둘 말아 불에 태우고

하늘을 올려다보며 연기가 깨끗이 사라져가는 것을 바라다본
다. 아아, 이 또한 흐뭇한 일이 아니겠는가.

🌿

어느 여름날, 맨머리 맨발로 바깥으로 나가니 젊은이들이 수
차(水車)를 밟으며 소주(蘇州)의 민요를 부르고 있기에 양산을
받고 서서 정신없이 귀를 기울인다. 밭의 물은 녹은 백은(白銀)
이나 녹은 백설처럼 흰 거품을 내면서 수차 속으로 흘러들어간
다. 아아, 이 또한 흐뭇한 일이 아니겠는가.

🌿

아침에 일어나니, 간밤에 동네 누가 죽었다고 집안 식구들이
수군거리는 모양이다. 나는 곧 누가 죽었느냐고 집사람에게 묻
는다. 이어 그가 동네에서 말 못 하게 타산적인 좀팽이였다는
것을 알게 된다. 아아, 이 또한 흐뭇한 일이 아니겠는가.

🌿

여름날 아침 일찍 자리에서 일어나니, 물받이 홈통으로 쓰려
고 사람들이 소나무 선반 아래에서 커다란 대나무를 톱으로 자
르고 있는 것이 보인다. 아아, 이 또한 흐뭇한 일이 아니겠는
가.

한 달 동안이나 꼬박 장마가 들어서 주정뱅이나 환자 모양으로 아침이 되어도 일어나지를 않고 자리에 누워 있곤 했다. 그러자 갑자기 날이 활짝 개었음을 알리는 새들의 울음소리가 들려왔다. 나는 부리나케 일어나서 침실의 커튼을 젖히고 창문을 여니, 아름다운 햇빛이 쨍쨍 내리쬐고 있고, 나무들은 마치 목욕을 하고 난 것처럼 싱싱하기 이를 데 없다. 아아, 이 또한 흐뭇한 일이 아니겠는가.

밤에 누군가 멀리서 나를 생각하고 있는 것 같은 느낌이 든다. 다음날 나는 그 사람을 찾아간다. 그 집에 들어가 거실을 둘러보니, 그는 남쪽을 향해 책상 앞에 앉아 무엇인가 기록을 읽고 있다. 내 모습을 보자, 적이 고개를 끄덕이고 내 소매를 잡아 앉히더니, "마침 잘 왔어. 이것 좀 읽어보게나" 하고 말한다. 그리하여, 우리들은 서로 웃음을 나누고 담 위에 햇살이 사라질 때까지 즐거이 이야기를 주고받는다. 이윽고 친구는 시장기를 느낀 듯 나에게 조용히 말한다. "자네도 배가 고픈가." 아아, 이 또한 흐뭇한 일이 아니겠는가.

자기 집을 지으려고 별로 벼르고 있었던 것도 아닌데, 뜻밖에 약간의 돈이 들어왔기에 어디 집을 지어볼까 하는 생각을 갖게 된다. 그 뒤로는 자나 깨나 재목을 사 달라느니, 기와와 벽돌과 회를 사 달라느니, 못을 사 달라느니 성화 같은 재촉을 받게 되었다. 나는 그런 것들을 파는 거리는 샅샅이 빠뜨리지 않고 찾아다녔다. 모두가 역사(役事) 때문이었다. 그러나 그렇다고 해서 이런 일을 하고 있는 동안 새로 짓고 있는 집에서 살 수 있는 것도 아니다. 마침내는 모두 다 집어치우고 싶은 생각마저 들었다. 그러다가 드디어 어느 날 겨우 집이 완성된다. 벽에는 흰 회칠을 하고, 마루는 깨끗하게 청소가 되었고, 문이나 창에는 종이를 바르고, 벽에는 서화를 걸고, 일꾼들은 모두 가버리고, 친구들이 찾아와서 단정히 여기저기 놓여 있는 걸상에 걸터앉는다. 아아, 이 또한 흐뭇하지 아니한가.

겨울 밤에 술을 마시고 있는 동안에 방 안이 몹시 추워진 것을 갑자기 깨닫게 된다. 창문을 열고 바깥을 내다보니, 함박눈이 펑펑 내리고 땅 위에는 벌써 서너너덧 치나 눈이 쌓여 있다. 아아, 이 또한 흐뭇하지 아니한가.

여름날 오후, 새빨간 큰 소반에다가 새파란 수박을 올려놓고 잘 드는 칼로 자른다. 아아, 이 또한 흐뭇한 일이 아닌가.

나는 오래 전부터 승려 되기가 소원이었다. 그러나 육식을 못한다기에 망설이고 있는데, 이제부터는 승려가 되어도 터놓고 육식을 해도 좋게 되었다고 하자. 자, 그렇게 되면 대야에다가 하나 가득 물을 데워 가지고 잘 드는 면도칼로 여름철이 지나기 전에 깨끗이 삭발을 한다. 아아, 이 또한 흐뭇한 일이 아닌가.

음부(陰部)에 조그마한 습진이 몇 개 생겼으므로 문을 꼭 닫고는 가끔 더운 김을 쐬거나 더운 물에 담그거나 한다. 아아, 이 또한 흐뭇한 일이 아닌가.

우연히 가방 속에서 옛 친구가 보낸 자필의 편지를 발견한다. 아아, 이 또한 흐뭇한 일이 아닌가.

어느 가난한 선비가 나에게 돈을 꾸러 온다. 그러나 돈을 빌려 달라는 말은 쉽게 꺼내지 못하고 우물쭈물하면서 화제를 다른 데로 돌리려고 한다.
아주 괴로우리라 생각하고 단둘이 있을 수 있는 곳으로 데리고 가서 얼마나 필요하냐고 묻는다. 그리고 다시 방으로 들어와 돈을 내주고 나서 이렇게 말한다. "이 길로 가서 그 문제를 해결해야만 하는 것이오? 그렇지 않다면 좀더 있으면서 술이나 한잔 들고 가는 게 어떻겠소?" 아아, 이 또한 흐뭇한 일이 아닌가.

❧

지금 나는 조그만 배에 몸을 싣고 있다. 미풍이 기분 좋게 불어오나 배에는 돛이 없다. 그런데 갑자기 어디선지 큰 배 한 척이 나타나 바람처럼 빨리 다가온다. 나는 그 배로 가까이 가서 갈고리 쇠를 걸려고 한즉 뜻밖에 잘 걸린다. 그래서 그 배에다 줄을 걸고 끌어 달라고 한다. 그리고는 두보의 시를 읊조린다. "청석봉만 황지금유유(靑惜峰巒, 黃知橘柚)." 그리고 유쾌하게 웃음을 터뜨린다. 아아, 이 또한 흐뭇한 일이 아닌가.

❧

한 친구와 함께 살 집을 보러 다녔지만 마땅한 집이 없었다. 그때 누군가 찾아와서 적당한 집이 있다고 일러준다. 그다지 크지 않은 집으로 열두어 개의 방이 있고, 강에 면하여 있고, 아름다운 푸른 나무들로 둘러싸여 있다고 한다. 나는 이 소식을 전해준 사람에게 저녁 식사를 대접하고 어떻게 생긴 집인가는 생각도 하지 않은 채 함께 어슬렁어슬렁 집 구경을 간다. 문을 열고 들어가 보니, 커다란 빈터가 있고 곡물 창고가 예닐곱 개나 서 있다. 그 순간 나는 마음속으로 생각하기를, '이제부터는 야채나 참외 걱정은 하지 않아도 되겠구나.' 아아, 이 또한 흐뭇한 일이 아닌가.

길을 떠났던 나그네가 먼 여행을 마치고 돌아온다. 그리운 성문이 보이고, 강 양쪽 기슭에서는 아낙네들과 애들이 고향의 사투리로 이야기를 주고받고 있다. 아아, 이 또한 흐뭇한 일이 아닌가.

오래된 사기 그릇이 깨지면 아무리 애써 보았자 먼저대로 되지 않는 것은 뻔한 사실이다. 깨진 그릇을 이리 뒤척 저리 뒤척하면서 들여다보면 볼수록 화만 더 난다. 그럴 때에는 그 깨진 그릇을 부엌에서 일하는 사람에게 내주며 다른 낡은 그릇과 같이 쓰라고 하면서, 한번 깨진 그 그릇을 또다시 내 눈앞에 띄지 않도록 하라고 명령한다. 아아, 이 또한 흐뭇한 일이 아닌가.

나는 성인군자가 아니기에 불선(不善)으로 향하지 않는다고 할 수는 없다. 밤중에 그 어떤 불선으로 향하고 아침에 일어나면 그 때문에 불쾌하기 이를 데 없다. 그때 문득 머리에 떠오르는 것은 불선을 감추지 않는 것은 참회함과 같다고 한 불교의 가르침이다. 그래서 나는 알지 못하는 사람이거나 옛날 친구이거나 주위의 모든 사람들에게 내가 향했던 불선에 대해 이야기를 한다. 아아, 이 또한 흐뭇한 일이 아닌가.

아래위 한 자나 됨직한 커다란 글씨를 누군지 쓰고 있다. 그것을 옆에서 지켜보고 있다. 아아, 이 또한 흐뭇한 일이 아닌가.

창문을 열어젖히고 방에서 말벌을 내쫓는다. 아아, 이 또한 흐뭇한 일이 아닌가.

태수가 북을 치게 하여 퇴영시(退營時)임을 알린다. 아아, 이 또한 흐뭇한 일이 아닌가.

누군가가 날리고 있던 연줄이 끊어져서 연이 날아간다. 그 모습을 바라보고 있다. 아아, 이 또한 흐뭇한 일이 아닌가.

벌판에 불이 붙고 있다. 그것을 보고 있다. 아아, 이 또한 흐 뭇한 일이 아닌가.

빚진 돈을 모두 갚아버린다. 아아, 이 또한 흐뭇한 일이 아닌 가.

『규염객전』(虯髯客傳)*을 읽는다. 아아, 이 또한 흐뭇한 일이 아닌가.

일생을 살면서 세 시간밖에 마음 흐뭇한 시간을 갖지 못했다던 불쌍한 바이런 경이여! 그의 정신은 병적이거나 굉장히 균형이 잡 히지 못했을 것이다.

그렇지 않다면 그의 시작(詩作) 10년 동안에 유행한 세계고(世 界苦)를 단지 애호했던 것에 지나지 않는다.

세계고를 겪고 있다는 생각이 그토록 유행하지 않았더라면 세 시간이라고 말하지 않고, 적어도 서른 시간쯤은 흐뭇한 시간을 가

---

* 규염객(虯髯客)이라는 이름으로 알려진 영웅의 이야기로서 자기 집을 도망쳐 나온 두 애인을 구하여 멀리 떨어진 도시에다가 가정을 갖게 한 후 행방을 감춘 인물이라고 전 해진다.

졌다는 것을 바이런 경도 인정했을 게 틀림없다. 나는 그렇게 생각하지 않을 수 없는 것이다.

이상의 점으로 미루어보면, 실로 이 세상은 우리의 관능에 의해서만 즐길 수 있도록 우리에게 차려진 인생의 향연이며, 이와 같은 관능적인 기쁨을 인정할 수 있는 교양을 지니고 있어야만 비로소 솔직하게 그들을 받아들일 수 있는 것이다. 이것은 사실 재언(再言)을 요하지 않는 일이다. 자기 자신의 관능과 함께 흔들리고 있는 이 호화스러운 현세에 대하여 우리들이 자진해서 눈을 감는 것은 유심론자가 우리들을 아주 관능 공포자로 만들어버린 탓이 아닐까. 좀더 높은 견지에선 철학이 우리들이 육체라고 부르고 있는 이 섬세한 감수 기관에 대한 믿음을 재건해주지 않으면 안 된다. 그리고 우선 육체를 멸시하는 사상을 몰아내고, 이어서 관능 공포를 없애지 않으면 안 된다. 이러한 철학자들이 실제로 물질을 승화시키고 인간의 육체를 기화(氣化)시켜 신경도, 미각도, 후각도, 색감도, 운동 감각도, 촉감도 느낄 수 없는 하나의 영혼으로 만들지 않는 한, 또 저 힌두교의 고행자와 같은 고행을 할 뱃심을 갖지 않는 한, 우리들은 어떨까. 왜냐하면 진실을 인정하는 철학만이 우리들을 참된 행복으로 이끌 수 있으며, 또 이러한 철학이야말로 건전하고 건강한 것이기 때문이다.

정신적인 즐거움이란 무엇인가

여기서 우리들은 흔히 고급이라고 생각되고 있는 지적·정신적 쾌락에 관하여 생각해보고 그런 것들이 인간이 갖고 있는 지력(智力)보다는 감각과 얼마나 밀접한 관계를 갖고 있는가를 고찰해보기로 하자. 보통 저급한 감각이라고 불리고 있는 것과 구별되는 소위 고급인 정신적 쾌락이란 도대체 무엇인가? 그것은 인간의 감각 속에 뿌리박고 그 속에서 끝을 맺으며, 또 그것과 떼어놓을 수 없는 관계를 맺고 있는 동일 사물이 여러 가지 형태로 나타나는 것이 아닐까?

문학, 미술, 음악, 종교, 철학 등 고급인 정신적인 쾌락에 관하여 고찰해볼 때 인간이 지니고 있는 감각이나 감정에 비하여 지력(智力)이라는 것이 얼마나 무력한 것인가를 알 수 있다. 우리들이 풍경화나 초상화를 볼 때에 실제 경치와 아름다운 얼굴을 보고 싶다는 관능적인 쾌락을 우리에게 연상시켜주지 못한다면 그림에 무슨 가치가 있겠는가? 또 문학의 경우도 그렇다. 인생의 모습을 그 속에 재현시켜 정취(情趣)와 명암(明暗)을 그려내고, 목장의 향기나 뒷골목의 악취를 느끼게 하지 못한다면 문학의 가치는 어디 있겠는가. 소설은 인간과 인간이 겪는 희로애락의 참된 모습을 그려냄으로써 참된 문학적 표준에 가까이 가는 것이라고 세상 사람들은 말한다. 인간을 이 인생에서 떼어놓고 다만 냉담하게 분석하는 데 그치는 책은 문학이라고는 할 수 없으며, 그 책이 인간적인 진실을 담고 있으면 있을수록 뛰어난 해부에 그치고, 인생의 신 맛, 쓴맛과 방향(芳香)을 그려낼 수가 없다면 어떻게 독자들에게 감동을 줄 수 있을 것인가.

또 다른 경우에 대해 말한다면 시가(詩歌)란 인간의 희로애락 으로 명암을 붙인 인생의 진실에 지나지 않으며, 음악은 말 없는 정감의 표현이고, 종교는 공상의 형태를 취하는 지혜에 불과하다. 그림이 색채와 공상의 감각에 기본을 두고 있는 것처럼 시가는 인 생 애환의 진실을 나타낼 뿐만 아니라 음향, 가락, 리듬의 감각 위 에 기초를 두고 있는 게 사실이다. 음악은 순수한 정감을 나타낸 것으로서 인간의 지력(知力)이 그것 없이는 활동할 수 없는 유일 한 수단인 언어라는 것을 전연 필요로 하고 있지 않다. 음악은 암 소의 목에 단 방울 소리, 어물시장, 싸움터에서 빚어지는 여러 가 지 음향이라든가, 때로는 꽃의 아름다움, 파도가 밀려오고 밀려가 는 모습이며, 달빛이 던지는 그지없이 고요한 기분까지도 표현한 다. 그렇다고는 하지만 음악이 감각의 한도를 넘어서 철학적인 관 념을 표현하려고 하면 그 순간 음악은 타락하며, 따라서 타락한 세계의 산물로 변하지 않을 수 없게 되는 것이다.

종교의 타락은 종교가 너무 이론만 따지게 됨으로써 시작되는 게 아닐까. 산타야나도 말하고 있는 바와 같이 종교가 타락하게 된 과정은 지나치게 공리공론(空理空論)을 따지게 된 때문이다. 산타야나는 이렇게 말하고 있다.

"불행하게도 종교가 헛된 공론의 옷을 입고 미신이 되기 위해서 공상 세계의 지혜가 되기를 그만둔 지도 이미 오래 되었도다."

종교가 타락한 것은 신조나 신앙 형식이나 신앙 개조(信仰個條)나 교의(敎義) 및 그 해석 따위에 온갖 정성을 집중하여 결국 철학적인 정신에 빠지고 말았기 때문이다. 신앙을 정당화하고 합리화하고 옳다고 믿게 됨에 따라 경건한 마음은 줄어들게 마련이다. 온갖 종교가 자기만이 진리를 발견했다고 망신(妄信)하는 편협한 종파로 변하게 된 까닭도 바로 이 때문이다. 그 결과 모든 종파에서 볼 수 있는 것처럼 이론으로 신앙을 정당화하면 할수록 더욱 편협한 것이 되고 마는 것이다. 그리하여 종교는 가장 악질적인 고집 불통, 편협 또는 개인 생활의 철저한 이기주의하고도 결합하게 되고 만다.

종교도 이런 경지에 이르게 되면 다른 종파에 대해서 관대한 태도를 갖는 게 불가능해질 뿐만 아니라, 종교 의식을 신과 인간과의 사적인 거래로 만들어버림으로써 인간의 이기주의만을 길러내는 결과가 되고 만다. 그리하여 을(乙)은 갑(甲)에게 대하여 상상할 수 있는 온갖 기회에 찬송가를 불러서, 신의 이름과 갑의 영광을 찬미하고, 그 대신 갑은 을을 축복하지 않으면 안 된다. 그러나 이때 다른 누구보다도 특히 우선 자기를 축복하고 다른 어떤 가족들보다도 우선 자기의 가족을 축복한다. 굉장히 신앙이 깊어서 한 번도 빠지지 않고 꼬박꼬박 교회에 나가는 노파들 가운데 터무니없는 욕심쟁이가 왕왕 있는 것은 바로 이 때문이라고 할 수 있다. 결국 자기만이 진리를 찾아내었다고 망상하는 독선적인 생각은 종교가 근거로 삼고 있는 온갖 보다 섬세한 정감을 몰아내고 말았던 것이다.

미술, 시가, 종교는 무엇 때문에 존재하는 것일까? 그것은 우리들 마음속에 공상의 신선미보다 커다란 정서적인 미감(美感), 보다 발랄한 생명감을 부활시키기 위해서이며, 그 밖의 다른 이유란 있을 수 없다. 사람이란 나이를 먹어감에 따라 감각이 차차 둔해지고, 고통이나 부정이나 잔인한 것에 대한 회로애락의 정(情)도 약해지고, 차가운 현실의 보잘것없는 일에 지나치게 사로잡힌 나머지 인생에 대한 공상도 그만 일그러지고 만다.

다행히 이 세상에는 그 날카로운 감수성이나 섬세한 정서적인 반응이나 공상의 신선미를 잃지 않고 그대로 지니고 있는 몇 사람의 시인과 예술가가 있다. 그러니까 이러한 사람들의 의무는 우리들의 도덕적인 양심이 되고, 무디어진 공상을 반성하게 하는 거울이 되고, 위축된 신경을 조정해주는 데 있지 않으면 안 된다. 모름지기 예술은 우리들의 마비된 정서라든가, 생기를 잃어버린 사고나 부자연스러워진 생활에 대해서 풍자와 경고가 되어야 할 것이다. 그것은 지나치게 약아빠진 세계에서 순진성이란 무엇인가를 가르쳐준다. 그것은 또한 생활의 건강함과 건전함을 회복하고, 지나친 정신 활동으로 말미암은 열광착란(熱狂錯亂)을 고쳐준다. 우리들의 감각을 날카롭게 만들어주고, 이성과 인간성 사이의 관계를 재건해주며, 인간 본래의 모습으로 복귀시켜서 균형을 잃은 생활의 파편을 다시 조립하여 먼저대로의 완전한 상태로 돌아가게 해준다. 이해가 따르지 않는 지식, 감상이 따르지 않는 비판, 사랑이 따르지 않는 미(美), 정(情)이 따르지 않는 진리, 자비가 따르지 않는 정의, 온정이 따르지 않는 예의가 판을 치는 이 세상은 얼마나 비참한 세상인가! 특히 정신의 활동이라고 생각되는 철학에 관하여 생각해볼 때 인생 그 자체에 대한 시흥(詩興)을 잃어버린다면, 그 위험은 보다 크다. 이른바 정신적인 기쁨이라고 하는 것 가운데에는 긴 수학의 방정식을 푸는 기쁨이라든가, 우주의 오묘한 이치를 깨닫는 기쁨 등이 포함되어 있음을 알 수 있다. 이처럼 어떠한 이치를 깨닫는다는 것은 아마도 온갖 정신적인 즐거움 가운데에서도 가장 순수한 것이다. 그러나 그런 것까지도 나는 맛있게 차린 음식하고라면 기꺼이 바꿀 생각이다.

첫째, 그 속에는 우리들이 정신적인 용무의 부산물인 변덕이라고 불러도 좋은 것이 끼어 있기 때문이다. 즉 자기가 재미 있어서 하고 있는 일일 따름이지, 인체에 필요한 그 밖의 다른 여러 작용과 같이 긴급하고 없어서는 안 될 것은 아니기 때문이다. 이 같은 지적인 기쁨은 결국 크로스워드 퍼즐[4]을 묘하게 풀어 맞추었을 때의 기쁨과 같은 것이다.

둘째로, 이때 철학자는 대개 자기 자신을 속이고 '완전'이라는 추상적인 생각에 빠지게 되어 진실 그 자체를 배경으로 삼는 것보

---

[4] 낱말을 가로, 세로로 맞추는 놀이.

다도 세계의 논리적 완성이라는 것을 지나치게 크게 생각하기 쉬운 때문이다. 그것은 사물을 옳게 그리는 방법이라고는 할 수 없으며, 마치 ☆의 모양으로 별을 그리는 것과 같다. 즉 공식으로의 환원, 기교적인 정형화, 지나친 단순화인 것이다. 하기야 정도를 너무 지나치지 않으면 그것도 또한 좋다고 할 수 있을 것이다.

그러나 수많은 사람들은 만물의 설계에 내재하는 단일의 이치를 찾아내지 않아도 유쾌하게 이 세상을 살아갈 수 있는 게 사실이다. 사실 그러한 것은 없어도 상관이 없다. 수학자와 이야기를 나누기보다는 묘령의 처녀와 이야기를 주고받는 편이 훨씬 재미있다. 처녀가 하는 이야기는 구체적이며, 그 웃음에는 정기가 넘쳐흐르기 때문에 그녀와 이야기를 나누는 편이 인간성에 대한 보다 많은 지식을 줄 수 있다.

어떠한 경우에도 나는 시나 노래보다도 돼지고기를 고를 것이고, 노릇노릇하게 타서 씹으면 바삭하는 아주 고급 소스를 발라서 구운 등심 살코기 한 조각을 얻기 위해서라면 번잡한 철학 따위는 내던져도 좋다고 생각한다. 나는 이런 유물론자인 것이다.

생활을 사색보다 소중하다고 생각함으로써만 철학의 열광이나 숨막히는 기분에서 빠져나올 수 있으며, 동심(童心)이 지니고 있는 참된 통찰력의 신선함과 소박함을 얼마간 되찾을 수 있다. 어떠한 철학자라도 만일 참된 철학자로서의 자격을 지니고 있다면 어린이의 모습을 보면 곧 스스로 부끄러움을 느낄 것이다. 울 안에 갇힌 사자 새끼를 보고도 부끄러움을 느낄 것이다.

발톱이나 근육이나 아름답고 부드러운 털, 뾰족한 두 귀, 반짝이는 둥근 두 눈, 그 민첩한 생김새, 장난을 좋아하는 성품 등 이러한 것들이 얼마나 완전히 자연스럽게 갖추어져 있는가. 하늘이 준 '완전'이 때때로 인공의 불완전으로 바뀌어진 것을 볼 때 철학자는 마땅히 부끄러워해야 할 것이다. 안경을 쓰고 있고, 식욕도 없고, 때때로 번민을 하고, 전혀 인생의 아취(雅趣)를 깨닫지 못하고 있음을 철학자는 마땅히 부끄러워해야 할 것이다. 이 따위 철학자에 게서는 아무것도 얻을 것이라고는 없다. 왜냐하면 그가 하는 말 중에 무엇 하나 핵심을 찌르는 말이라고는 없기 때문이다. 철학이 기꺼이 시가와 손을 잡고 우선 자연, 이어서 인간성이 지닌 참된 모습을 우리들에게 보여줄 때에만 다소 우리에게 도움이 될 수 있다.

상당한 가치를 지닌 인생 철학이라면 인간이 타고난 본능의 조화를 이루게 하는 데 바탕을 두지 않으면 안 된다. 너무나도 관념적인 철학자는 자연 그 자체로부터 곧 버림을 받게 된다. 중국 유학자들이 주장하는 바에 의하면, 인간이 지닐 수 있는 최고의 품격은 자연에 순응해서 살고, 마침내는 천지와 동등한 최고소(最高所)에 도달했을 때 얻어질 수 있다고 했다.

이것이 공자의 손자가 쓴 『중용』 속에 있는 가르침이다.

하늘이 주신 것을 자연이라고 하고, 이 자연을 따르는 것을 도(道)라고 하고, 도를 닦는 것을 교(敎)라 이른다. 희로애락의 감정을 아직 나타내지 않음을 중(中)이라고 하고, 희로애락을 알맞게 나타냈을 때 이를 조화를 이루었다고 한다. 중은 천하의 근본이요, 조화는 천하의 달도(達道)이니라. 인간이 스스로 마음속에 조화를 이루었을 때 하늘과 땅에는 질서가 생기고 만물은 고이 자라느니라.

자기 자신의 참다운 모습, 즉 자연이 준 인성(人性)이 무엇인가를 깨닫게 됨을 성(性)이라고 부르고, 스스로의 참다운 모습을 찾아내야 한다는 깨달음을 명(明)이라고 부른다. 이는 곧 자기의 참모습이 무엇인지 이해한다는 것은 스스로의 참모습을 찾아낼 수 있는 길을 알아냈음을 말함이니라. 이 세상에서 그 무엇에도 흔들리지 않는 절대적인 자아를 찾아낸 자만이 하늘이 그에게 준 사명을 다할 수 있느니라. 이는 곧 스스로의 품격을 완성한 자만이 남의 품격을 높일 수 있음을 말함이니라.

이는 또한 남의 품격을 높일 수 있는 자만이 자연의 섭리를 다할 수 있다는 뜻이니라. 자연의 섭리를 좇는 자만이 삶을 영위하고 만물을 자라게 하는 대자연을 도울 가치가 있는 인물이니라. 이는 곧 삶을 영위하고 만물을 자라게 하는 대자연의 섭리를 좇을 수 있는 가치 있는 인물로 천지와 더불어 같은 자리에 섰음을 말함이니라.*

---

* 유교에는 도교가 지닌 요소가 상당히 많이 포함되어 있다. 아마 이것은 후자의 삶의 영향을 받은 때문이 아닌가. 그러나 보통 이 점은 그리 주목되어 있지 않다. 이 인용문은 『사서』(四書)에 있는 한 구절이다.

4. 가정의 기쁨

생물은 생물답게

어떠한 문명도 그 문명에 대한 마지막 가치 판단은 그것이 어떤 모양의 남편과 아내와 아버지와 어머니를 만들어냈느냐 하는 데 달려 있다. 아주 간단한 이 점을 도외시하고서는 온갖 문명이 이룩한 공적 ― 즉 예술, 철학, 문학, 물질적 생활 같은 것들도 아무런 의의가 없는 것이 되고 만다.

내 의견을 말한다면, 온갖 문명이 이룩한 공적은 보다 훌륭한 남편이나 아내나 부모를 길러내기 위한 단순한 수단에 지나지 않는다. 인간의 90퍼센트가 남편이나 아내이며, 또 인간은 모두가 부모에게서 태어나는 한, 또한 결혼과 가정이 인간 생활과 가장 밀접한 관계를 갖고 있는 한, 보다 훌륭한 남편이나 아내나 부모를 길러내는 문명이 보다 행복한 인간 생활을 향해 나아가고 있는 것이며, 또 그러하기에 보다 높은 문명의 모습이기도 하다.

우리들 주위에 살고 있는 남녀의 소질이 어떠하냐 하는 문제는 그들이 이룩하는 일보다도 훨씬 중대한 것이며 어떤 처녀라도 그녀에게 보다 훌륭한 남편을 얻게 해주는 문명이라면 그것이 어떠한 문명이든 감사해야 할 것이다. 다만 이것은 상대적인 문제로서, 이상적인 남편이나 아내나 부모는 어떠한 시대나 어떤 나라에도 있기는 있었다. 아마도 우수한 남편이나 아내를 얻는 가장 좋은 방법은 우생학일 것이고, 그것에 의하여 우리들은 아내나 남편을 교육시키는 많은 수고를 덜 수 있는 것이다. 한편 가정을 무시하고 가정을 열등한 지위로 내모는 문명은 보다 초라한 산물을 만들어내기 쉽다.

내 사고 방식이 생물다워져 가고 있다는 것은 나 역시 잘 알고 있다. 나는 생물다울 수밖에 없다고 생각한다. 하지만 모든 남녀도 그러하다. 그러니까 '생물답게 해 나가자'는 것을 새삼스럽게 말할 필요는 없다. 왜냐하면 인간은 싫든 좋든 모두 생물답게 살아가고 있기 때문이다. 사람은 그 누구나 할 것 없이, 비록 뚜렷이 의식하고 있지는 않겠지만 생물로서 행복한 것이고, 생물로서 화를 내는 것이고, 생물로서 야심을 갖고, 생물로서 종교적이다. 또한 사람은 생물로서 평화를 사랑하는 것이다. 생물의 입장에서 생각해볼 때, 사람은 누구나 태어났을 때는 갓난애이고 어머니의 젖을 빨고 결혼해서 다시 어린애를 낳게 된다는 사실을 애써 회피할 필요는 없다. 사람은 누구나 여자 뱃속에서 태어나고, 대개의 남자는 일생을 통하여 여자와 함께 살고, 자녀의 아버지이다. 모든 여자도 뱃속에서 태어나고, 대개의 여자들은 일생 동안 남자와 함께 살며, 어린애를 낳는다. 자기의 종(種)을 영속시키기 위하여 종자를 만들어내는 것을 거부하는 나무나 꽃이 있듯이, 사람들 가운데 부모가 되는 것을 거부하는 이도 있다. 하지만 그렇다고 해서 어떠한 나무도 종자로부터 성장하는 것을 거부할 수 없는 것처럼 어느 누구나 부모로부터 왔다는 사실을 거부할 수는 없다. 이리하여, 우리들은 다음과 같은 기본적인 사실을 깨닫게 된다. 즉 인생에서의 가장 원시적인 관계는 남녀와 그 아이와의 관계이며, 어떠한 인생 철학이라고 하더라도 이 같은 본질적인 관계를 문제로 삼지 않는 한 만족스러운 철학은 될 수 없다. 아니 철학이라고 부를 수조차 없다.

그러나 남녀간의 관계만으로써는 완전하다고 할 수가 없다. 남녀의 관계는 반드시 어린애들을 낳는 결과를 가져와야만 하는 것이며, 만일 그렇지 않다면 불완전한 것에 그치고 마는 것이다. 어떠한 문명에서도 어린애를 가질 권리를 남녀로부터 빼앗는 일은 허용될 수 없다. 이것은 오늘날 아주 중대한 문제이다. 결혼을 원하지 않는 남녀가 오늘날에는 상당히 많고, 또 결혼했다고 하더라도 어떤 이유에서인지 어린애를 낳는 것을 피하는 사람들이 많다. 내가 말하고자 하는 바는, 그 이유가 무엇이든 남녀가 어린애를 낳지 않은 채 이 세상을 떠난다는 것은 자신이 스스로에게 범할 수 있는 가장 큰 죄악이라는 점이다. 만일 불임의 원인이 몸에 있다면, 몸의 어딘가가 잘못된 탓이다. 생활비가 많이 들기 때문이라면 생활비를 많이 쓰는 것이 잘못이다. 만일 결혼이라는 것에 대한 사고 방식의 기준이 너무 높기 때문이라면, 지나치게 높은 그 기준 자체가 나쁜 것이다. 그릇된 개인주의 철학 때문이라면 그 철학은 잘못된 것이다. 만일 사회 제도의 모든 기구에 그 원인이 있다면 사회 조직의 모든 기구부터가 좋지 못한 것이다.

앞으로 생물학이 좀더 진보하여 생물로서의 인간을 좀더 잘 이해하게 된다면 20세기의 남녀가 내가 말하는 바를 진실이라고 생각할 때가 오리라고 나는 확신하고 있다. 19세기가 비교자연과학의 세기였던 것처럼 20세기는 생물학의 세기가 될 것이다. 인간이 자기 자신을 좀더 잘 이해하게 되어 자연으로부터 부여받은 본능에 대항하여 싸우는 것이 헛된 일이라는 것을 깨닫게 되면 내가 말하는 것과 같은 단순한 지혜를 좀더 높이 평가하게 되리라고 본다.

역사가 시작된 이래 남자는 여자와 사는 것을 어느 누구한테도 배운 적이 없었다. 그럼에도 불구하고 남자가 여자 없이 혼자 살았다는 예가 없으니 이상하다. 여자 없이는 아무도 이 세상에 태어나지 못한다는 사실을 안다면 여성을 멸시해서 말할 수 없다.

태어나서 죽을 때까지 어머니와, 아내와 또한 딸에게 남자는 둘러싸여 살아간다. 설령 결혼하지 않는다고 하더라도 윌리엄 워즈워드처럼 자기 누이동생의 신세를 지게 되거나, 허버트 스펜서[5]처

5 1820~1903. 영국의 철학자

럼 가정부에게 의지하지 않으면 안 되게 마련이다. 자기 어머니나 그 누이와의 적절한 관계를 유지할 수가 없다면 그것이 비록 훌륭한 철학이라고 하더라도 워즈워드의 영혼을 구할 수 없을 것이고, 가정부와의 사이조차 적절한 관계를 만들 수 없다면 신이여, 스펜서에게 자비를 베푸소서.

여성과 적절한 관계를 유지하지 못하고, 왜곡된 도덕적인 생활을 보낸 사람들에게는 어딘지 모르게 초라한 데가 있다. 오스카 와일드조차도 '남자는 여자와 함께 살 수 없다. 그렇다고 해서 여자 없이도 살 수가 없다!'고 말하지 않았던가! 그러하기에 인간의 지혜는 힌두교 이야기의 삭자와 20세기 초기에 살았던 오스카 와일드 사이에서 한 걸음도 진보한 것 같지 않다. 왜냐하면 힌두교 창조설의 작자는, 이미 4천 년 전에 본질적으로는 오늘과 조금도 다를 것이 없는 말을 하고 있기 때문이다. 이 창조설에 의하면 신은 여자를 만들 적에 꽃의 아름다움, 새의 노랫소리, 무지개의 빛, 산들바람의 부드러움, 파도의 웃음, 양의 온순한 성질, 여우의 교활함, 구름의 옹고집, 소나기의 변덕스러움 들을 추려서 그것들을 여성의 몸 속에 짜 넣은 뒤 남자에게 아내로 주었다고 한다.

아내를 얻은 힌두교의 아담은 행복했다. 둘은 아름다운 땅 위를 뛰놀며 돌아다녔다. 그런데 며칠 뒤 아담이 하느님 앞으로 찾아와서 말하기를, "이 여자를 다른 데로 보내주십시오. 도저히 함께 살 수가 없습니다" 하니 아담의 요구를 듣고 하느님은 그녀를 다른 데로 보내버렸다.

그러자 아담은 쓸쓸해졌고 마음이 즐겁지가 못하였다. 이어 며칠이 지나자 또다시 하느님을 찾아와 아담이 말하기를, "제 아내를 다시 저에게 돌려주십시오. 그녀 없이는 살아갈 수가 없사옵니다" 하였다. 다시금 하느님은 그의 청을 받아들여 그에게 이브를 돌려주었다. 며칠이 지난 뒤 다시금 아담은 하느님 앞에 나아가 간청을 했다. "하느님께서 창조하신 이브를 제발 저에게서 데려가 주십시오. 맹세코 말씀드립니다만 그녀하고는 도저히 함께 살 수가 없사옵니다." 무한한 지혜를 지니신 하느님은 다시금 그의 간청을 들어주셨다. 마침내 아담이 네 번째 찾아와서 여성의 반려가 없이는 살아갈 수 없노라고 호소하자, 하느님은 아담을 향하여 다시는 마음이 변하지 않을 것, 좋든 나쁘든 그녀와 운명을 함께할 것, 되도록 좋은 방법을 마련하여 이 땅 위에서 함께 살 것을 약속하게 하였다고 한다. 이 광경은 오늘날이라 할지라도 그 본질에서 별로 다를 데가 없는 것 같다.

독신 생활은 문명의 기형

인간은 이 세상에서 자기 혼자 살면서 행복할 수 없는 존재로, 반드시 자기 주위에 있는 자기보다 커다란 집단과 결합하지 않으면 안 된다고 하는 가정(假定)에서부터 출발하지 않으면 안 된다.

그리고 자아라고 하는 것은 한 사람의 몸의 테두리 안에만 갇혀 있는 것은 아니다. 왜냐하면 정신적인 사회 활동이 행해지고 있는 한 고립된 자아보다는 더 큰 자기라는 것이 존재하기 때문이다. 그러나 어떠한 시대, 어떠한 나라, 또한 어떠한 형태의 정부 아래 있어서도 참된 생활로서 다소의 의의를 지닌 것이라면 결코 그 나라나 그 시대와 꼭 같은 넓이를 갖고 있는 것이 아니라, 우리들이 '보다 더 큰 자아'라고 부르는 좁은 환경 속에 있는 것이어서 그것은 친지들이라든가 활동 범위에 의해 정해지게 마련이다. 이 같은 사회적인 단위 속에서 사람은 살고, 움직이고 또 존재하기 마련이다. 이 같은 사회적인 단위는 하나의 교구일 수 있고, 학교나 감옥이나 회사나 비밀 결사 또는 자선 단체일 경우도 있을 것이다. 아니, 때로는 가정을 대신할 정도가 아니라 완전히 가정을 밀어내는 경우도 있을 것이다. 종교 그 자체나 커다란 정치 운동도 인간의 전존재(全存在)를 소모해버리는 경우가 있다. 그렇지만 이 같은 온갖 집단 가운데에서 유독 가정만이 자연스럽고 생물학적으로도 진실하고 만족스럽고 의의가 있는 유일한 생활 단위로서 부동(不動)의 자리를 차지하고 있다.

　사람은 이 세상에 태어날 때부터 이미 가정이 있게 마련이며, 또한 그 뒤의 일생을 통해 가정 속에서 살아간다. 때문에 나는 가정을 자연스러운 곳이라고 말하는 것이다. 또한 혈통이라는 것이 있어서 앞서 말한 보다 큰 자아라는 사상을 뚜렷하고 참된 것으로 만들어주기 때문에 나는 이를 가리켜 생물학적인 진실이라고 말하는 것이다. 이 가정이라고 하는 자연적인 집단 생활을 잘해 나갈 수 없는 사람은 그 밖의 집단 생활에서도 성공할 가망이 없다.

공자는 이렇게 말하고 있다.

젊은이는 모름지기 집안에서는 효도를 다하도록 가르침을 받고 사회에 나가서는 남을 존중할 줄 알아야 하며, 성실하고 정직하고 모든 사람들을 사랑하고 마음 착한 선비들과 사귀도록 해야 하느니라. 이러한 법도를 모두 지킨 뒤에 아직도 여력이 있으면 그들로 하여금 책을 읽게끔 해야 하느니라.

중요성을 떠나서 생각할 때, 이러한 집단 생활에서 남성이 자기 뜻을 표현하고, 자기 자신을 충실하게 하고, 자기가 타고난 개성을 최고 수준까지 발전시킬 수 있는 것은 알맞은 여성에게서 받는 빈틈없이 잘 조화된 따뜻한 마음씨에 의해서만 비로소 가능하다.

남자보다도 강한 생물적인 감각을 가진 여자는 이런 사실을 잘 알고 있다. 중국의 처녀는 모두 잠재 의식적으로 붉은 결혼식용 속치마와 꽃가마를 꿈꾸고, 서구의 처녀들은 누구나 결혼식 때 쓸 면사포와 결혼식장에서 울리는 종소리를 꿈꾸고 있는 것이다. 여성에게는 인위적인 문명의 힘으로 쉽사리 쫓아낼 수 없을 정도로 강력한 모성적 본능이 부여되어 있다. 나는 확신한다. 자연의 뜻은 여성이 어머니가 되도록 하는 데 힘을 써 아내보다는 오히려 어머니답게 만들자는 데에 있다는 것을. 여성은 그러하기에 여러 가지 정신적이며 도덕적인 특질을 타고났다. 진정 이러한 특질이 어머니로서의 구실을 다하도록 여성을 이끌어주고 모성본능 속에 올바르게 나타나고 또한 결합되어져 있다. 이를테면 여성이 지닌 현실주의, 판단력, 성가시고 귀찮은 일에 대한 참을성, 어리고 약한 것에 대한 사랑, 남을 돌보아주기 좋아하는 성품, 강렬한 동물적인 사랑과 증오, 굉장히 자기 본위적이고 눈물을 잘 흘리는 감상적인 기질과 일반적인 일에 대한 개인적인 견해 등이 그것이다. 그러므로 철학이 자연의 의도에서 벗어나, 여성의 전생명의 특질이며 기본적으로는 드러나는 모성적인 본능을 도외시한 채 여성을 행복하게 하려고 한다면 그것은 터무니없는 잘못이다. 그리하여 어떤 무식한 여자도, 건전한 교육을 받은 부인도, 모성본능(母性本能)은 결코 억압되는 일 없이 어렸을 때 이미 그 싹을 보이고, 청춘 시대를 거쳐 성년 시대에 이르러 더욱더 강렬해지는 법이다.

이와는 반대로 부성본능(父性本能)은 서른다섯 살이 넘기 전에는 그의 표면에 나타나는 일이 없다. 어떤 경우건 다섯 살 먹은 아들이나 딸을 갖기 전까지 남자란 부성본능을 거의 의식하지 않는다.

스물다섯 살 가량인 사나이가 아버지가 되고 싶다는 생각을 하는 일은 거의 없다. 그저 어느 처녀와 사랑하게 되어 우연히 어린애가 태어나는 것일 뿐, 아내가 어린애 생각으로 가득 차 있는 데 비해 남편은 모든 것을 까맣게 잊고 살아가게 마련이다. 남자는 서른 살이 넘어서야 겨우 시장에 데려가거나 친구 앞에서 자랑할 수 있는 딸이나 아들이 자기에게 있다는 사실을 갑자기 깨닫는다. 이제야 비로소 자기가 아버지라는 것을 실감하는 것이다. 스물이나 스물다섯 살의 사나이로서 아버지가 된다는 사실을 흐뭇하게 여기는 사람은 좀처럼 찾아보기 힘들다. 아니, 흐뭇해하기는 커녕 그런 일은 거의 생각하지 않는다. 이와는 달리 여성에게는 어머니가 되었다는 것이나 어머니가 되리라는 기대까지도 그녀의 생애에서 가장 중대한 사건이며, 여성의 심신(心身) 전체에 변화를 가져오고 그 영향은 여성의 성격이나 습관까지도 바꾸어놓는다. 여성이 아이가 태어나는 것을 고대하게 되면, 그녀의 세계는 완전히 달라진다. 이렇게 되면 여성은, 무엇을 생각하건 인생의 사명이나 생활의 목적에 대하여 아무런 의문도 갖지 않게 된다.

이때 그 여성은 세상에서 요구되고 있는 필요한 존재로 변하게 되기 때문이다. 그리고 그녀는 자기가 맡은 바 구실을 다하게 되는 것이다. 어느 부유한 중국인의 집에 태어나 아무런 불편도 모르고 마냥 귀염둥이로 자란 외동딸이 있었는데, 어른이 된 그녀는 자기 애가 병들어 있는 몇 달 동안 잠을 거의 자지 않고 정성껏 간병(看病)했다고 한다. 자연의 설계에서 이같이 강한 부성본능은 필요치가 않다. 이 같은 본능이 남성에게는 부여되어 있지 않다. 대체로 남성이란 오리나 거위의 수놈처럼 수컷으로서의 책임을 다하는 것 외에는 그 자식에 대하여 그다지 관심이 없다. 그러나 여성은 이같이 살아가는 데 절대 필요한 중심 동력을 발휘

할 수가 없어서 그녀가 맡은 바 구실을 다하지 못할 때에는 심리적으로 몹시 괴로워하게 된다. 그런데 미국 문명은 수많은 훌륭한 여성이 아무런 잘못을 저지르지 않았음에도 미혼인 채로 지내고 있는 것을 모른 체하고 있다. 그러므로 미국이 여성에 대해서 얼마나 어리석은 문명인지, 이에 대해서는 재론할 필요도 없다.

결국 우리들에겐 '어떻게 살면 행복해질 수 있을까?' 하는 문제만 남았을 따름이다. 겉으로 드러나는 생활의 피상적인 영달(榮達)을 넘어서 좀더 높은 곳, 남녀 본능의 구석 깊이 가로놓여 있는 근원에 부딪쳐 거기에서 정당한 배출구를 찾아내지 못한다면 누구를 막론하고 인간은 행복해질 수 없다.

'개인적 경력'의 형태로 나타나는 하나의 이상으로서의 독신 생활, 여기에는 어딘가 개인주의적인 데가 있을 뿐 아니라 어리석기 그지없는 주지주의적인 점이 있는데, 이 후자 때문에 독신주의는 배척을 받는다. 자기가 좋아서 헛된 주지주의자가 되는 고집불통의 독신주의자나 미혼녀는 그 외형적인 공적에 너무 지나치게 열중한 게 아닌가 여겨진다. 가정 생활 밖의 무엇인가 좋은 대용물 속에서 행복을 찾아낼 수 있고 깊은 만족을 맛볼 수 있는 지적·예술적·직업적인 흥미를 찾을 수 있다고 믿고 있는 것이다.

나는 이것을 부정한다. 흐뭇한 생활을 할 수 없는 대신에 '경력'이라든가, 개인적인 공적이라든가, 동물 학대 반대 등에서 삶의 보람을 찾고, 결혼하지 않고 어린애도 갖지 않은 사람들이 있는데, 이런 사람들이 연출하는 개인주의의 풍경은 어쩐지 어리석

고 늘 우스꽝스럽게만 느껴지는 것이다. 이러한 것이 심리적으로
는 다음과 같은 경우에 나타난다. 호랑이 잔등에 있는 채찍의 흔
적을 본 노처녀들이 그 어떤 잔인한 학대라도 받지 않았나 의심하
여 서커스단 지배인에게 호랑이를 너무 못 살게 굴지 마셔요, 하
고 호소하는 경우이다. 그녀들의 항의는 호랑이라고 하는 얼토당
토않은 종족에게 향해진 전혀 당치도 않은 모성본능에서 비롯된
것으로, 마치 호랑이가 채찍질을 받아 어쩔 줄 모르고 있는 소녀
인 양 착각을 일으키는 것이다. 이러한 여성들은 인생의 어느 한
점을 헛되이 손으로 더듬으면서, 자기나 남들에게 그런 행동이 그
럴 듯하게 여겨지도록 열심히 노력하고 있는 것이다.

　정치적·문학적·예술적인 공적에 대해서 치러지는 보수는 그
러한 것들을 만들어낸 사람들의 창백하고, 지적이고, 독선적인 자
기만족에 그치지만, 자기 자식들이 무럭무럭 굳세게 자라나는 것
을 보는 기쁨은 말로 표현하기에는 너무나 벅찬 사실이다.

　얼마나 많은 저술가나 예술가가 노령에 이르러서도 자기가 이
룩한 일에 흐뭇해하고 있는지 의문이다. 또 얼마나 많은 사람들이
자신이 이룩한 일을 평하여 노인의 소일거리에 지나지 않으며, 주
로 생활하기 위해 마지못해 한 일이라고 폄하고 있는지 모를 일
이다.

　허버트 스펜서는 숨을 거두기 며칠 전에, 18권이나 되는 그의
저서 『종합 철학』을 무릎 위에 올려놓고 있었다. 그리고 그 책들
의 차가운 무게를 느꼈을 때, 책보다는 손자를 안고 있는 편이 훨

씬 더 좋았으리라 생각하였다. 현명한 가정부인 엘리아는 스펜서의 저서와 그가 꾸는 '꿈 속의 아이들'을 기꺼이 바꾸지 않았을까? 과연 설탕의 대용품이라든가 버터의 대용품, 솜의 대용품은 실로 보잘것없는 게 사실이다. 그러나 어린애의 대용품을 찾는다는 것은 도대체 말도 되지 않는 일이다. 존 D. 록펠러는 인류의 행복에 폭넓은 공헌을 했으니까, 그의 마음속에 도덕적·미적인 만족이 있었으리라는 것은 부인할 수 없을 것이다. 동시에 이 같은 도덕적·미적 만족은 극히 박약한 것이므로 골프장에서 공이라도 잘못 치는 날에는 속절없이 사라져버리는 것과 마찬가지라, 결국 참되고 영속적인 만족을 준 것은 아들인 제2세 록펠러였으리라는 것을 나는 의심하지 않는다.

또 다른 관점에서 볼 때 대개의 경우 행복이란 자기에게 알맞은 일, 즉 자기가 평생을 두고 기꺼이 할 수 있는 일을 찾아내는 데 있다고 할 수도 있다. 어떤 직업에 종사하고 있는 남녀의 90퍼센트가, 그들이 진심으로 좋아하고 있는 일을 기꺼이 하고 있는지 나는 의문이다.

세상에는 '나는 내가 하는 일을 좋아하고 있습니다' 하고 잘난 체 큰소리를 치는 사람들이 제법 많다. 하지만 대개의 경우 그런 말은 다소 깎아서 듣지 않으면 안 된다. 누구나 다 '내 가정을 사랑하오'라고 말하듯이 너무나 뻔한 일이기 때문이다. 보통 사무원들은 중국 여성이 어린애를 낳을 때와 아주 비슷한 기분으로 직장에 다니고 있다. 모두가 그러고 있으니, 난들 다른 방도가 있을까

보냐 하는 심정인 것이다.

'내가 하는 일은 재미가 있어요'라고 모두들 말하지만, 그 말을 엘리베이터 보이나 교환수나 치과의사가 할 경우는 새빨간 거짓말이며, 그 말의 주인이 편집자나 부동산 관리인, 주식 브로커라면 과장된 허풍이라고 할 수 있다. 발견하거나 발명하는 일에 종사하는 북극 탐험가나 연구실에서 일하는 과학자는 예외라고 치고, 자기가 하고 있는 일이 자기 성품에 맞고 또 좋아한다는 것은 우리들이 바랄 수 있는 최상의 경우이다. 그러나 말의 형용을 고려해 생각하더라도 일에 대한 사랑과 어린애를 향한 모성애는 비교가 되지 않는다. 많은 사람들은 나의 천직이 무엇일까, 갈피를 잡지 못해 이것저것 직업을 바꾼다. 하지만 어머니는 어린애들을 기르고 지도하는 여성으로서의 생애에 대해 어떤 의문도 느끼지 않는다.

여성 독자들은 내 말을 잘 알아들었을 것이다. 그리고 가정을 지켜나가는 무거운 짐은 결국 부인네들이 짊어져야 한다는 것을 뻔히 알고 있으면서 내가 가정에 대해 더욱 강조하고 있는 것을 본 여성들은 노여움에 온몸을 떨 것이다. 그것은 바로 내가 뜻하는 일이며 또 제목이기도 하다. 결국 이제 남은 것은 누가 여성에 대해서 보다 친절하냐 하는 문제이다.

왜냐하면 우리들이 지금 따지고 있는 것은 사회적인 공적이라는 뜻에서 여성의 행복을 논하는 것이 아니라 하나의 인간으로서의, 참된 뜻에서의 여성의 행복에 관해 말하는 것이기 때문이다.

어느 직업에 적합한가, 능력이 있는가, 이 문제를 놓고 보더라도 여성에게는 어머니로서 꼭 어울리는 것 이상으로, 그가 맡은 바 일에 꼭 알맞은 직책은 드물다고 나는 믿고 있다. 무능한 과장이나 무능한 지배인, 무능한 은행가나 무능한 은행장은 있지만 무능한 어머니란 거의 존재하지 않는다고 보아야 옳을 것이다.

그러니까, 여성은 태어나기를 모성적으로 태어났으며, 그렇게 되기를 바라고 또 그렇다는 것을 알고 있다. 오늘날 미국의 대학에서 공부하고 있는 여학생들 가운데에는 여성으로서의 이상으로부터 그 정도를 벗어나 동요한 점이 있는 게 사실이긴 하지만 대다수의 여학생들은 솔직하게 결혼하고 싶다고 말하며, 인생을 건전하게 바라보는 힘을 지니고 있다는 사실을 나는 알고 있다. 내 눈에 비친 이상적인 여성은 화장품과 수학을 동시에 사랑하는 사람이며, 남녀동권론자(男女同權論者)보다 여성다운 여성이다. 그녀들에게 화장품을 주어라. 그리고 공자의 말처럼 행하고 여력이 있으면 수학 연구에 골몰하게 하라는 것이다.

지금 우리들은 일반 남녀들이 가지는 이상에 대해 이야기하고 있다는 것을 이해하기 바란다. 이 세상에는 뛰어나게 유능한 남자가 있는 것처럼 뛰어나게 유능한 부인도 있다. 또한 일하는 이들이 지닌 창조력은 인류 사회의 참된 진보에 공헌하고 있다. 그러나 이처럼 특수한 능력을 지닌 여성에게가 아니라 보통 여성들에게 결혼이 이상적인 직업이라고 생각된다면 어린애를 낳고, 부엌일을 할 것을 요구하게 될 것이다. 동시에 보통 남성에게는 예술

따위는 아예 잊어버리고 이발 일을 하거나, 구두를 닦거나, 도둑을 잡거나, 땜질을 하거나, 급사 노릇을 하거나 해서 가족들의 식생활을 어김없이 보장할 것을 나는 요구하고 싶다. 남자나 여자 가운데 어느 편이고 애를 낳아서 기르고 홍역을 무사히 치르게 하고 선량하고 어진 시민으로서 길러내야만 하는데 남자가 아이를 낳는 일은 전혀 불가능한 것이고, 어린애를 안아주거나 목욕을 시켜주는 일은 굉장히 어색하고 힘든 만큼, 아무래도 이런 일은 여자가 도맡아서 할 수밖에 없다. 보통 남녀가 할 수 있는 일로서, 어린애를 낳는 것과 이발을 하는 것, 구두를 닦는 일과 백화점의 문지기 일 중 어느 쪽이 고상한 일인지 알 수는 없다. 자기 남편이 백화점에서 낯선 사람들을 위해 문을 열어주는 일을 하고 있는데, 어째서 그 부인이 집에서 접시 닦는 일을 불평하는지 나로서는 그 까닭을 알 수 없다. 예전에는 남성들이 매장 일을 보았던 게 사실이다. 그러나 이제는 젊은 여성들이 자꾸만 진출하여 남성의 자리를 빼앗아 점원이 되는 바람에 남성은 그만 문지기 역할을 맡을 수밖에 없게 된 것이다.

그러니까, 일하는 사람들이 자기가 맡은 일이 고상하다고 생각하고 근무한다면 이 사회는 그들을 환영할 것이다.

무슨 일이건 생활을 하는 데 하나의 수단에 지나지 않는다, 이렇게 생각하면 일에 귀천이란 있을 수 없다. 그러니까 손님들의 모자를 맡는 일이 남편의 해진 양말을 꿰매는 것보다 더 필요하고 로맨틱한 일이라고 나는 믿지 않는다. 모자를 맡는 일을 보는 처녀와 가정에서 양말을 꿰매는 아내와 다른 점은 바로 다음과 같다.

즉 양말을 꿰매고 있는 아내에게는 그녀의 특권으로서 운명을 좌우하는 남편이 있는 데 비해 모자를 맡는 처녀에게는 그런 사람이 없다는 사실이다. 물론 그 양말을 신는 사람은 여자에게 그런 일을 시킬 만큼 가치 있는 사람이기를 바라는 바이지만, 이와 동시에 남편의 양말 따위는 아내가 수선할 만한 것도 못 된다고 결정하고 내던져버린다면 이것은 너무 부당한 비관론이라고 할 수밖에 없을 것이다. 남자들이 모두가 그렇게까지 무가치한 존재는 아니기 때문이다.

문제의 중요한 점은 바로 다음과 같은 데 있다. 즉 가정에서는 다음 세대가 될 자녀들을 잘 길러서 교화해야 할 중요하고도 신성한 일이 있음에도 불구하고 그런 가정 생활이 부인에게는 너무나 저급한 것이라고 일반적으로 생각하는 것은, 건전한 사회인의 태도라고는 말할 수 없을 것이다. 그러니까 부인과 모성에게 존경을 표시하지 않는 저급한 교양을 지닌 가정이 아니고서는 이러한 일은 있을 수 없다.

성적인 매력에 대하여

여성의 권리와 그 사회적 특권의 증대를 겉으로는 인정하고 있지만 여성은 아직 정당한 대우를 받고 있지 않다고 나는 늘 생각해왔다. 내가 받은 이런 인상이 정확한 것이 아니기를 바란다. 그리고 여성의 권리가 커짐과 동시에 여성 숭배의 관념도 줄어들지 않기를 바란다. 도대체 여성을 숭배하는 기사도 정신, 즉 참된 의미에서의 여성 존경이라는 것은 여성에게 돈을 쓰게 하거나, 가고 싶은 곳에 가게 하거나, 실무를 보게 하거나, 투표를 하게 하는 것과 반드시 병행하는 것은 아니다. 구대륙의 한 시민이며 구대륙적인 생각을 지니고 있는 나는 평소부터 이렇게 생각해오고 있다. 세상에는 중요한 일도 있고 또 대수롭지 않은 일도 있게 마련인데, 미국 여성은 구대륙에서 살고 있는 여성과 비교해보면 대수롭지 않은 일에 있어서는 매사가 다 뛰어나지만, 중요한 일에 있어서는 여전히 똑같은 위치에 서 있다. 어쨌든 유럽보다도 미국에서 여성 숭배 사상이 더 강하고 뚜렷하게 나타나 있다고는 말할 수 없다.

미국 여성이 지니고 있는 참된 주권은 예나 지금이나 여전히 그 전통적인 왕좌, 곧 가정에서 오는 것이며, 가정에 있어서만 가정을 지키고 보호하는 행복한 천사로서 통솔자의 자리에 앉을 수가 있다. 나는 이 같은 천사를 본 일이 있는데 그런 여성은 오직 신성한 가정 안에서만 찾아볼 수 있다. 가정 안에서야말로 부엌과 객실 사이를 조용히 왔다갔다하며 가정애(家庭愛)에 몸을 바치고 있는 가정 주부의 모습을 볼 수 있다. 가정에서의 부인은 어딘지 빛을 내고 있지만 사무실에서는 도저히 어울리지도 않고 또 생각할 수도 없다.

그것은 사무용 재킷을 입고 있을 때보다 비단 모슬린으로 만든 부인복을 입고 있는 편이 더 매력이 있고 우아하다는, 단지 그 하나의 이유 때문에서일까? 아니면 단지 나 혼자서 그런 공상을 해본 데 지나지 않는 것일까?

여성이 가정에 있는 것은 마치 물고기가 물 속에 있는 것이나 다름없다. 이는 깊이 음미해볼 만한 사실이다. 여성에게 사무복을 입히면 남자들은 비판할 수 있는 권리를 행사하며, 동료로서 그녀들을 바라보게 된다. 그러나 여성에게 얇은 명주 크레이프나 비단 모슬린으로 만든 부인복을 입혀서 하루 일곱 시간의 노동 시간 중 한 시간 정도만 사무실 안을 조용히 거닐게 하여 보라. 남자들은 경쟁 의식을 버리고 위압당하고 감탄하여 제대로 말도 붙이지 못하게 될 것이다. 똑같은 일을 하라는 명령을 받게 되면 여성은 실로 재빨리 요령을 얻게 되어 이러한 종류의 일을 하는 데 있어서는 남성보다는 훨씬 뛰어난 일꾼이 된다. 그러나 사무실 직원들이 누구 결혼식에 참석하여 차(茶)라도 함께 마시게 되어 장소가 바뀌면 여성은 당장 그 자리에서 자기네 본래의 모습으로 돌아가 동료나 상사를 향해 이발을 하라는 둥, 비듬을 없애려면 어떤 로션이 좋다는 둥 그러한 것들을 가르쳐준다. 사무실에서 여성의 말씨는 정중하지만 일단 사무실 바깥으로 나오면 당당해진다.

남성의 입장에서 솔직히 말한다면 ― 군이 과장된 말을 할 필요도 없지만 ― 공공 생활 속에 여성이 그 모습을 나타낸 뒤로 사무실이나 거리 할 것 없이 굉장히 우아하고 상냥한 기분이 떠돌게 되어 남자들에게는 좋은 환경이 되었다. 사무실 안에서 주고받는 말소리도 전보다 더 조용해지고 빛깔도 화려해지고 책상도 깨끗해졌다. 자연으로부터 부여받은 성적인 매력이나 남자들이 성적인 매력을 찾는 기분에는 아무런 변화도 일어나지 않았지만, 그래도 미국 남성들은 다른 나라의 남성들에 비하면 아주 많이 덕을 보고 있는 것 같다. 왜냐하면 미국 여성들은 중국 여성과 비교해 볼 때 성적인 매력이라는 면에서 훨씬 노력하고, 남성을 기쁘게 하려고 애쓰고 있기 때문이다. 그러하기에 서구 사회에서는 너무나 성적인 것만 생각하게 되어 여성 그 자체를 너무 가볍게 취급하고 있다는 결론이 나오게 된다.

서구의 여성들은 머리를 매만질 때 중국 여성과 마찬가지로 상당히 많은 시간을 보낸다. 그러나 얼굴 화장을 하게 되는 경우, 중국 여성보다는 훨씬 개방적이고 시간과 장소를 가리는 일이 없다.

식사를 가려서 하고, 운동을 하고, 얼굴에 마사지를 하고, 날씬하고 아름다워지기 위해 광고를 읽는 따위의 일에 정성을 다한다. 또한 허리 곡선을 아름답게 하기 위하여 침대에서 두 다리를 올렸다 내렸다 하는 데 있어서는 중국 여성보다도 훨씬 열심이다. 중국 여성이라면 감히 엄두도 내지 못할 나이가 되어도 얼굴의 주름살을 펴고 머리를 물들이곤 한다. 로션이나 향수를 사는 데 쓰는 돈도 중국 여성들보다 많으면 많았지 적지는 않을 것이다. 그리하여 화장 도구를 만드는 기업이 굉장히 발달되어 있다. 예를 들면

낮에 바르는 크림, 밤에 자기 전에 바르는 크림, 털구멍에 바르는 크림, 레몬 크림, 볕에 그을리는 것을 막는 오일, 주름살 펴는 오일, 거북의 알에서 짜낸 오일, 그 밖에 생각할 수 있는 온갖 종류의 향유들이 있다. 어쩌면 이것은 미국 여성들에게는 시간과 돈이 남아돌아간다는 단지 그 하나의 이유 때문인지도 모르겠다. 어쩌면 그녀들은 남자들을 즐겁게 하기 위하여 옷을 입고 그녀들 자신을 즐겁게 하기 위해 옷을 벗는 것인지도 모른다.

아니 어쩌면 이와는 반대로 남성을 즐겁게 하기 위해 옷을 벗고 자기 자신을 위해 옷을 입는 것인지 또는 두 경우에 모두 해당되는 것인지도 모르겠다. 아니 중국 여성들은 미국 여성들처럼 현대적인 화장 도구를 모두 손에 넣을 수 없다는, 단지 그 이유 때문에 이런 차이가 생겨난 것인지도 모른다. 왜냐하면 남자들의 눈을 끌어 매력 있게 보이고 싶어하는 여자들의 욕망은 인종에 따라서 차이가 있다고는 도저히 생각되지 않기 때문이다. 지금부터 50년 전만 해도 중국 여성은 발을 졸라매어 남자들의 환심을 사려고 눈물겨운 노력을 했다. 그러나 오늘날에는 이 같은 전족을 내던지고 아주 기꺼이 하이힐을 신게 되었다.

예술가는 남녀 육체의 해부학을 평등하게 연구하지만, 남성의 육체에 관한 연구를 영리상의 계산에 잘 맞도록 한다는 것은 아무래도 어려운 일인 듯싶다. 극장은 인간을 벌거벗기는 곳으로, 대부분의 경우 남자들의 마음을 산란하게 하기 위해 여자를 벌거벗기는 것이지, 여자를 괴롭히기 위해 남자를 벌거벗기는 일은 없다. 예술적인 동시에 도덕적인 것을 취지로 삼는 고급 쇼의 경우에도 여성은 예술적이어야 하고 남자는 도덕적이 되어야 마땅하지, 여자는 도덕적인 존재가 되고 남자는 예술적인 존재가 되라고 주장하지 않는다(가벼운 코미디에 나오는 남자 배우들은 언제나 손님들을 웃길 생각만 하고 있다. 예술적이라 생각되고 있는 무용에서조차도 그러하다). 돈벌이를 하려고 광고를 낸다. 그러면 저절로 테마가 잡힌다. 그것을 언제까지고 겉모양만 바꿔서 상연하는 것이다.

그러니까 요즘은 어떤 남자 배우가 예술적인 존재가 되고 싶다면 잡지를 한 권 사가지고 와서 광고란을 한번 죽 훑어보기만 하면 되는 것이지, 그 밖의 일은 할 필요가 없다. 그 결과 여성들은 예술적인 존재가 되어야 한다는 의무감을 너무도 강하게 느낀 나머지 자기도 알지 못하는 사이에 성적 교의(敎義)를 받아들여 마침내 자기를 위축시키고 성적인 매력을 발휘하기 위하여 몸을 마사지하고 엄격한 훈련을 달게 받기에 이른 것이다. 한마디로 더욱더 아름다운 세계에 공헌하겠다는 생각을 갖게 되었다는 이야기이다. 마음씨가 바르지 못한 여성이 남자를 사로잡고 놓아주지 않는 유일한 방법은 오직 성적인 매력에 있다고까지 생각하는 것이다.

그러나 나는 생각한다. 성적인 매력을 지나치게 강조한다는 것은 여성이 타고난 본성에 대한 미숙하고 뒤떨어진 사고 방식이라고. 이런 미숙한 생각은 연애나 결혼의 품격에 대해서도 나쁜 결과를 가져오고, 그에 따라 연애관이나 결혼관도 그릇되고 불완전한 것이 되고 만다. 이렇게 생각하노라면 여성을 한 집안의 지도자로서가 아니라 오히려 남성의 상대나 되어주는 존재로밖에 여기지 않게 된다. 여성은 아내인 동시에 어머니이기도 하다. 하지만 앞서 말한 것과 같이 성(性)을 지나치게 강조하게 되면 남성의 상대로서 여성이 지닌 의의가 어머니로서의 의의를 무색하게 만든다.

그러므로 나는 주장한다. 여성은 어머니가 됨으로써 비로소 최고의 자리에 앉게 된다. 스스로 어머니가 되기를 회피하는 아내는 순식간에 그녀가 여성으로서 지녀야 할 존엄성과 성실성의 대부분을 잃게 되어 한낱 남성의 노리개가 되는 위험 속에 빠지고 말 것이다. 내 의견을 말한다면 자식을 낳지 못한 아내는 첩에 지나지 않으며, 비록 첩이라 하더라도 어린애를 갖게 되면 어엿한 아내가 된다는 것이다. 법이야 뭐라고 하든 사실이 그러하다. 애만 있으면 정실부인이 아닌 여성의 위치도 고귀하고 신성한 것이 되지만, 애가 없으면 아내의 위치도 낮은 곳으로 떨어지게 되는 것이다. 하지만 요즘 부인네들 가운데에는 얼굴과 몸맵시의 아름다움을 망칠까 봐 피임을 하는 이들이 많다는 것은 누구나 알고 있는 사실이다.

애욕의 본능은 인간 생활을 풍부히 하기 위해서 그에 알맞은 구실을 다하고 있는 것이 사실이지만 그 정도가 지나치게 되면 여성 자신이 오히려 스스로 해를 입게 마련이다. 성적인 매력을 유지하려고 하는 노력은 아무래도 여성이 신경을 쓰는 일이며 남성과는 아무 상관이 없다. 성적인 매력을 지나치게 강조하게 되면 또한 불공평한 일이 생기게 된다.

왜냐하면 아름다움과 젊음을 지나치게 존중하게 되면 중년 부인은 백발과 세월의 흐름을 적으로 여기고 이길 가망이 없는 싸움을 벌이게 되기 때문이다.

그러하기에 한 중국 시인은 일찍이 우리들에게 이렇게 일깨워 주었던 것이 아닌가. 청춘의 샘이란 한 조각의 허망이며, 여태까지 그 누구이건 태양을 사람의 힘으로 움직이게 하거나 지나가는 청춘을 되불러올 수는 없었노라고. 중년 부인이 그녀의 성적인 매력을 유지하려고 조바심을 내며 애를 태우는 것은 시간의 흐름과 맹렬하게 다투는 것을 뜻할 뿐 전혀 무의미한 일이다. 다만 유머만이 이를 구할 수 있다. 노령과 백발을 적으로 삼아 이길 가망이 없는 싸움을 벌이는 어리석음을 깨달을진대, 어찌하여 백발을 아름답다고 하지 않겠는가. 그러하기에 주계영(朱桂英)은 이렇게 노래했던 게 아니던가?

머리에 느느니 백발이로세.
뽑을수록 더 많이 자라는 것을
뽑기를 그쳐 멋대로 자라게 하세.
백발과 싸워 이길 시간을
가진 자는 없지 않은가.

참으로 옳은 생각이다. 이렇게 생각하지 않는 미국식 사고 방식은 부자연스럽고 또 공평치 못한 것이다. 중량급 선수도 몇 년 뒤에는 젊은 도전자에게 선수권을 양보해야 하고 뛰어난 경마용 말도 늙게 되면 나이 어린 말에게 지위를 넘겨주지 않으면 안 된다. 이처럼 부인도 늙게 되면 젊은 여성과 겨루어보았자 누가 이기고 지느냐는 뻔한 일인 만큼 그런 짓은 하지 않은 게 좋다. 만일 그런 짓을 한다면 결국 자기 자신의 성(性)과 싸우고 있는 꼴이 되는 셈이다. 중년 부인들이 자기들보다 젊은 여성과 성적인 매력을 두고 겨룬다는 것은 가망 없고 위험하며 어리석은 짓이다. 여성에게는 그녀의 성보다도 더 소중한 것이 있느니만큼 더욱 어리석은 짓이라고 할 수밖에 없다. 구애라든가 구혼은 대부분의 경우 아무래도 육체적인 매력에서 비롯되는 것이기는 하지만 성년이 된 남녀는 이미 그런 매력에만 사로잡힐 나이는 아니기 때문이다.

인간은 온갖 동물들 가운데에서 가장 성애(性愛)가 강한 동물이기는 하다. 그러나 이 성애의 본능 외에 가족 생활을 영위하는 데서 비롯된 그와 동등하게 강한 부모로서의 본능을 갖고 있는 것 또한 사실이다. 성애의 본능과 부모로서의 본능은 대다수의 동물에게서도 찾아볼 수 있는 것으로, 가족의 시조는 긴팔원숭이의 생활 속에서 찾아볼 수 있을 것 같다. 그렇지만 미술, 영화, 연극을 구경하고 항상 성적인 자극을 되풀이해 받은 나머지 너무도 변질적인 교양 속에 파묻히게 되어 성애 본능이 부모로서의 본능을 짓누르게 됨은 위험하기 이를 데 없는 일이다.

이 같은 습성을 얻게 되면 가족적인 이상이 잊혀지기 쉽고, 게다가 개인주의적인 사상까지 곁들여 갖게 되면 결과는 더욱 좋지 못하게 된다. 그러하기에 그러한 사회에서 결혼은 기괴한 모습을 드러내게 된다. 대개 결혼식을 알리는 종소리로 매사는 원만하게 되지만, 그때까지는 키스만 하고 있게 마련이다. 또한 그러한 사회에서는 남성의 상대가 되어줄 뿐 아이의 어머니는 아니라는 괴상한 여성이 등장하게 마련이다. 이쯤 되면 이상적인 여성이란 완전히 육체적인 균형이 잡힌 매력 있는 젊은 여성을 뜻하게 된다.

허나, 나는 그렇게 생각하지는 않는다. 요람 옆에 서 있을 때만큼 여성이 아름다운 때는 없다고 나는 생각한다. 어린애를 가슴에 안고 4, 5세 된 어린이의 손을 잡고 걸을 때만큼 여성에게 진지하고 위엄이 있어 보이는 순간은 없다. 전날에 내가 본 적이 있는 유럽의 어느 화가가 그린, 어머니가 베개를 베고 자리에 누워서 가슴 근처에 있는 갓난애와 놀고 있는 그림의 광경에서만큼 여성이 행복할 때는 없다. 나는 모성에 대해서 너무 많이 이야기를 해서 오히려 너무 심각하게 만들었는지도 모르겠다. 그래도 상관없다. 왜냐하면 중국인에게 심리적인 콤플렉스 같은 것은 아랑곳없는 일이니까 아무렇지도 않다. 저 정신분석학적인 오이디푸스 콤플렉스나 아버지와 딸, 어머니와 아들 사이의 콤플렉스 따위를 끌어내보았자 중국인의 안목으로 본다면 우스꽝스럽고 믿을 수 없는 잠꼬대에 불과하다. 나는 여기서 밝혀두지만, 내가 가진 여성관은 이러한 심각한 모성론에서 비롯된 것이 아니라, 다만 중국인의 가정 이상의 영향에서 비롯된 것이다.

중국인의 가정관

나는 저 「창세기」의 이야기는 완전히 다시 쓸 필요가 있다고 생각한다.

중국 소설인 『홍루몽』(紅樓夢)을 보면 주인공인 귀공자 가보옥(賈寶玉)은 다감하고 나약한 소년으로서 여자 친구를 굉장히 좋아한다. 그리하여 아름다운 사촌누이들을 몹시 그리워하고 있지만, 자기가 아직 나이 어린 소년임을 한탄한다. 그리고 이런 말을 한다. "여자라는 것은 물로 만들어진 것이고, 남자는 흙으로 빚어진 것이야." 그가 이런 말을 한 것은 그가 좋아하는 여자들이 모두 사랑스럽고 청초하고 영리한 것과는 반대로, 자신이나 그의 남자 친구들은 모두 못생기고 머리가 나쁘고 괴벽스러운 성미를 가졌다고 생각했기 때문이다. 만일 「창세기」의 이야기를 쓴 작자가 이 가보옥 소년이어서 그가 말하는 뜻을 알고 있었다면 아마도 「창세기」는 전혀 다른 이야기로 바뀌었을지 모른다.

「창세기」에서는 하느님이 한줌의 흙을 집어 들어서 사람의 모습으로 빚은 다음 콧구멍으로부터 숨을 불어넣은 것으로 되어 있다. 이리하여 아담이 탄생한 것이다. 그러나 아담은 이내 부서지기 시작하여 끝내는 가루가 되고 말았다. 그리하여 하느님은 물을 길어다가 진흙을 만들어 빚었다. 아담의 몸으로 흘러들어간 물은 이브라고 불렸다. 즉 이브라는 이름의 물을 몸에 간직하게 됨으로써 아담은 비로소 완전한 인간이 되었던 것이다. 이 이야기는 적어도 결혼이라고 하는 것의 성질을 상징적으로 나타내고 있다고 생각된다.

여성은 물이요, 남성은 흙이니 물은 흙 속에 스며들어 형태를 이루게 하고, 또 흙은 물을 그 안에 간직하여 물에게 자기의 물질을 제공하여 물은 그 속에서 움직이고 살아서 물의 물다운 소임을 다하는 것이라고 할 수 있다.

모두 다 아는 사실이지만, 중국인의 사회와 중국인의 생활은 가족 제도 위에 조직되어 있다. 이 제도가 모든 중국인의 생활 형태를 결정하고 또한 이에 빛을 주는 것이다. 이러한 가정 이상은 무엇에서 비롯된 것일까. 이것은 거의 언급된 적이 없는 문제이다. 왜냐하면 중국인은 당연한 일이라고 생각하고 있고, 이와는 반대로 외국인 연구자들은 이 문제에는 간섭할 자격이 없다고 생각하고 있기 때문이다.

공자는 가족 제도를 온갖 사회적·정치적인 생활의 기본이라고 하여 이에 철학적인 기초를 둔 인물로서 널리 알려져 있다. 그는 온갖 인간 관계의 기본으로서의 부부 관계나 효제지도(孝悌之道), 조상의 무덤에 매년 성묘하는 일, 조상 숭배 또는 가묘(家廟)의 제도 따위를 크게 강조했다.

중국인의 조상 숭배는 벌써 몇 사람의 논자에 의하여 종교라고 불리기도 한다. 나도 우선 이 설이 거의 옳다고 믿는다. 그 가운데 에서 종교적이 아닌 점은 중국의 조상 숭배가 초자연적인 요소를 몰아내고, 또한 그것을 몹시 가볍게 취급하고 있는 점이라고 할 수 있다.

초자연적인 것을 거의 제쳐놓고 생각한다면 중국에서 행해지 는 조상 숭배는 기독교, 불교, 회교에 있어서의 신불(信佛)에 대한 신앙과 병존한다고 볼 수 있다. 조상 숭배의 의식은 종교의 모습 을 취하지만, 생각컨대 온갖 신앙이라고 하는 것은 외형적인 상징 과 형식을 갖추어야만 하는 것이기에 그것은 당연한 일이고 또한 경우에도 맞는 일이다.

그건 그렇다고 하더라도 조상의 이름을 새긴 가로 1척(尺) 4치 (寸), 세로 5치의 네모진 나무로 만든 위패에다가 중국인이 바치 는 존경은 영국의 우표딱지에 임금님의 초상이 그려지고 있는 것 에 비하여 보다 종교적이라고도, 보다 종교적이 아니라고도 말할 수 없다. 따지고 보면 위패도 우표나 같은 것이라고 할 수 있다. 우선 첫째, 이러한 조상의 영혼은 신이라고 하기보다는 인간으로 간주되어 있어서, 이 세상에서 늙었을 때 자손들이 공경했듯이 죽 은 뒤에도 여전히 공경해야 하는 것이라고 중국인들은 생각하고 있다. 그러하기에 살아 있는 사람들은 죽은 이의 영혼을 향하여 무엇을 달라든가, 병을 낫게 해달라고 기도를 드리는 일도 없고, 존숭(尊崇)하는 쪽과 존숭받는 편 사이에서 흔히 찾아볼 수 있는 영검이라는 것도 찾아볼 수 없다. 둘째로는, 이 조상을 존숭하는 식전(式典)은 다만 일정한 날에 돌아가신 조상이 살아계실 때 가족들에게 해준 일을 추억하고 기뻐하고 고인에 대한 경건한 추상에 잠기는 하나의 기회에 불과하다. 고작해야 고인 생전의 생일 잔치의 대신쯤 되는 거지만 그 근본 정신에 있어 부모의 생일 축하나 미국에서 행해지고 있는 '어머니날'과 하나도 다를 것이 없다.

가족 제도의 이상은 필연적으로 이른바 개인주의 이상과는 철저하게 상반되는 이상이다. 결국 누구를 막론하고 완전한 고립 생활로 보낼 수는 없다. 그러한 하나의 개인이라고 하는 생각에는 아무런 진실도 없는 것이다. 여기에 한 개인이 있다고 할 경우, 아들도 아니고 형제의 한 사람도 아니고 아버지도 아니고 친구도 아니라면 도대체 무엇이란 말인가? 이 같은 하나의 개인이라고 하는 것은 형이상학적인 하나의 추상에 불과한 것이다. 그런데 중국인의 머리는 생물답게 사물을 생각하게 되어 있기 때문에 아무래도 인간의 생물적인 관계를 먼저 생각하게 되는 것이다. 그리하여 가족은 인간 생활의 자연적인 생물 단위가 되고 결혼이라는 것도 하나의 가족 안에서 생기는 사건이 되고 마는 것이며, 개인적인 사건은 아니다.

나의 책 『내 나라 내 국민』에서 이 같은 가족지상주의가 가져오는 폐단을 이미 지적한 일이 있다. 진정 이런 가정지상주의는 확대된 이기주의의 형태가 되어 나라에 손해를 끼칠 염려가 있다고 생각되기 때문이다. 그러나 이러한 폐단은 모두 인간 사회의 온갖 제도에서 비롯되는 것이며, 중국의 경우 가족 제도에 있다면 서양의 개인주의에도 국가주의에도 반드시 이런 폐단은 있어 마땅한 것이니, 모두가 인간성의 결함에서 비롯된 것이다. 중국에서는 인간이 어떠한 경우에도 국가보다는 위대하고 소중한 것이라고 생각되어왔지만, 가족보다 위대하고 중요한 존재라고 생각된 예라고는 없었던 게 사실이다. 왜냐하면 가족을 떠난 인간은 참된 존재가 될 수 없기 때문이다.

서구에 있어서의 개인주의나 국가주의에 대해 중국에는 가족 관념이라는 것이 있어서, 여기서 인간은 하나의 개인이라고는 생각되지 않고 가족의 일원으로서 커다란 가족 생활의 흐름에서 빼놓을 수 없는 한 부분으로 간주되고 있다.

그것이 바로 내가 말하려는 유전설(流轉說)이다. 인류 생활을 전체로서 생각해볼 때에는 여러 가지 종족으로 구성된 생명의 흐름이라고 생각되지만, 인간이 직접 무엇을 느끼고 직접 무엇을 보는 것은 가족이라는 생명의 흐름에서이다. 중국인도 서양인과 같은 말을 하였는데, 그 말에 의하면 이른바 '가족의 나무'라는 말이 있어서 인간의 일생은 모두 이 나무의 한 마디나 한 가지에 지나지 않으며, 그 가지는 큰 줄기에 붙어서 무성해지고 가지의 힘에 의하여 본 나무를 더욱 무성하게 하고 영생시키는 것이라고 할 수 있다. 그러므로 인생은 아무래도 하나의 발전 또는 계속이라고 생각하는 게 마땅하며, 살아가는 동안에 우리들은 모두 가족사(家族

史) 가운데 한 구실이나 한 대목을 연출하여서 가족 전체에 대한 의무를 다하고, 자기 자신에게도 가족 생활에도 치욕이나 영광을 가져다주게 마련이다.

가족 생활에는 아주 심원한 변화와 명암이 포함되어 있는 게 사실이다. 인간은 어린 시절, 청춘 시절, 성년 시절과 노년을 자기 가족 안에서 보내게 마련이다. 우선 가족의 보살핌을 받는 데에서 부터 시작하여 가족들을 보살피고, 늙은이가 되면 또다시 가족들의 신세를 지게 되는 것이다. 우선 가족에게 복종하고 가족들을 존경하는 데서 시작하여, 나이를 먹어감에 따라 먼저와는 반대로 복종과 존경을 받게 되는 것이다. 이런 광경 속에 여성들이 있음으로써 생활의 묘미는 더욱 다채로워지게 마련이다. 몇 대(代) 계속되는 이 같은 가족 생활에 있어서 여성은 장식도 노리개도 아니며 또한 본질적으로 아내의 구실만을 다하는 존재로 그치는 것도 아니다.

여성은 가족이라는 나무에서 절대 없어서는 안 될 한 부분이며 이 같은 여성이 있음으로써 가족 생활의 영속이 가능해진다. 그러니까, 한 가족의 줄기가 강해지느냐 약해지느냐는 오로지 그 집에 시집온 여성과 그 며느리가 가족의 장래에 대해서 주는 핏줄 여하에 달려 있다고 할 수 있다. 접목하는 정원사가 좋은 종류의 나무를 고르려고 애쓰는 것처럼 현명한 가장은 혈통이 훌륭한 며느리를 고르려고 여간 신중을 다하는 게 아니다. 누구 할 것 없이 상당히 심각하게 느끼고 있는 일로서 남자의 일생, 그 중에서도 특히 그 가정 생활은 아내 하기에 달린 것이며, 가족 장래의 전체 성격은 아내에 의하여 결정되고 만다. 손자가 건강하게 자랄 수 있는가, 없는가를 비롯하여 가족의 일원으로서 받게 될 가정 교육이 훌륭한가의 여부는(중국에서는 이 점을 몹시 강조한다) 완전히 며느리 자신이 받고 자라난 가정 교육 여하에 달려 있다.

그러니까, 일종의 막연한 무형의 우생 제도인 셈이며 유전의 신념에 의하여 흔히 가문이라는 것을 특히 강조하는데, 어떠한 경우이건 부모나 조부모의 안목을 보아서 며느리가 건강하고 아름답고 좋은 집안에서 훌륭한 가정 교육을 받고 자라났기를 바라는 느낌이 기준이 된다. 대체로 부지런히 일하고 예의 범절이 바르지 않으면 안 된다는, 예로부터 내려오는 아름다운 전통에 맞는 가정 교육을 높이 평가한다(서구인이 좋은 가문에서 며느리를 데려온다는 것과 같은 뜻이다).

유감스럽게도 때로는 데려온 며느리가 예의 범절도 모르는 보잘것없는 여자라는 사실을 부모가 알게 되는 경우가 있다. 그러면, 며느리의 친정 부모들의 가정 교육이 나빴음을 은근히 원망하게 된다. 그러므로 딸이 시집가서 망신을 당하지 않도록 잘 가르쳐야 할 의무는 오로지 친정 부모들에게 있는 것이다. 이를테면 딸이 시집가서 요리하는 법이나 설날에 먹는 맛있는 푸딩을 만드는 방법을 모르거나 해서는 그야말로 큰일이다.

중국의 가족 제도에서 찾아볼 수 있는 것과 같은 인생유전설(人生流轉說)에 의하면 불사영생(不死永生)이라는 것은 거의 눈에 보이고 손에 잡힐 듯싶은 느낌이 든다. 작은 가방을 들고 학교에 다니는 손자의 모습을 바라보는 할아버지라면 누구나 정말 자기가 어린이가 되어 이 세상에 또다시 살고 있다는 느낌을 가질 것이고, 어린애의 손을 만져보고, 그 뺨을 꼬집어볼 때에는 자기 자신의 혈육이 거기 있다고 느낄 것이리라. 자기의 생애는 '가족의 나무'의 한 마디가 영원에서 영원으로 흘러가는 가족이라는 큰 생명의 흐름의 일부에 지나지 않는다고 느낌으로써 마음놓고 죽어갈 수 있다고 생각한다. 부모들이 아들이나 딸들이 알맞은 배필과 결혼하는 것을 살아 있는 동안에 몹시 보고 싶어하는 까닭도 바로 여기에 있다.

그것은 자기가 죽은 뒤에 묻힐 묘자리나 훌륭한 관을 고르거나 하는 것보다 훨씬 중대한 일이다. 왜냐하면 자기의 아들이나 딸들이 어떤 모양의 처녀나 젊은이들과 결혼할 것인가를 살아 있는 동안에 확인하기 전까지는 자기의 자식들이 장차 어떤 생활을 하게 될 것인지 전혀 짐작할 수가 없기 때문이다. 그러하기에 만일 며느리나 사위가 매우 만족하고 있는 모양이면, 아무 거리낌 없이 두 눈을 감고 기꺼이 황천길로 떠날 수가 있다.

이 같은 인생관을 가지게 된 결과 무슨 일에 대해서나 깊이가 있는 관찰을 하게 된다. 왜냐하면 인생은 한 개인의 생멸(生滅)과 함께 생멸하는 것은 아니라고 생각되기 때문이다. 축구 경기에서 센터나 쿼터백이 움직일 수 없게 되어도 경기는 계속되게 마련이다. 이렇게 되고 보면 인생의 성패는 또다시 다른 복잡한 양상을 갖게 된다.

중국인이 목표로 삼는 생활 이상은 조상을 욕되게 하지 않으며, 또 자기에게 욕이 돌아오지 않는 아들을 갖는 데 있다. 중국의 관리는 관직을 떠남에 있어 흔히 이런 말을 하곤 했다.

아들이 있으니 인생이 흐뭇하고
관(官)에서 떠나니 몸이 가볍도다.

우리들에게 닥쳐오는 최악의 비운은 아마도 '가족을 부양'할 능력도 없고, 가족의 재산조차도 지킬 수가 없는 어리석은 아들을 갖는 일이다. 백만장자인 아버지도 방탕한 아들을 갖게 되면 일생 동안 축적한 재산을 이미 탕진한 것이나 다름이 없다.

아들이 실패하면 그것은 절대적인 것이다. 이와는 반대로 즐거움을 미래에 걸고 있는 과부는 다섯 살쯤 된 훌륭한 아들만 있으면 빈곤, 굴욕, 때로는 박해까지도 몇 년이고 참고 견디어낼 수가 있다.

중국의 역사나 문학을 훑어보면 온갖 궁핍과 박해를 참아가면서 자기 아들이 어른이 되어 일가(一家)를 이루기를 기다리거나, 또 어떤 경우에는 훌륭한 시민으로 출세하는 날을 즐거운 희망을 가지고 고대했던 과부가 많이 등장한다.

과부들의 대개가 남자보다 현실적인 여성의 독특한 감각으로써 어린이들에게 충분한 성품 교육이나 도덕 교육을 하는 데 성공하고 있는 모습들을 보면, 나는 때때로 생각하게 된다. 아버지라는 것은 어린애의 교육에 대해서만 말한다면 전혀 불필요한 존재가 아니겠는가. 과부란 맨 마지막으로 웃기 때문에 가장 잘 웃는 사람이라고 할 수 있다.

가족 제도에서 인생을 이런 모양으로 배치한다는 것은 인간 생활의 온갖 생물적인 방면에 깊이 배려하는 것이 되기 때문에 참으로 좋은 일이다. 공자도 생각한 바와 같이 위정자(爲政者)의 궁극적인 이상은 이상스럽게도 생물적이었다.

늙은이는 모름지기 화평하게 살도록 해야 하며, 젊은이는 모름지기 정절을 배워야 하느니, 그렇게 되면 안채에 시집 안 간 처녀가 없게 되고 바깥채에 장가 안 간 총각이 없게 되느니라.

이것은 공자께서 하신 말씀 가운데 가끔 나오는 말로서 단순한 말에 그치는 게 아니라 위정자의 최종 목표를 나타낸 말이라는 것을 생각해보면 그 의의는 자못 크다. 이것은 대경(大慶), 다시 말해서 '본능의 충족'이라는 뜻으로 알려져 있는 인간주의적인 철학이다. 공자는 인간이 지닌 온갖 본능을 우선 나무랄 데 없이 충족시킬 것을 요구했다. 그럼으로써 우리들은 만족한 생활 속에서 정신적인 평화를 유지할 수 있는 것이고, 또한 정신적인 평화만이 참된 평화이기 때문이다. 그것은 정치를 필요 없는 것으로 만들고자 하는 일종의 정치적인 이상이기도 하다. 왜냐하면 그것은 인간성에 깊이 뿌리박고 있는 흔들리지 않는 평화이기 때문이다.

우아한 노경(老境)

내가 보는 바에 의하면 중국의 가족 제도는 노인과 어린 소년들에 대하여 각별히 정신을 써서 주로 그것을 기초로 삼아 설계되어 있지 않나 한다. 왜냐하면 유년 시대, 소년 시대, 노년 시대는 인간 생애의 절반을 차지하고 있으므로 어린이와 노인이 만족한 생활을 한다는 것은 중요한 일이라고 생각하기 때문이다. 아이들은 무력하여 자기 자신의 몸을 돌볼 힘이 적지만, 한편으로 노인들과 비교해볼 때 물질적인 위안이 없이도 능히 즐겁게 지낼 수가 있다.

아이들은 물질적인 궁핍을 거의 모르는 경우가 많다. 그러므로 가난한 집 아이들이 부잣집 아이들보다 행복하지는 않다고 하더라도 그에 못지 않게 행복한 일도 있다. 맨발로 다니는 경우에도 그렇게 다니는 것이 재미있게 느껴질 뿐 고생스럽다고 여겨지진 않는다. 하지만 노인에게 있어서는 맨발로 다닌다는 것은 견딜 수 없는 고통이다. 왜냐하면 아이들에게는 커다란 생명력, 즉 젊음의 약동이 있기 때문에 때로는 슬픈 일이 있어도 곧 잊어버리게 마련이다. 노인처럼 돈 걱정을 하는 일도 없고, 큰 부자가 되어보겠다는 번거로운 생각도 하지 않는다. 돈 많은 과부는 자유 공채(公債)를 사 모으지만, 아이들은 고작해야 장난감 총이라도 사려고 여송연(呂宋煙)의 경품권을 모으는 정도에 지나지 않는다.

이 두 가지 종류로 수집의 재미를 비교할 수는 없는 일이다. 왜냐하면 아이들은 아직 모든 어른들처럼 세상이 얼마나 무서운 곳인가를 전혀 모르고 있기 때문이다. 자기 자신의 습관도 아직 정해져 있지 않고, 어떤 특별한 상표가 붙은 커피만을 마시는 것도 아니며, 눈에 띄는 것에는 무엇에나 손을 내밀게 마련이다.

인종에 대한 편견도 거의 없다 싶을 정도이고 종교적인 편견 따위는 아예 갖고 있지도 않다. 그의 사상이나 관념이 어느 누구의 생각에 물든 일도 없다. 이렇게 말하면 이상하게 느껴질지 모르지만, 분명 청소년과 비교해볼 때 노인은 두려워하는 것도 뚜렷하고 그가 좋아하는 것도 엄격하게 범위가 정해져 있기 때문에 아이는 보다 훨씬 더 가족들의 신세를 지지 않으면 안 되게 되어 있다.

노인에 대한 이같이 다정한 태도는 중국인의 원시적인 감정 속에 다소 존재해 있었다고 본다. 이러한 느낌을 서구인에게서 찾아보려고 한다면 오직 저 기사도의 정신, 부인에 대한 친절함 정도가 아닐까. 그러나 옛날 중국인에게 기사도가 있었다면, 부인이나 어린이에게 발휘된 것이 아니라 노인에게 발휘된 것이라고 할 수 있을 것이다. 이 기사도적인 기분은 맹자가 말한 다음과 같은 말 가운데 뚜렷이 나타나 있다.

백발의 노인이 무거운 짐을 지고 길을 가는 모습이 눈에 띄지 않게 되어야 하느니라.

이것은 선정(善政)의 마지막 목표를 말하는 것이다. 맹자는 이 세상에서 가장 무력한 네 종류의 사람들에 대해 이렇게 말하고 있다. 즉 '과부, 홀아비, 고아, 자손이 없는 노인' 이 네 종류의 사람들 가운데, 앞의 두 종류 사람들은 이 세상에서 미혼 남녀를 없애려는 시정에 의하여 구제될 수 있는 사람들이다. 고아들을 어떻게 다루어야 할 것인가에 대해서는 우리가 알고 있는 한 맹자는 아무런 언급도 하지는 않았다. 하지만 아득한 옛날부터 고아원이라는 것은 양로원과 함께 늘 존재해왔던 게 사실이다. 하지만 고아원과 양로원이 다같이 가정의 초라한 대응물이라는 것은 누구나 다 알고 있는 사실이다. 오직 가정만이 어린이와 늙은이를 충분히 보호해줄 수 있지 않나 생각된다.

하지만 어린이의 경우에는 각별히 신경을 써서 돌보아줄 필요는 없지 않을까. 왜냐하면 자연으로부터 주어진 부모의 사랑이라는 것이 있기 때문이다. 그러나 '물은 낮은 곳으로 흐르게 마련이요, 높은 곳으로는 흐르지 않는다'고 중국인이 항상 말해온 바와 같이, 부모나 조부모에 대한 애정은 다소 수양에 의하여 수득(修得)하지 않으면 안 되는 것이 아닐까. 배우지 못한 막된 인간도 자기 자식은 사랑하게 마련이다. 그러나 배워서 수양이 된 인간은 자기 어버이를 사랑하게 되는 것이다. 그리하여 노인을 사랑하고 공경하라는 가르침은 마침내 온 세상 사람들이 받아들이는 교리가 되고 말았다. 그리고 몇몇 논자(論者)들의 말을 믿는다면, 노령인 양친을 잘 섬길 수 있는 자격을 갖고 싶다는 소망은 마침내 실제로 열렬한 일반 사회의 요망이 되고 말았다는 것이다.

중국인에게 있어서 가장 유감스러운 일은 임종의 자리에 누운 부모에게 약초나 고깃국을 드려서 마지막 효도를 다할 기회를 영원히 잃는다거나, 또는 그 부모의 임종 때에 종신을 하지 못하는 일이다. 쉰이나 예순이 되어 고관의 자리에 앉은 인물의 부모를 고향에서 모셔다 도시에 있는 자기 집에서 함께 살게 하면서 '밤마다 자리에 드시는 것을 보고 아침마다 문안 인사를 드릴' 수 없다면, 돌이켜볼 때 부끄럽기 이를데없는 마음의 죄를 진 것이 되므로, 친구나 동료들에게 늘 뭐라고 변명하거나 해명하지 않으면 안 된다. 이 유감스러운 심정은 모처럼 고향에 돌아왔으나 너무나 때가 늦어서 부모의 임종 자리에 종신하지 못한 사람이 지은 다음 두 줄의 감회에 잘 타나나 있다.

너무나 조용히 있기를 원하나 바람이 멎지 않고,
자식은 봉양하고자 원하나 부모는 기다리지 않는다.

사람이 만일 이 세상을 한 편의 시처럼 살기를 원한다면 그 생애의 황혼이 질 때를 가장 행복한 때라고 생각할 수 있지 않을까. 죽음을 너무 두려워하여 너무 오래 살려고 애를 태우는 일도 없이 오히려 자진해서 노경이 오는 것을 기다려 생애 가운데 가장 즐겁고 행복한 시절을 천천히 만들어낼 수도 있지 않을까.

동양인의 생활과 서구인의 생활을 여러 가지로 노력하여 대조해보면, 나이에 대한 동양인의 생각을 빼놓고는 절대적인 차이라는 것을 찾아볼 수 없다. 이 생각의 차이는 아주 뚜렷한 것이어서 중간적인 것이라고는 끼어들 여지가 없다. 성(性), 여성, 일, 노름 또는 성공 같은 것에 대한 동양인의 태도가 서양인과 다른 것은 다 비교상의 문제에 불과하다. 중국인의 부부 관계도 본질적으로는 서구인의 부부 관계와 그다지 다를 게 없고, 부자 관계도 마찬가지다. 개인적인 자유나 민주주의적인 사상 또는 백성과 지배자와의 관계조차 결국은 그다지 다를 게 없다. 그러나 사람의 나이에 대한 중국인의 태도에 있어서는 서구인과 완전히 다르다.

이 점에 대해서는 동서(東西)가 정반대의 생각을 가지고 있다. 남의 나이를 묻거나 자기 나이를 말할 때의 태도를 보면 이런 점이 아주 뚜렷이 나타난다. 중국에서는 공적으로 사람을 불렀을 경우 그의 성명 다음에 맨 먼저 묻는 것은, '춘추가 어떻게 되시죠?'이다.

그때 상대편이 '스물세 살입니다'라고 하든가 '스물여덟 살입니다'라고 말하면서 무엇인가 말하기 어려운 듯이 머뭇거리고 있으면 물어본 쪽에서는 대부분의 경우 상대편을 위로하면서, '아직 앞이 창창하신데 뭘 그러세요, 이제 앞으로 언젠가는 노인이 될 게 아닙니까?' 하고 말하게 마련이다. 또한 서른다섯 살이라든가 서른여덟 살이라고 대답하면 깊이 존경하는 태도로 대뜸 '이것 참 반갑습니다' 하고 말한다. 고령임을 말하면 말할수록 묻는 편에서는 태도가 엄숙해진다. 그러다가 쉰 몇 살이라고 말하기라도 하는 날에는 묻는 편에서는 당장 음성을 낮추어 공손하게 존경하는 태도를 보인다. 나이 많은 사람들이 가능하면 중국에 가서 살고 싶다고 원하는 것은 바로 이 때문이며, 중국에서는 백발이면 심지어 거지까지도 특별 대우를 받는 게 사실이다. 중년에 접어든 사람들은 쉰 살 생일을 축하할 수 있는 날이 오기를 고대한다.

출세한 상인이나 관리들은 마흔 살이 되는 생일 잔치까지 성대하고도 화려하게 차리곤 한다. 그러나 보통의 경우는 쉰 살이 되는 생일, 바꾸어 말하면 인생의 반세기가 된 것을 알리는 날은 모든 계급의 사람들을 다같이 기쁘게 만든다. 이순(耳順, 예순 살)의 나이는 쉰 살보다 행복하고 위대한 나이이다. 고희(古稀, 일흔 살)의 나이는 이보다도 더 행복하고 위대하며, 미수(米壽, 여든여덟 살)의 생일을 축하할 수 있는 사람은 실제로 하늘로부터 각별한 은총을 받은 사람으로서 존경을 받게 마련이다. 흰 수염을 기른다는 것은 할아버지가 된 사람이 누릴 수 있는 특권이다. 할아버지가 되었다든가, 쉰 살이 넘었다든가 하는 필요한 자격도 갖추지 않은 채 흰 수염을 기르면 남에게 뒷손가락질을 받을 염려가 있다.

이런 풍습 때문에 젊은이들이 노인의 태도나 위엄이나 견식을 흉내내어 자기의 진짜 나이보다 더 나이들어 보이게끔 애쓰는 것이다.

　나는 몇 사람의 젊은 중국 문인들을 알고 있는데, 그들은 이제 중학교를 갓 졸업한, 아무리 보아도 스물한 살에서부터 스물다섯 살 정도밖에 되지 않은 젊은이들인데도 잡지에 쓰는 글을 보면 '청춘은 무엇을 읽어야 하며, 또 무엇을 읽어서 안 되는가' 하는 등 충고의 글을 써서 짐짓 어버이다운 친절한 태도로 청년들이 흔히 빠지기 쉬운 유혹에 대해 논하고 있다.

　중국인 전부가 이 같은 노령을 존경한다는 것을 안다면 그들이 나이를 먹고 싶어하며, 언제나 나이들어 보이기를 바라는 기분을 족히 이해할 수 있으리라. 우선 무엇보다 이야기를 하는 것은 노인의 특권이다. 젊은이들은 노인이 이야기하는 동안 가만히 귀를 기울이고 있지 않으면 안 된다. 중국의 속담에도 있듯이 '젊은이에게는 귀는 있지만 입은 없다.' 서른 살 된 사람이 이야기를 할 때에는 스무 살 된 젊은이는 듣는 편이 되지만 그 서른 살 된 사람도 마흔 살 된 사람이 이야기를 할 때에는 말없이 듣고 있어야만 한다. 누구나 이야기를 할 때는 남들이 들어주기를 바라는 것인만큼 나이를 먹으면 먹을수록 어디에 가든 남에게 이야기를 들려줄 기회가 많아지는 것은 말할 나위도 없는 일이다. 이것은 아주 공평한 인생의 게임이다. 왜냐하면 누구나 언젠가는 나이를 먹을 기회가 주어지기 때문이다. 그렇기 때문에 아버지가 자기 아들에게 설교를 하다가도 할머니가 입을 열면 곧 자기가 하던 이야기를 뚝 그치고 정중한 태도로 자세를 바로 하지 않으면 안 된다. 물론

이때 아버지는 할머니의 처지를 부럽게 생각할 것이리라. 허나 사실 그래야 마땅한 것이다. "네가 길을 건너온 것보다 나는 좀더 많은 다리를 건넜단 말이다." 노인이기에 이렇게 말할 수 있는 것을 젊은이가 무슨 권리가 있어 감히 입을 열겠는가.

아직 시집 안 간 처녀나 중년 부인이 자기의 진짜 나이를 말하는 것을 싫어하는 심정은 잘 알 수가 있다. 왜냐하면 젊음을 존중히 여기는 마음은 극히 자연스러운 감정이기 때문이다.

중국 처녀의 경우에도 나이가 스물두 살이나 되었는데 아직 결혼을 못 했고 약혼도 하지 못하고 있다면 나이에 대해서 다소 겁을 집어먹게 되는 것은 당연한 일이라고 할 수 있다. 세월은 사정없이 지나가게 마련이다. 독일 사람들은 이것을 무서운 마감 시간이라고 하는데 자기 혼자 뒤에 남겨져 있다는 불안한 느낌에 쫓기 때문이다. 밤늦게 문이 닫혀진 뒤에 공원 안에 혼자 남겨지게 되었을 때 느끼는 것과 같은 그런 불안을 느끼게 된다.

그러하기에 여성의 일생을 통해서 가장 긴 해는 스물아홉 살 때라고 말하는 것이 아닐까. 스물아홉 살이라는 나이는 3, 4년 때로는 5년이나 계속되는 경우도 있다. 그러나 이런 것을 떠나 남에게 자기의 진짜 나이가 알려지는 것을 두려워하는 것은 부질없는 일이다.

남에게 연장자라는 것을 알리지 않고 어떻게 현명하다는 인상을 줄 수 있겠는가. 그리고 또한 나이 어린 사람이 어떻게 인생이나 결혼 또는 세상의 여러 가지 참된 가치에 대해서 진짜 지식을 얻을 수 있겠는가. 서구인의 모든 생활 방식이 젊음을 존중하고, 따라서 그들 남녀로 하여금 자기의 진짜 나이를 말하는 것을 꺼리게 하는 것은 수긍이 가는 이야기이다. 하나도 나무랄 데 없이 능률적이고 활동적인 마흔다섯 살 된 여비서도 그녀의 진짜 나이가 알려지면 쓸모없는 사람 취급을 받게 된다. 정말 괴상한 일이 아닐 수 없다. 자기의 직장을 잃지 않기 위해 진짜 나이를 감추고 싶어 하다니, 정말 놀라운 일이 아닐 수 없지 않은가! 매사가 이래서야 인생 그 자체도 젊음의 존귀함도 모두 하잘것없는 것이 되고 말 것이다. 내가 보기에 이것은 전혀 무의미한 일이라고 생각된다.

이런 일이 생기는 것은 두말할 것 없이 직장 생활을 하기 때문이다.

부인은 사무실에 있기보다는 가정에 머물러 있는 편이 노령에 대해서 좀더 존경받을 것이라고 나는 굳게 믿고 있다. 그러나 미국 사람들은 일이니 능률이니 공명(功名)이니 하는 것을 대단치 않게 여기게 되기 전에는 이런 상태에서 벗어날 수 없다고 나는 생각한다. 미국인 아버지가 인생의 이상적인 거처를 사무실보다는 가정에서 구하고, 중국인 부모들의 본을 따서 자기에게는 이미 자기를 대신할 수 있는 훌륭한 아들이 있어 뽐내며 봉양받을 수 있다고 절대 편안한 마음으로 사람들을 향해 공언할 수 있게 되는 날, 비로소 즐거운 노년이 찾아오기를 손꼽아 기다리며 쉰 살이 되는 날을 학수고대하게 되는 것이 아닐까.

튼튼하고 건강한 미국의 노인들이 '나는 젊네' 하고 남에게 이야기하고 또 남에게서 '젊으시군요' 하는 말을 들을 때 그 참된 뜻은 건강하다는 뜻으로, 이것은 아무래도 언어학적인 재난인 것 같다. 늙어서 건강을 즐긴다는 것, 다시 말해서 노익장을 과시하는 것은 인생 최대의 행복이 아닐 수 없다. 그러나 '건강하고 젊다'는 식으로 말하게 되면, 신비스러운 매력이 없어질 뿐더러 나아가 표현 방법도 좋지 않은 만큼 노년 그 자체까지도 불완전한 것인 듯한 결과를 가져오는 게 아닐까. 결국 이 세상을 돌아다볼 때, 홍안백발(紅顔白髮)의 노인이 이 세상의 쓴맛 단맛을 다 보아온 사람답게 부드러운 목소리로 인생에 대해서 이야기하는 건강하고 슬기로운 모습처럼 훌륭한 것은 없다고 생각한다. 중국인은 이런 사실을 잘 알고 있다. 그러하기에 언제나 노인의 그림을 그릴 때에는 이 땅 위의 궁극적인 행복의 심볼로서 '홍안백발'로 그리는 것이다. 미국 사람들 가운데에는 저 중국의 복록수신(福祿壽神)의 그림을 본 사람이 많을 줄 안다. 높은 이마에 얼굴빛이 불그레하고 흰 수염을 기른 채 빙그레 웃고 있는 그 모습을 말이다. 이 노인의 그림은 정말 생생하다. 가슴 근처까지 흘러내린 흰 수염을 평화스럽고 만족한 얼굴로 쓰다듬고 있다.

존경을 한몸에 모으고 있기에 품격이 있고, 아무도 그의 지위를 의심하지 않기에 유연자약(悠然自若), 무릇 중생의 눈물을 알고 있기에 자애가 넘치는 얼굴이다.

늙어서도 활동력이 황성한 사람들에게 우리들은 노익장이라는 찬사를 바치곤 한다.

미국 풍경에는 훌륭한 흰 수염을 기른 노인네의 모습은 여간해서 눈에 띄지 않는다. 그런 노인들이 생존해 있다는 것은 알고 있지만 서로 짜기라도 한 것처럼 일찍이 내 앞에 나타나 본 일이 없다. 아니 꼭 한 번 뉴저지 주에서, 과연 이만하면 머리를 숙일 만하다고 느낀 흰 수염을 기른 노인을 본 일이 있을 따름이다. 이런 상태에 이르게 된 것은 아마도 '안전 면도' 탓이 아닐까. 중국의 산들이 무식한 농부들 손에 의하여 완전히 벌거숭이가 되고 만 것과 같은 형상이어서 한탄스럽고 서글픈 일이 아닐 수 없다. 중국의 농부들은 중국 북부 지방의 아름다운 숲들을 완전히 벌거벗기어 미국 노인의 턱처럼 보기 흉한 대머리 산으로 만들어버리고 만 것이다.

미국 사람들이 여기에 눈을 떠서 다같이 복고 식목(復古植木)의 계획에 참가한다면 미국에는 아직도 개척할 수 있는 보고(寶庫)가 있다. 눈요기와 마음의 청량제가 되는 아름다움과 예지의 보고가 남아 있다. 미국에는 수염 기른 노인네란 이미 찾아볼 수가 없게 되었다. 저 염소 수염을 기른 엉클 샘도 이미 찾아볼 수가 없게 되었다. 누구 할 것 없이 안전 면도로 흰 수염을 깎아버리고 품위 있게 긴 수염을 늘이는 것도 그만두고, 번들번들한 턱을 어루만지면서 로이드안경 속에서 날카로운 눈초리를 번득이면서 하잘것없는 풋내기와 같은 표정을 짓고 있다. 저 흰 수염을 늘어뜨린 노대인(老大人)에 비해 얼마나 초라한 모습인가.

미국의 노인들은 여전히 바쁘고 활동적인 생활을 하고 싶어하는데 그것은 어이없을 만큼 강력해진 개인주의로 말미암은 것이다. 이 점은 의심할 여지가 없다. 그것은 그들의 긍지이며 독립애호심이며, 자식들의 신세를 지게 되는 것을 부끄럽게 생각하는 태도이다. 그러나 미국인은 그들의 헌법 속에서 많은 인권에 대해서 규정했으나 이상스럽게도 자식에게 봉양받을 권리는 잊고 있다. 그것은 효양(孝養)에서 오는 권리이며 의무이다. 젊었을 때는 자식 때문에 무척 고생했고, 자식이 아플 때에는 몇 날 몇 밤을 잠도 자지 않고 간호하느라고 애를 썼고, 아직 말도 못 할 때부터 기저귀를 빨고, 25년이나 걸려서 자식을 키워서 훌륭하게 살아갈 수 있게 가르친 세상 부모들이 늙은 뒤에 자식들로부터 봉양을 받고 사랑을 받고 공경받을 권리가 있다는 것을 누군들 부정할 수 있겠는가.

도대체 우리들은 한 개인으로서의 자기나 자기의 자랑을 가정생활이라는 기획 전체 속에서 잊어버릴 수는 없는 것일까? 생각해보면 그러한 가정에서 어렸을 때는 부모의 손에서 자라나고, 다음에는 반대로 자기 자식을 훌륭하게 키우고, 이번에는 그 자식의 봉양을 받게 되어 있는 것이 아닐까. 모든 인생관이나 가정 안에서의 상호부조(相互扶助)에 그 바탕을 두고 있기 때문에 중국인에게는 개인 하나하나의 독립이라는 뜻은 이해가 안 되는 게 사실이다.

그러하기에 인생의 노년기에 접어들어서 자식들의 봉양을 받으면서 살아간다는 것은 하나도 부끄러운 일이 아니다. 부끄럽게 여기기는커녕 부모를 먹여 살릴 수 있는 자식이 있다는 것은 행복한 일이라고 생각된다. 중국인의 세상 사는 재미는 이것 이외에는 없다.

중국인이 언제나 늙은 부모에 대한 효도를 생각하고 있는 것은 부모로부터 받은 은공을 갚아야겠다는 외곬로 뻗은 정성 때문이다. 친구에게 진 빚에는 한도가 있지만 부모로부터 받은 은혜에는 한도가 없게 마련이다. 효도에 대해서 중국인이 쓴 글을 보면 기저귀를 빤다는 말이 몇 번이고 되풀이해서 나온다. 이것은 우리들 자신이 부모가 되었을 때 뼈에 사무치게 느껴지는 말이다.

그러니까 부모가 노경에 이르렀을 때 반대로 자식들의 봉양을 받고, 맛있는 음식을 먹고 상 위의 좋아하는 음식을 즐긴다는 것은 당연한 일이 아닐까. 효도의 의무를 다한다는 것은 여간 어려운 일이 아니다. 그러나 부모를 받들어 모시는 것과 호텔에서 손님의 시중을 드는 것을 비교하는 따위는 신성(神聖)을 모독하는 것이다. 예를 들어 자식이 가정에서 부모에게 하지 않으면 안 될 의무에 대해서 말한 도석석(屠錫石)이 쓴 글로서 옛날 학교 교과서로 굉장히 유명한 어느 수신(修身) 책에 들어 있던 글을 보자.

여름에 부모를 섬기려면, 곁에 모시고 서서 부채질을 하여 더위와 파리와 모기를 몰아내지 않으면 안 됩니다.

겨울에는 잠자리를 따뜻하게 마련해 드리고, 난로에 불이 잘 타고 있는지 항상 살펴보도록 해야 됩니다. 들창이나 문에 구멍이나 틈이 없나, 그 사이로 바람이 들어오지 않나를 잘 조사하여 부모의 만족과 기쁨을 사도록 애쓰지 않으면 안 됩니다.

자식의 나이가 열 살이 지나면 아침에는 부모님이 일어나시기 전에 자리에서 나와 세수를 한 뒤 부모님의 침실로 가서 간밤에 편안히 쉬셨는지 아침 문안을 드려야 합니다.

만일 부모님이 벌써 일어나 계시거든 우선 아침 문안을 드린다음 다시 절을 하고는 그 방에서 나와야 합니다. 밤에는 자리에 들기 전에 먼저 부모님의 자리부터 깔고 부모님이 잠들 때까지 곁에 모시고 있다가 혼곤히 잠이 드시면 머리맡의 커튼을 친 다음 조용히 물러나가야 합니다.

사정이 이러하니 누구나 중국의 노인이나 노부(老父)나 조부가되고 싶어하지 않는 사람이 있겠는가.

중국의 프롤레타리아 작가들은 이러한 것들을 '봉건적'이라며몹시 비웃지만, 이런 풍습 안에는 중국의 노신사들로 하여금 집착을 갖게 하고 근대 중국은 이제 보잘것 없는 나라가 되었다고 생각하게 만들기에 충분한 매력이 있다.

자기 원대로 오래 살 수만 있다면 언젠가는 누구나 나이를 먹게 마련인데, 이것이 바로 중요한 점이다. 인간이 추상의 세계 속에서 살아갈 수 있다고 생각하고, 글자 그대로 독립해서 살아갈수 있는 것처럼 생각하는 어리석은 개인주의를 깨끗이 없애버릴수 있다면 '인생의 황금 시대는 늙어가는 미래에 있으며, 이미 지나가버린 아무것도 몰랐던 젊은 시대에서 찾을 것이 아니다'라는 입장으로 되돌아와 인생의 계획을 세우지 않으면 안 된다는 것을 인정해야 될 것이다. 만일 이와 반대의 태도를 취한다면 시간이라고 하는 무자비한 코스 위에서 참혹한 경주를 벌이는 셈이 되는 것이며(그러나 본인은 그렇다고 깨닫지도 못하고) 언제나 자기네보다 앞쪽에 있는 것의 환영에 위협을 받을 것이고, 물론 이길 가망은 없게 마련인 채 결국은 모두 지고 마는 게 된다. 그 어느 누구도 몸이 늙어가는 것을 실제로 막을 도리는 없는 법이다. 인간은 시간의 흐름과 더불어 늙어가게 마련이라는 사실을 인정하지 않는다면 스스로를 속이는 것에 불과하다. 구태여 자연에 대해서 반항할 필요는 없는 것이니까 점잖게 나이를 먹는 게 좋다고 생각한다.

인생의 교향악은 평화, 고요함, 안락, 정신적인 만족이라는 위대한 종곡(終曲)으로 끝내는 게 마땅하며, 찢어진 북이나 찌그러진 심벌즈 소리로 끝내서는 안 된다.

5. 생활의 기쁨

와상론(臥床論)

아무래도 나는 하나의 가두철학자(街頭哲學者)가 되어야 할 운명을 타고난 듯싶은데, 그래도 어쩔 수 없는 일이다.

철학이라고 하면 일반 사람들에게는 단순한 사물을 알기 어렵게 만드는 학문처럼 생각되고 있는 모양이다. 하지만 나로서는 난해한 것들을 단순하게 만드는 학문으로서의 철학이라는 것을 생각할 수 있다. '유물론'이니 '인도주의'니 '선험론'이니 '다원론'이니 그 밖에도 여러 가지 '이즘'이 있지만 이름만 굉장할 뿐, 어느 것이고 내 자신의 철학보다 심원한 것이라고는 생각되지 않는다. 나는 감히 이렇게 주장한다. 인생이라고 하는 것은 끝까지 따지고 보면 먹거나 자거나 친구와 만나고 헤어지고 친목회나 송별연을 베풀거나 눈물을 흘리거나 웃거나, 이 주일에 한 번씩 머리를 깎고 화분의 꽃에 물을 주고 이웃 사람이 지붕에서 떨어지는 모습을 바라다보는 가운데 흘러가게 마련이지만, 그러한 단순한 인생 현상에 관한 우리들의 생각을 일종의 학술적인 잠꼬대로 그럴 듯하게 꾸며 보인다는 것은 대학 교수들이 그들의 의식 내용이 극도로 빈곤하거나 극도로 공막(空漠)함을 감추기 위한 하나의 속임수에 지나지 않는다. 그렇기 때문에 철학은 공부하면 할수록 더욱더 인간 자신의 일을 알기 어렵게 만드는 학문이 되어버린 것이다.

철학자가 철학에 대해 이야기하면 할수록 우리들은 더욱 무슨 이야기인지 영문을 알 수가 없게 된다. 이것이 바로 철학자들이 이룩한 업적이다.

나는 생각한다. 세계에서 가장 중요한 과학적·철학적인 발견의 90퍼센트가 사실은 과학자나 철학자가 새벽 2시, 또는 새벽 5시 무렵에 침대 속에서 웅크리고 자고 있을 때에 이루어진 것이라고. 그렇지만 와상술(臥床術)의 중요함을 의식하고 있는 사람이 너무나 적은 것은 놀랄 만한 일이 아닐 수 없다.

세상에는 대낮에 자는 이도 있고, 밤에야 자리에 드는 사람도 있는 것 같다. 여기에서 '자리에 든다'는 말은 육체적으로 잠자는 것과 정신적으로 자는 것을 동시에 뜻한다. 이는 우연히도 동시에 일어나는 현상이기 때문이다. 침대에 눕는다는 것은 인생 최대의 즐거움의 하나라고 나는 믿고 있는데 이런 생각에 찬성하는 이는 정직한 사람이다. 이와는 반대로 침대에 눕는 것을 예찬하지 않는 사람들은 거짓말쟁이이고, 실제로는 대낮에 항상 정신적으로나 육체적으로나 잠자곤 하는 위인들이다. 대낮에 낮잠을 자는 사람들은 도학자와 유치원의 선생과 『이솝 이야기』의 독자들이다. 그러나 의식적으로 와상술을 수양해야 한다는 내 주장을 솔직하게 시인하는 사람은 교훈 따위는 포함되어 있지 않은 『이상한 나라의 엘리스』와 같은 이야기를 즐겨 읽는 정직한 사람들이다.

그러면 침대에 눕는 데 대한 육체적·정신적 의의는 어디에 있는 것일까? 육체적인 면을 말한다면 자리에 들어 휴식과 안정과 명상에 잠기는 데 가장 알맞은 자세를 갖는다는 것으로, 외계와 동떨어져 완전히 자기 혼자 있게 됨을 말하는 것이다. 침대에 눕는 데는 올바르고 사치스럽게 눕는 방법이 있다. 위대한 인생 예술가였던 공자는 침대 위에 마치 시체처럼 똑바로 드러누운 일이라고는 한 번도 없었고 언제나 옆으로 몸을 움츠리고 누웠다고 한다. 나는 이 세상에서 가장 큰 즐거움의 하나는 자리 속에서 발을 움츠리고 자는 것이라고 믿고 있다. 최대한으로 심미적인 즐거움을 누리며 정신력을 활동시키고 싶다면 팔을 놓는 장소도 굉장히 중요하다.

가장 바람직한 자세는 침대 위에 기다랗게 사지를 쭉 뻗고 누울 것이 아니라, 한쪽 팔이나 두 팔을 머리 뒤에다 돌리고는 커다란 베개에다가 머리를 30도 각도로 뉘는 자세이다. 이런 자세라면 시인은 모두 불후의 걸작을 쓸 것이요, 철학자는 인간의 사상에 혁명을 일으킬 것이요, 과학자는 획기적인 발견을 할 수 있을 것이다.

독거(獨居)와 명상의 가치를 알고 있는 사람이 너무나 적은 것 또한 놀라운 일이 아닐 수 없다. 와상술은 하루의 긴장된 활동 뒤에 갖는 단순히 육체적인 휴식 이상의 것이라고 본다.

와상술이란 낮에 만난 사람들, 방문한 사람들, 싱거운 농담이나 주고받기 좋아하는 친구들, 남의 행동을 올바르게 고쳐주어서 천국행의 보증인이 되어주려고 주선하는 교회의 형제 자매들, 그러한 사람들 덕분에 완전히 녹초가 되어버린 뒤에 오는 완전한 휴식 이상의 것이라고 생각한다. 물론 침대에 눕는 것이 육체적인 휴식이고 완전한 안식이라는 것은 인정하지만, 따지고 보면 그 이상의 무엇이 있다는 이야기이다. 와상술을 훌륭히 터득하게 되면 마음의 대청소를 할 수 있다. 아침 일찍부터 오후까지 분주히 뛰어다니고 세 개의 탁상 전화가 쉴새없이 걸려오는 것을 자랑으로 여기고 있는 많은 사업가들은 밤 1시라도 좋고, 또는 아침 7시라도 좋으니까 한 시간만 눈을 뜨고서 와중독상(臥中獨想)의 시간을 갖는다면 그들의 재산을 두 배로 늘릴 수 있다는 사실을 정말 깨닫지 못하고 있다. 아침 8시까지 침대 속에 드러누워 있다고 무슨 상관이 있겠는가?

깡통에 넣은 고급 담배를 머리맡 탁자 위에 비치해두고 천천히 자리에서 일어나 이를 닦기 전에 그날에 처리해야 할 모든 문제를 미리 해결지을 수 있다면 그 편이 얼마나 좋을 것인가? 갑갑하고 싫증나는 털 셔츠나 귀찮은 혁대나 바지 멜빵이나 숨이 막힐 것 같은 칼라나 무거운 가죽 구두 따위도 몸에 걸치지 않은 채 발가락은 마음껏 해방되어 있어서 대낮에는 있을 수 없는 자유가 회복되는 아침에 잠옷 하나만 몸에 걸친 채 편히 침대에 누워 길게 몸을 뻗기도 하고 움츠리기도 할 수 있는 때야말로 진짜 사업적인 머리가 제대로 돌아갈 수 있다. 발가락이 해방되어 있을 때에야 비로소 두뇌는 해방되는 법이고, 두뇌가 해방되어 있을 때에 한하여 진짜 사고를 할 수가 있다. 그런 편하기 그지없는 상태에 몸이 놓여 있으면 어제 한 일과 과오에 대하여 깊이 반성하여 이제부터 해야 할 오늘 일 가운데 중요한 일과 시시한 일이 어느 것이라는 것을 뚜렷이 구별할 수 있다. 규칙대로 9시 정각이나 또는 9시 15분 전에 사무실에 나가 노예의 주인처럼 사원들을 감시의 눈초리로 흘겨보며, 중국인의 이른바 '악착영영'(齷齪營營), 너절한 일에 심신을 소모하느니보다는 자기 자신이 해야 할 일이 무엇이라는 것을 분명히 파악한 뒤, 10시쯤 사무실에 나타나는 편이 더 좋다고 생각한다.

자리에 한 시간 동안 가만히 누워 있다는 것이 사색가, 발명가, 사상가에게 있어서는 그 효험이 한층 더 뚜렷하리라는 것은 사실이다.

저술가는 아침부터 밤까지 책상 앞에 앉아서 억지로 머리를 짜내고 있는 것보다는 이러한 자세를 취하고 있을 때 논문이나 소설의 착상을 풍부하게 포착할 수 있다. 그러한 때야말로 전화라든가 선의의 방문객, 일상 생활의 자잘하고 번잡한 일로부터 해방되어 말하자면 유리나 구슬로 수놓은 스크린을 통해서 인생을 바라다보고, 현실 세계의 주위는 시적인 환상과 광채에 둘러싸여서 이 세상의 장면 같지 않은 이상하기 그지없는 아름다움을 나타내게 되기 때문이다. 그때 그의 눈에 띄는 것은 생생한, 있는 그대로의 현실은 아니다. 이때 그가 보는 장면은 순식간에 예운림(倪雲林)이나 미불(米芾)이 그린 명화처럼 현실을 초월한 진짜 화상(畵像)으로 변하고 마는 것이다.

그렇다면 자리에 누워 있으면 실제로 어떤 일이 일어나는 것일까. 우선 근육은 휴식을 취하게 되고, 혈액의 순환은 보다 원활하게 규칙적이 되고, 호흡은 훨씬 차분해지고, 시신경, 청신경, 혈행신경(血行神經)은 하나같이 모두 잘 쉬게 되므로 다소간 완전한 육체적인 평정이 얻어지는 것이다. 그러므로 이념에 대해서건 정감에 대해서건 정신적인 집중이 더욱더 뚜렷해진다. 이를테면 후각이니 청각이니 하는 감각을 비롯해 인간의 오감은 잠자리에 들어 있을 때 가장 예민하다. 좋은 음악은 모름지기 누워서 들어야 한다고 생각한다. 이립옹(李笠翁)은 「양류」(楊柳)라는 제목의 글에서 모름지기 자리에 누워서 새벽에 우는 새 소리를 들어보라고 말하고 있다. 새벽에 눈을 뜨고 아름답기 그지없는 새들의 울음소리에 귀를 기울일 때 얼마나 아름다운 세계가 우리를 기다리고 있는가 말이다.

한담론(閑談論)

"자네와 하룻밤 이야기를 주고받은 것이 10년 동안 책을 읽은 것보다 낫네그려."

이것은 옛날 중국의 한 학자가 친구와 이야기를 나눈 뒤에 한 말이다. 이 말에는 많은 진리가 담겨 있다.

오늘날에는 야담(夜談)이라는 말이 밤에 친구와 유쾌한 이야기를 나누는 것을 나타내는 유행어가 되어 있다(지나간 밤에 주고받은 이야기도 좋고 이제부터 맛볼 밤 이야기라도 좋은 것이다). 친구와 더불어 마음껏 이야기를 주고받으면서 하룻밤을 보내는 일은 일생 가운데 여간해서 맛보기 어려운 즐거움이다. 이립옹도 말한 것처럼 현명한 사람으로서 구변이 좋은 이는 여간해서 없는 법이고, 구변이 좋은 사람치고 현명한 인사란 찾기 어려운 법이다.

그런 까닭에 진실로 세상만사를 이해하고 더욱이 화술도 뛰어난 그런 인물과 산 속 깊은 절간에서 우연히 만난다든가 하는 일은, 천문학자가 새로운 유성을 발견하거나 식물학자가 신종(新種)을 발견했을 때와 같이 인생 최대의 기쁨 가운데 하나가 아닐 수 없다.

사업계의 급변하는 템포 때문에 벽난로를 둘러싸고 크래커 통에 걸터앉아서 이야기를 주고받는 화술이 점점 쇠퇴해간다고 현대인은 한탄하고 있다. 이른바 생활이 번거롭게 된 것과도 무관하지 않지만, 그보다는 가정이라는 곳이 전과 달라져 통나무를 땔수 있는 벽난로가 없는 아파트에서 살게 된 것이 화술 파괴의 시초가 되고, 자동차의 영향이 그 파괴를 완성시킨 것이 아닐까. 도대체 템포라는 것 자체가 전적으로 틀려먹은 것이라고 나는 생각한다. 참된 친구와 정담(情談)을 주고받을 수 있으려면 여유 있는 마음을 가지고 그런 데서 비롯되는 안도감, 유머, 가벼운 뉘앙스를 즐기는 사람들 사이에서만 가능한 게 아닐까. 사람이 단순히 이야기를 한다는 것과 이런 운치 있는 정담을 나눈다는 것과는 분명히 다른 것이기 때문이다. 중국어로는 설화(說話, speaking)라는 말과 담화(談話, conversation)라는 말로 그 사이의 구별을 짓고 있는데 담화는 설화보다는 마음 가볍고 유연한 풍치가 있으며, 이야기의 내용도 비교적 세세한 것이어서 사무적인 데가 적다는 것이 그 특징이다. 이와 같은 차이는 사무용의 통신문과 문우(文友)의 서한 사이에도 있을지 모르겠다.

사무적인 일에 대해서 이야기를 하고 따지는 것은 어떤 상대하고도 할 수 있는 일이지만 밤을 새워가면서 마음껏 환담할 수 있는 상대란 매우 적은 법이다. 그러하기에 참된 의미에서의 담화가를 발견했을 때의 기쁨은 재미난 작가의 작품을 읽는 기쁨 이상이라고는 할 수 없지만 거의 그것과 맞먹는 것이라고 할 수 있다.

더욱이 담화의 경우는 상대편의 목소리를 듣고 몸짓하는 동작을 보는 기쁨이 있는 것이다. 어떤 때는 옛 친구와 다시 만난 유쾌한 자리에서, 어떤 때는 과거의 추억을 이야기하는 친구들 사이에서, 어떤 때는 밤 기차의 끽연실에서, 또 어떤 때는 먼 나그네길의 객사(客舍)에서 우리들은 그러한 기쁨을 찾게 된다.

여러 가지 재미있는 이야기와 독재자와 반역자를 욕하는 통렬한 웅변에 섞여 유령의 이야기며 여우에 홀린 이야기도 나올 것이다. 그 중에는 지금 어느 나라에서는 이런 새로운 사태가 일어나고 있는데, 그것은 점점 절박해진 정권의 전복이나 정변(政變)이 일어날 전주곡이라고 말하여 우리들이 아직 알지 못하는 새로운 지식을 알려주는, 앞일을 내다보는 뛰어난 안목과 식견을 가진 좌담가도 있다. 이런 이야기는 일생 동안 잊을 수 없는 추억으로 남게 마련이다.

서로 이야기를 나누기에 가장 좋은 때는 물론 밤이다. 밝을 때 주고받는 이야기는 어딘지 매력이 부족하다. 이야기를 주고받는 장소는 어떤 곳이라도 좋다. 문학이나 철학에 대한 유쾌한 대담을 즐기는 데는 18세기 식으로 꾸민 살롱도 괜찮고, 오후의 다사로운 햇볕을 쬐면서 그 어느 농장 안에 놓인 빈 술통에 걸터앉아서도 할 수 있다. 어쩌면 이런 경우도 있을 것이다. 바람이 부는 밤이나 비 내리는 밤에 배를 타고 강을 건너간다. 맞은편 기슭의 배에서 뿜는 불빛이 어른어른 물 위에 비치는데 이런 분위기에 싸인 채 사공들을 여왕님의 공주님 시절에 대한 이야기를 들려준다. 사실 따지고 보면 서로 주고받는 이야기의 구수한 맛은 그 환경, 즉 장소나 시간이나 이야기 상대가 그때그때 바뀌는 데 있다고 본다. 어떤 때는 계피꽃이 만발한 산들바람 부는 달 밝은 밤과 관련지어

기억을 하게 하고 또 어떤 때는 벽난로에다가 통나무를 때면서 불을 쬐던, 폭풍우 몰아치는 캄캄하던 밤의 기억과 함께 연상하게 되는 것이다. 또는 어느 누각 높은 곳에 자리잡고 앉아서 강을 내려가는 몇 척의 작은 배를 내려다보던 것을 회상할 수도 있다. 그 가운데 한 척의 배는 급류에 휩쓸려서 뒤집혀졌었지. 그리고 또 아침의 한때를 역 대합실에서 지낸 것이 추억으로 떠오르는 경우도 있을 것이다. 그러한 정경은 그때그때 주고받은 이야기의 기억과 하나로 연결되어 잊혀지지 않게 마련이다.

그때 방 안에 있던 사람은 아마도 두서너 명이었었지. 아니, 어쩌면 대여섯 명은 되었을 게야. 진군(陳君)은 그날 밤 좀 술이 취해 있었던 것 같더군. 아니야, 어쩌면 그날 밤 진군은 코감기가 들어서 약간 코먹은 소리로 이야기를 했던 것 같아. 그래서 그날 밤 분위기가 더욱 좋았거든. '달은 항상 만월일 수는 없고, 꽃들도 항상 예쁘기만은 할 수 없는 것. 그리고 좋은 벗들끼리 항상 같이 만날 수도 없는 법이로다.'

이것이 바로 인생인 것이니까 우리들이 이런 단순한 즐거움에 잠겨 있다고 신들도 인간을 시새움하지는 않을 것이다.

좋은 이야기란 항상 친밀감을 느끼며 읽을 수 있는 뛰어난 에세이와 같은 것이라고 말해도 무방할 것 같다. 이야기의 스타일이나 내용이 다같이 에세이의 그것과 비슷하다. 여우의 망령(亡靈), 파리와 영국인의 기묘한 습관, 동양 문화와 서양 문화의 서로 다른 점, 센 강변의 노점인 헌책방, 양복점에서 일하는 음란증(淫亂

症)의 여점원, 우리들의 지배자 · 정치가 · 장군들의 숨은 이야기, 불수감(佛手柑, 시트론의 변종)의 보존법 등 ― 이런 것들은 모두 한담 재료로서는 안성마춤의 화제라고 할 수 있다.

한담이 에세이와 가장 공통된 점은 그 여유만만한 스타일에 있다. 물론 이야기를 하다가 보면 자기 나라에서 벌어진 슬픈 변화라든가 혼돈 상태에 대한 비판도 나올 것이고, 자유와 인간의 품위, 나아가 인간이 노리는 행복의 목표까지도 앗아가는 광적인 정치 사상의 조류 속에 문명 그 자체가 몰락해가고 있는 오늘날의 현실에 대한 비판도 나오리라. 더 나아가서 사람의 심금을 울리는 진리와 정의에 대한 이야기도 나오겠지만, 그러한 이야기들이 아무리 엄숙하고 중요한 화제라 할지라도 이야기하는 사람들은 마음 편히 친밀감이 있는 한가한 태도로 자기 생각을 드러낼 것이다. 왜냐하면 우리들이 자유를 약탈한 자에 대하여 아무리 격렬한 분노를 품고 있다고 하더라도 문명 사회에서는 입 언저리나 펜 끝에 띠운 가벼운 미소에 의하여 그 감정을 나타내는 것밖에 허용되지 않기 때문이다. 자기의 감정을 전부 털어내놓고 진짜 열을 띠고 이야기하는 장광설 따위는 아주 절친한 몇 명의 친구들한테나 들려줄 수 있는 것이기 때문이다.

그러하기에 진정한 뜻에서 기탄없는 이야기를 하려면, 있어서는 난처한 싫은 사람들은 빼놓고 소수의 마음 맞는 친구들끼리 모여 정다운 분위기 속에서 마음 편하게 각자의 의견을 털어놓도록 하지 않으면 안 될 줄 안다.

진짜 담화와 이와는 다른 정중한 의견 교환과의 차이점은 친밀감을 느낄 수 있는 좋은 에세이와 정치가의 성명을 비교해보면 쉽사리 이해될 것이다. 하기야 정치가의 성명 가운데에도 특히 고상한 감정을 표현한 것도 상당히 있기는 하다. 즉 민주주의의 감정, 봉사하겠다는 열의, 빈민의 행복에 대한 관심, 국가에 대한 충성, 숭고한 이상주의, 평화에 대한 사랑과 변함없는 국제적인 우의의 확보, 권세욕이나 금전욕 냄새를 절대로 풍기지 않는 태도 같은 것은 정치가의 고상한 정조의 발로라고 할 수 있으나, 그럼에도 불구하고 지나치게 성장(盛裝)을 하고 지나치게 짙은 화장을 한 여인처럼 마음놓고 가까이 갈 수 없는 한 가닥 악취를 풍기고 있는 것이다. 이와는 반대로 진심으로 들려주는 이야기에 귀를 기울이거나 친밀감을 느낄 수 있는 좋은 에세이를 읽고 있을 때는 순수한 옷을 걸쳐 입고 개울가에서 빨래하고 있는 시골 처녀를 보는 것 같은 느낌이 든다.

　머리털은 약간 헝클어지고 단추는 하나쯤 빠져 있을지 모르지만 애교가 있고 친밀감이 느껴져 호감이 간다. 이것이야말로 서양 부인들이 입는 실내옷이 풍기는 친밀감이 깃들인 매력이어서 세련된, 아무렇게나 꾸민 듯한 아름다움 바로 그것이다. 친밀감에서 오는 이 정이 가는 매력이야말로 온갖 즐거운 이야기와 에세이가 지녀야 할 공통 요소라 할 것이다.

　그러므로 담화가 지녀야 할 올바른 양식은 친밀감과 대범한 느낌이 하나로 어울린 양식이어야 하지 않나 생각한다. 그 자리에 모인 사람들은 모두 자의식을 잃어버려서 몸차림이 어떤지, 어떤 말투로 이야기하고 있는지, 재채기를 했는지, 어디에다 손을 얹고 있는지, 그런 것은 까맣게 잊어버리게 마련이다. 그리고 이야기가 어떤 방향으로 진전이 되든 하나도 상관할 바가 아니다. 이렇듯이 친한 친구들과 함께 만나 서로 기분을 편히 갖겠다는 생각을 함으로써 비로소 진짜 이야기꽃을 피울 수가 있는 것이다. 친구들 가운데 한 사람은 곁에 놓인 탁자 위에 두 발을 올려놓고 있고 또 어떤 이는 창틀에 걸터앉아 있다. 또 어떤 사람은 방바닥에 털썩 주저앉아서 소파에서 끌어내린 쿠션에 몸을 기대고 있어서 소파의 3분의 1은 텅 빈 채로 남아 있다. 사람이란 누구나 손발이 편해져야 몸이 편한 자세를 취하게 되어 비로소 심장도 편히 쉴 수 있는 것이다.

내 앞에 있는 이들은 모두 내 마음을 잘 아는 친구들뿐, 눈에 거슬리는 위인이라고는 하나도 없다.

이것이야말로 적어도 예술이라는 이름에 해당되는 온갖 한담 (閑談)을 주고받는 데 필요한 절대 요건이다. 무슨 이야기를 주고받고 있는지 그다지 신경을 쓰고 있지 않기 때문에 이렇다 할 순서도 방법도 없이 이야기가 술술 거침없이 나가게 마련이다 그러고는 이윽고 모두 유쾌한 기분을 지닌 채 해산하게 된다.

이상 이야기한 것이 한가로움과 담화와의 관계이며, 또한 담화

와 산문체의 흥륭(興隆)의 관계이다. 진실로 세련된 한 나라의 산
문은 담화가 이미 하나의 예술의 경지에까지 달했을 때 비로소 생
기는 것이라는 게 전부터 내가 갖고 있는 신념이다. 이런 사실은
중국과 고대 그리스에 있어서의 산문 발달의 자취를 더듬어보면
뚜렷하게 알 수 있다. 공자가 나타난 뒤 몇 세기에 걸쳐서 중국 사
상은 발랄한 생기를 보여 이른바 구류학파(九流學派)를 낳게 하였
는데, 그 원인으로서는 주로 담론(談論)만을 일삼은 학자 계급에
의하여 구성된 교양이 높은 시대적인 배경의 발달 외에는 달리 생
각해볼 도리가 없는 게 사실이다.

　화술이 생길 수 있는 것은 유한적(有限的)인 사회에 한정되어
있다는 것이 분명한 일이지만 이와 마찬가지로 친밀감을 느낄 수
있는 뛰어난 에세이가 나타날 수 있는 것도 화술이 존재하는 경우
에 한한다. 일반적으로 화술과 훌륭한 산문 기술은 그 모두가 문
명사상(文明史上) 비교적 늦게 발달하였다. 왜냐하면 인간 정신은
어느 정도 감정의 섬세함과 경묘(輕妙)함을 발달시키지 않으면 안
되겠지만, 그것은 모두 한적한 생활에서만 바랄 수 있는 것이기
때문이다. 오늘날 공산주의자의 입장에서 생각한다면 한가함을
즐기고 가증(可憎)할 유한계급에 속한다는 것부터가 이미 반혁명
적이라는 것은 나도 잘 알고 있는 바이지만 공산주의나 사회주의
가 추구하는 목적은 모두 대중에게 여가를 즐기게 하는 것, 즉 한
가함의 향락을 일반화시키는 데 있다고 나는 확신한다. 그러므로
여가를 즐기는 것이 죄악이 될 까닭이 없다. 아니 죄악은커녕 문

화 자체의 진보는 한가한 시간을 현명하게 이용하는 데 달려 있다고 할 수 있다. 담화는 그 한 형식에 지나지 않는다. 하루 종일 바쁘기 그지없고, 저녁 식사 후에는 곧 잠이 들어버려 소처럼 쿨쿨 코를 고는 실업가 따위는 아마도 문화의 발달에 대해 아무런 보탬도 주지 못하리라고 생각한다.

이 '한가함'이 때로는 강제적으로 주어지는 경우도 있지만 구한다고 좀처럼 얻어지는 것은 아니다. 많은 뛰어난 문학적인 작품은 강제적인 한가한 분위기 속에서 쓰여졌다. 창창한 앞날을 가진 문학적인 천재가 아무 소용도 없는 사회적인 모임에 자주 나오고, 시국 문제에 대한 논문을 쓰느라고 정력을 마구 낭비하고 있다고 할 때 그를 구해낼 수 있는 가장 친절한 방법은 감옥에 집어넣는 일이라고 나는 생각한다. 문왕(文王)이 인생의 변화를 논한 철학의 고전인『역경』(易經)을 쓴 것도, 사마천(司馬遷)이 한문으로 쓴 가장 훌륭한 역사(歷史)인『사기』(史記)라는 걸작을 쓴 것도 다 옥중에서였다는 사실을 기억하지 않으면 안 될 것이다.

문인은 정계에 대한 야심이 무너졌을 경우, 또는 정계의 정세가 너무나 비관적인 경우에 문학과 미술의 걸작을 산출하는 수가 있다. 몽고가 중국에 군림했던 시대에 위대한 원대(元代)의 화가와 극작가가 많이 쏟아져 나왔고, 만주인이 중국을 정복했던 초기에 석도(石濤)나 팔대선인(八大仙人)과 같은 위대한 화가가 나타나게 된 이유가 바로 그런 데 있었던 것이다. 애국심이 이민족의 지배 아래 놓이게 된 극도의 굴욕감이라는 형태로 나타나서, 예술과 학문에 대하여 전심전력(全心全力)을 기울이게 만들었다. 석도는 말할 것도 없이 중국이 낳은 거장 가운데서도 으뜸가는 거장이지만, 그의 이름이 널리 서구에까지 알려지지 않은 까닭은 우연히 그렇게 된 점도 있지만, 그 중 하나는 청조(清朝) 역대의 황제가 자기네 통치에 심복하지 않았던 이들 예술가의 공적을 인정하고 싶어하지 않은 데도 그 원인이 있었던 것이다.

과거에 낙방한 다른 위대한 문인들은 그들의 정력을 승화시켜 오로지 창조의 길로 정진하기 시작했다. 『수호지』(水滸誌)를 쓴 시내암(施耐庵)의 경우나 『요재지이』(聊齋志異)를 쓴 포송령(蒲松齡) 등이 바로 그 좋은 예라고 할 수 있다.

『수호지』 가운데 역시 시내암이 쓴 것이라고 전해지고 있는 머리말 가운데 친구와 더불어 이야기를 나누는 즐거움을 쓴 다음과 같은 유쾌한 내용이 있다.

친구들이 전부 내 집에 모이면 모두 합해서 열여섯인데, 한 명도 빠짐없이 모이는 경우는 매우 드물다. 그러나 비나 폭풍우가 몰아치는 날을 제외하고 한 명도 오지 않는 일 또한 드물다. 대개 매일 여섯 명이나 일곱 명의 친구가 모이게 되는데, 그들은 오자마자 술부터 마시거나 하는 일은 없다. 마시고 싶으면 천천히 목을 축이고 싫어지면 그만둔다. 즐거움은 술을 마시는 데 있는 게 아니라 벗들끼리 이야기를 주고받는 데 있다고 생각하고 있기 때문이다. 그렇다고 궁정 정치에 관한 이야기를 주고받는 것은 아니다. 그런 이야기는 우리들의 격에 맞지 않는 일이기도 하지만, 이렇게 서울에서 멀리 떨어져 있는 고장에서는 대부분의 소식은 세상 소문에 관계되는 것뿐이기 때문이다. 한두 다리 건너서 들은 소식은 한낱 뜬소문에 지나지 않으며, 뜬소문을 갖고 논한다는 것은 타액(唾液)의 낭비에 지나지 않는 것이다. 우리들은 또한 세상 사람들이 저지른 잘못에 대해서 이야기를 주고받지는 않는다. 그들에게 과실은 없는 것이며, 우리는 그들을 비방해서는 안 된다. 또한 우리들은 세상 사람들에게 충격을 주기 위해서 이야기를 하는 것도 아니다. 그러니까 충격을 받는 이는 아무도 없다. 그러나 또한 우리들이 말하는 것을 사람들이 알아주었으면 하고 진심으로부터 바라고는 있지만 그렇게 뜻대로 되는 것도 아니다. 우리들이 주고받는 이야기는 인간의 마음속 깊이 숨어 있는 그런 것이기에 바쁜 세상 사람들이 귀를 기울여줄 수도 없기 때문이다.

시내암의 대작(大作)이 나오게 된 것은 이러한 정서 속에서였으나 그것은 그들이 한가함을 즐겼기 때문에 얻어진 것이다.

고대 그리스에서 산문이 일어난 것도 분명히 이처럼 한적한 사회적인 배경 속에서 이루어진 것이었다. 그리스 사상의 맑고 깨끗함과 그 명쾌한 산문체는 분명히 한담술에서 비롯된 것이다. 그것은 플라톤의 『대화』라는 표제만 보아도 충분히 납득이 가는 바 있다. 『향연』을 보면 한 무리의 그리스 학자들이 땅바닥에 비스듬히 누워서 술과 과일과 미소년의 분위기 속에 싸여 유쾌하게 이야기를 나누고 있다.

그들의 사상이 굉장히 맑고 깨끗하고 문체가 매우 명쾌한 것은 화술의 수련을 쌓았기 때문이다. 현대의 아카데믹한 저자들의 저현학적이고 거만한 문체와 얼마나 뚜렷한 대조를 이루고 있는가. 고대 그리스 사람들은 분명히 철학의 화제를 경쾌하게 다루는 방법을 터득하고 있었음이 분명하다. 그리스 철학자들이 매력적인 환담의 분위기, 이야기를 좋아하는 기풍, 좋은 이야기를 듣는 것을 소중히 여긴 점, 이야기를 나누는 환경에 얼마나 신경을 썼는가는 『파이돈』의 머리말에 아름다운 필치로 묘사되어 있다. 이 글을 읽으면 고대 그리스의 산문이 훌륭해진 원인을 잘 알 수 있다.

플라톤이 쓴 『공화국』만 보더라도 현대의 저술가라면 능히 쓸 만한 '그 발전의 연속적인 단계를 통해서 본 인류 문명은 이종(異種)으로부터 동종(同種)으로의 역학적인 운동이다'라느니 뭐니 하는, 무슨 뜻인지 알 수 없는 잠꼬대 같은 말로 시작되어 있지는 않다. 오히려 이 같은 즐거운 문장이 맨 앞에 나온다. "나는 어제 아리스토의 아들인 글로코와 함께 여신을 참배하려고 피레우스를 찾아갔다. 그리고 시민들이 어떤 모양으로 제전(祭典)을 축하하는지 보고 싶다고 생각하였다. 이번 제전은 처음 보는 제전이었기에 말이다."

사색이 가장 활발하게 행해진 고대 중국 철학자들 사이에 찾아볼 수 있는 것과 같은 분위기는 '대비극 작가는 또한 대희극 작가

이어야 하는가, 혹은 그래서는 안 되는 것인가'와 같은 화제를 놓고 따지고 있는 그리스 사람들 사이에서도 찾아볼 수 있었다. 『향연』에 묘사되어 있는 그대로이다. 거기에서는 진지함과 명랑함이 뒤섞인 분위기가 감돌고, 듣기에도 마음 가볍고 다정한 응답이 오가곤 한다. 한자리에 참석한 사람들은 소크라테스의 술 마시는 모습을 놀리지만, 소크라테스는 아주 태연하게 기분 내키는 대로 술잔을 들고 기분 내키는 대로 술잔을 내려놓곤 한다. 손수 술을 따라 마시니까 남에게 폐는 끼치지 않는다. 이렇듯 아리스토파네스와 아가톤을 제외하고는 모두 잠들어버릴 때까지 밤이 새도록 이야기를 나누었다. 그들 무리들에게도 빨리 잠자리에 들도록 권하고는 마지막에 혼자 남게 되자 소크라테스는 연회석을 떠나 아침 목욕을 하러 리세움으로 간다. 그런 뒤 여느 때와 같이 상쾌한 마음으로 그날 하루를 보내는 것이다. 그리스의 철학이 탄생한 것은 이렇듯 친근미 넘치는 환담이 있는 분위기 속에서이다.

교양이 풍기는 담화에는 그것에 필요한 경쾌한 분위기를 만들기 위해 여성의 참가를 필요로 한다는 건 말할 것도 없다. 이 경쾌한 분위기라는 게 한가로운 이야기의 주요 골자이다. 실없는 말을 하거나 떠벌려대지 않는다면 이야기는 이윽고 딱딱해지고, 철학 그 자체도 인생과 아무 연관도 없는 하잘것없는 것이 되고 만다. 생활 방식을 이해하는 데 흥미를 지닌 문화가 존재하였을 때에는 어느 나라, 어느 시대에도 항상 사교석상에서 여성을 환영하는 풍습이 발달되었다. 페리클레스 시대의 아젠스에서도 그러했고, 18

세기 프랑스의 살롱에서도 그러했던 것이다. 남녀가 자리를 같이 하는 걸 금지하였던 중국에서조차도 남성 학자들은 말벗이 될 만한 여성이 참석하기를 원하였다. 화술이 수련되어 일세를 풍미한 금(金), 송(宋), 명(明)의 3대에 있어서는 사도온(謝道韞), 조운(朝雲), 유여시(柳如是), 이 밖의 재원들이 연달아 나타났다. 중국의 남성은 아내가 정숙하고 다른 남자들 앞에 나타나지 않기를 요구하면서, 한편으로는 재능이 풍부한 여성들과 함께 앉아 즐기고 싶다는 희망을 버리지 않았다. 중국 문학사는 결국 직업적인 창녀의 생활과 깊은 관련이 있다.

이야기를 주고받는 자리에 여성의 매력을 약간 보태고 싶다는 욕구는 누구에게나 있는 법이다. 일찍이 나는 오후 5시부터 밤 11시까지 잠시도 쉬지 않고 계속해서 이야기를 할 수 있는 몇 명의 독일 부인과 만난 일이 있으며, 그 뒤 영국과 미국에서 내가 아무리 애써 보아도 공부해볼 엄두가 나지 않았던 경제학에 조예 깊은 부인들과 만나보고 어리둥절했던 경험도 가지고 있다. 마르크스와 엥겔스를 논할 수 있는 여성은 고사하고라도, 이야기를 잘 들을 줄 알고 다정하고 생각이 깊어 보이는 여성 몇 명이 자리에 함께 앉아 있기만 해도 이야기하는 데 항상 기분 좋은 자극을 얻게 마련이다. 나는 멍청이 같은 얼굴을 한 사나이와 이야기하기보다는 그 편이 훨씬 유쾌하다고 늘 생각하고 있다.

차(茶)와 우정에 대하여

인류의 문화와 그 행복이라는 점에서 보아 담배 피우는 것, 술마시는 것, 차 마시는 것의 발명보다 더 중요한 발명은 인류 역사상 일찍이 없었다고 나는 생각한다.

우리들이 여가와 우정, 사교, 한담을 즐기는 데 있어서 사실 이처럼 중요하고 직접적인 효과가 있는 것은 없다. 이 세 가지에는 공통된 특징이 있다. 첫째, 어느 것이나 우리들이 사교하는 데 도움이 된다는 것, 둘째는 다른 음식과 같이 배가 부르지 않기 때문에 식간(食間)에 즐길 수 있다는 것, 셋째로는 후각을 작용시켜서 콧구멍을 통하여 즐길 수 있다는 점을 들 수가 있다. 문화에 끼친 그 영향도 실로 대단하다. 식당차 옆에는 끽연실이 있고 바깥에 나가면 식당과 술집과 다방이 있다. 적어도 중국과 영국에서는 차를 마신다는 것이 하나의 사회 제도로 되어 있다.

담배, 술, 차를 정말 즐기는 풍습은 한가함과 우정과 사회의 분위기 속에서가 아니고서는 발달되지 않는다. 왜냐하면 담배, 술, 차를 충분히 즐길 수 있는 사람이란 친구와의 우정을 나눌 줄 아는 사람, 클럽을 만드는 데 굉장히 마음을 쓰는 사람, 타고난 성품이 한적한 생활을 사랑하는 인간에 한한 일이기 때문이다. 사교성이라는 요소를 빼면 무의미한 것이 되고 만다. 담배나 술이나 차를 즐기려면 달과 눈과 꽃을 즐길 때와 같이 적당한 상대가 없어서는 안 되기 때문이다. 중국의 생활 예술가들이 자주 역설하고 있는 것은 바로 이 점이다. 어떤 종류의 꽃은 어떤 종류에 속하는 사람과 즐기지 않으면 안 된다. 어떤 종류의 경치는 어떤 종류의 여성들과 함께 보지 않으면 안 된다. 빗방울 떨어지는 소리를 진심으로 즐기려고 생각한다면 여름철에는 깊은 산 절간의 대나무 침대에 드러누워서 듣지 않으면 안 된다. 즉, 매사에는 그것에 알맞은 기분이라는 것이 있는 법이고, 그게 중요한 것이니까 그 장면의 분위기와 어울리지 않는 상대와 함께 있으면 모든 기분을 완전히 망쳐버리게 마련이다. 그렇기 때문에 생활을 논하는 예술가가 적어도 생활을 즐기는 방법을 배우려면 남자고 여자고 할 것 없이 우선 절대 조건으로서 같은 기질을 가진 친구를 찾는 일부터 시작하지 않으면 안 된다. 친구의 우정을 얻어 그 우정을 오래 유지해 나가기 위해서는 온갖 노력을 아껴서는 안 된다.

마치 아내가 남편의 사랑을 잃지 않기 위해 갖은 애를 쓰고, 장기(將棋)의 명수가 천리길을 멀다 하지 않고 장기 상대를 찾아가는 것과 같은 이치가 아닐까.

분위기라고 하는 것은 이토록 소중하다. 그러하기에 학자의 서재와 생활을 즐기고자 하는 일반적인 환경과를 올바르게 이해하고 나아가야 될 것이다. 우선 즐거움을 함께 누리겠다는 한때의 친구가 있다. 즐거움의 종류가 다르면 그에 맞춰 종류가 다른 벗을 선택하지 않으면 안 된다. 공부만 할 줄 알고 늘 생각에 잠겨 있는 사람과 승마를 즐기러 간다는 것은 음악을 모르는 사람과 음악회에 가는 것과 같은 일로서 당치도 않은 행동이라고 할 수 있다.

『다록』(茶錄)에 의하면 "차를 즐기는 취미의 정수는 그 색채와 향기와 풍미를 맛보고 즐기는 데 있으며, 차를 조제하는 원칙은 순청(純淸), 건조 및 청결하게 하는 데 있다." 그러므로 이러한 차의 성질을 맛보고 즐기려면 정적(靜寂)이라고 하는 요소가 필요하다. 차의 감상력은 '냉철한 머리로 뜨겁게 단 세계를 능히 볼 수 있는' 사람이 갖는 힘이라고 할 수 있다.

송대(宋代) 이후 다도(茶道)의 전문가들은 한 잔의 박차(薄茶)로 지미(至味)를 삼는다 했으나, 박차가 지닌 섬세한 풍미는 번거로운 생각에 몰두해 있거나 주위가 소란스럽거나 하인들이 말다툼을 하고 있거나 또는 얼굴이 못생긴 여자가 시중을 들려고 나오거나 하면 맛볼 생각도 하지 못한 채 경황없이 마시게 되기 쉬운 법이다. 차를 함께 마시는 상대도 수효가 적어야만 한다. 그러니까 차를 마시려면 손님이 많지 않아야 한다.

손님이 많아서 시끄럽고 요란스러워지면 차가 풍기는 고상한 매력이 없어지게 마련이다. 혼자서 차를 마시면 이속(離俗)이라는 말을 듣게 되고, 둘이서 마시면 한적(閑適)이라고 일컬어지며, 세 명이나 네 명이 함께 마시면 유쾌하다고 말해지고, 대여섯 명이 마시면 저속(低俗)이라는 소리를 듣게 되고, 일곱 명이나 여덟 명이 어울려 마시면 경멸하는 뜻에서 박애(博愛)라고 불리어지게 마련이다. 또한 『다소』(茶疏)의 저자가 말하고 있는 바와 같이 "커다란 차 주전자로부터 몇 번이고 계속해서 차를 따라 마시거나, 단

숨에 꿀꺽 마시거나, 조금 있다가 다시 데우거나, 굉장히 독한 차를 마시고 싶어하는 따위는 심한 노동을 한 뒤에 배를 채우려고 차를 마시는 농부나 직인(職人)이 하는 짓이다. 그래서는 차의 풍미의 다른 점을 즐기며 맛볼 수 없다."

다도를 논하는 중국의 문인은 이상과 같은 이유에서, 또는 차를 달이는 데 필요한 엄정 청결한 마음씨를 고려하여 차를 달이는 이 자신이 만사에 충분히 주의하지 않으면 안 된다고 역설하고 있지만, 혼자서 차를 달인다는 것은 아무래도 불편함을 면할 수 없으므로 사환인 소년 두 사람을 특별히 가르쳐서 차 달이는 일을 맡기는 게 좋다고 말하고 있다. 차를 달이려면 보통 부엌에서 떨어진 곳에 있는 방이나 바로 처마 밑에 마련된 차 전용 솥을 쓴다. 사환 아이는 주인이 보는 앞에서 차를 달이도록 훈련을 시키고 찻잔은 매일 아침 씻게 하고(결코 행주질을 해서는 안 된다) 손도 잘 닦고 손톱도 잘 다듬어 깨끗이 하게 하고 모든 일에 있어 청결하게 하는 습관을 지키도록 가르치지 않으면 안 된다. 손님이 세 사람까지인 경우에는 아궁이 하나로 충분하지만 다섯 명이나 여섯 명인 경우에는 따로따로 된 아궁이와 차솥 두 개가 필요하다. 한 아궁이에 사환 아이를 한 사람씩 붙여놓는다. 혼자서 양쪽 아궁이를 지켜보지 않을 수 없게 되면 일이 제대로 안 되고 여러 가지가 뒤범벅이 되고 만다.

그러나 다도에 통달한 진짜 멋쟁이는 자기 스스로 차를 달이는 것을 더없는 즐거움으로 삼고 있다. 일본의 다도와 같이 까다로운 의례로 발달만 되지 않는다면 차를 달여서 마신다는 것은 항상 즐거운 일이고 침착성과 고아한 정신을 사랑하는 일이다. 수박씨를 이 사이에 넣고 깨뜨리는 것이 먹는 즐거움의 반을 차지하는 것처럼 차를 달인다는 것은 차를 마시는 즐거움의 절반을 차지하고 있다.

진실로 차를 좋아하는 사람들의 기분으로는 온갖 차 도구들을 손으로 어루만지는 기쁨은 다만 어루만지는 것 자체가 즐겁기 때문이라고 할 수 있다. 이를테면 채양(蔡襄)과 같이 노년이 되어 차를 마실 수 없게 된 뒤에도 날마다의 습관으로 자기 스스로 차를 달이는 것을 즐거움으로 삼은 사람도 있다. 또 한 사람, 주온복(周溫復)이라는 학자는 매일 새벽부터 밤까지 하루에 여섯 번씩 정해진 시간에 차를 달여서 마셨고, 차 주전자를 너무 사랑한 나머지 죽을 때 함께 관(棺) 속에 넣게 한 사람도 있다.

그리하여 다도의 기술은 다음과 같은 몇 가지 요소로 성립된다. 첫째, 차는 가장 냄새를 타기 쉬운 것이기 때문에 될 수 있는 대로 항상 깨끗하게 취급하고, 술이나 향(香), 그 밖의 냄새나는 것 또는 그러한 것들을 취급하는 사람들로부터 멀리 떼어놓지 않으면 안 된다. 둘째, 차는 시원하고 건조한 곳에 저장해둘 것. 장마철에는 그때그때 쓸 것을 특별히 조그만 항아리에다가 적당히 덜어서 넣어둘 것. 이런 때 쓰는 작은 항아리로서는 백랍제(白蠟製)가 제일 좋다. 한편 큰 항아리에 저장해둔 차는 필요한 경우 이외에는 뚜껑을 열지 말 것. 항아리에 넣어 보관한 차에 곰팡이가 슬었을 경우에는 차 잎사귀가 노래지거나 퇴색하는 것을 막기 위해 약한 불에다 쬐되 직접 불에 쬐면서 쉴새없이 부채질을 할 것. 셋째, 차를 잘 달이는 기술의 절반은 깨끗하고 순수한 좋은 물을 구하는 데 있다. 산에서 나는 샘물이 가장 좋고, 강물이 두 번째이고, 우물물이 세 번째라고 한다. 용두(龍頭)에서 나오는 물도 제방에 괸 물이라면 사실은 산골짜기를 흐르는 물이니까 그것 또한 좋다. 넷째로 진기한 찻잔을 감상하려면 조용한 친구들과 자리를 같이할 것. 그것도 너무 많은 벗들을 한꺼번에 합석시켜서는 안 된다. 다섯째, 보통 흔히 쓰이는 차의 알맞은 빛깔은 엷은 황금색이며, 모든 암홍색의 차는 우유나 레몬이나 박하나 그 밖의 무엇이건 차가 지닌 쓴맛을 죽일 수 있는 것을 넣어서 마실 것. 여섯째, 가장 좋은 차에는 뒷맛이라는 것이 있는 법이다. 그것은 마신 뒤 30초 가량 지났을 무렵 화학적 요소가 타선(唾腺)에 작용하는 시간이 지났을 때 느끼는 맛이다. 일곱째로, 차는 신선한 것을 넣어서 곧 마실 것. 맛있는 차가 마시고 싶거든 한 번 따른 뒤 남은 차를 너무 오랫동안 차 주전자 안에 넣어두지 않는 게 중요하다.

여덟째, 차는 방금 길어 온 물로 달일 것. 아홉째, 다른 것과 섞은 것은 일체 피해야 한다. 다만 어떤 종류의 외국산 향료, 이를테면 재스민이나 육계(肉桂) 같은 것을 약간 넣어 달이는 취미를 가진 사람에 대해서는 기호가 다른 점을 인정해도 좋을 줄 안다. 열번째, 가장 좋은 차에서 바랄 수 있는 향기는 갓난애의 살결에서 풍기는 듯한 델리키트한 향기이다.

차에 관한 뛰어난 평론서인 『다소』는 사물을 즐기기에 알맞은 때와 환경을 규정짓는 중국의 관습에 따라 다음과 같이 말하고 있다.

차를 마시기에 적당한 시간

마음과 손이 다같이 한가할 때,

시(詩)를 읽고 피곤을 느꼈을 때,

생각이 어수선할 때,

노랫소리에 귀를 기울이고 있을 때,

노래가 끝났을 때,

휴일에 집에서 쉬고 있을 때,

금(琴)을 뜯고 그림을 바라볼 때,

한밤중에 이야기를 나눌 때,

창문이 밝아 책상을 향하고 앉을 때,

잘생긴 벗이나 날씬한 애첩(愛妾)이 곁에 있을 때,

벗들을 방문하고 집에 돌아왔을 때,

하늘이 맑고 산들바람이 불 때,

가볍게 소나기가 내리는 날,

조그만 나무다리 아래 뜬 곱게 색칠한 배 안,

높다란 참대밭 속,

여름날 연꽃이 한눈에 내려다보이는 누각 위,

조그만 서재에서 향(香)을 피우면서,

연회가 끝나고 손님이 돌아간 뒤,

아이들이 학교에 간 뒤,

사람 사는 마을에서 멀리 떨어진 조용한 절 안에서,

명천기암(名泉奇岩)이 가까운 곳에서,

담배와 향에 대하여

오늘날의 세계는 담배를 피우는 사람과 담배를 피우지 않는 사람들, 이렇게 두 패로 갈라져 있는 게 사실이다. 담배 피우는 사람이 금연가에게 다소 피해를 입히고 있는 것은 사실이지만 이 피해가 육체적인 것에 비해서 금연가가 담배 피우는 사람에게 끼치는 낭패는 정신적인 것이라고 할 수 있다. 물론 담배 피우는 이에게 간섭하려고 하지 않는 금연가도 많이 있는 게 사실이고, 부인들은 남편들이 침대 속에서 담배를 피우는 것을 참아낼 수 있게 훈련할 수도 있다. 이것은 결혼 생활이 행복하다는 가장 확실한 증거이다. 하지만 금연가가 인류 최대의 쾌락 가운데 하나를 잃고 있는 줄도 모르고 도덕적으로 훌륭하다든가 무엇인지 자랑할 만한 것을 갖고 있는 것 같은 터무니없는 생각을 하는 사람들을 우리는 흔히 볼 수 있지 않나 한다. 담배를 피우는 것이 도덕적인 약점이라는 사실은 나도 기꺼이 인정하지만, 반면에 약점이 없는 그런 사람은 조심해서 대하지 않으면 안 된다고 생각한다.

약점이 없는 사람은 신용할 수가 없기 때문이다. 그들은 어떠한 경우에도 지나치게 냉정해지기가 쉬워서 실수라고는 전혀 하지 않는다. 그들의 습관은 대체로 규칙적이고 담배 피우는 사람보다 생활이 기계적이고, 언제나 이성이 감정을 지배하고 있다. 나는 이성적인 사람은 좋아하지만 완전한 이성인이란 딱 질색이다. 그러기 때문에 담배 재떨이가 마련되어 있지 않은 집에 찾아가면 언제나 마음이 조마조마해지는 게 불안하기 이를 데 없다. 방 안은 대개의 경우 지나치리만큼 깨끗하게 정돈되어 있어서 방석은 일정한 곳에 놓여 있고 식구들은 단정하게 차리고 있어서 따뜻한 인정미라고는 찾을 데가 없다. 이렇게 되면 나도 곧 손님 행세를 하게 된다. 말할 것도 없이 그것은 가장 불유쾌한 행동이다.

이러한 근엄하기 그지없는 도덕가들, 매사에 무감동하고 시적인 정서를 이해하지 못하는 사람들로서는 담배를 피우는 데에서 얻는 도덕적·정신적인 이익을 맛본다는 것은 도저히 불가능한 일이다. 하지만, 우리네 담배 피우는 사람들이 공격을 받는 것은 예술적인 방면에서가 아니라 어김없이 도덕적인 면에서이므로 우선 금연가보다 높은 수준에 서 있는 담배 피우는 이들의 도덕을 위하여 한마디 변명하지 않으면 안 되겠다.

파이프를 입에 물고 있는 사람은 내 취미에 맞는 사람이다. 파이프를 입에 물었을 때의 끽연가는 어느 때보다도 명랑하고 사교적이고 더욱 흉허물 없는 무례한 태도를 나타내고 때로는 굉장히 이야기에 재치가 넘치는 경우도 있다. 어쨌든 이쪽이 그러한 것처럼 저쪽도 나에게 호감을 갖고 있구나 하는 느낌을 갖게 해주는 것이다. 나는 다음과 같은 말을 한 새커리에게 전적으로 찬성하는 바이다. "파이프는 철학자의 입에서 지혜를 끌어내며 어리석은 인간의 입을 닫히게 한다. 파이프는 명상적이며, 생각이 깊고 인자하며, 허식 없는 좌담을 하게 만든다."

담배 피우는 이의 손톱은 대체로 더럽혀져 있지만 마음만 따뜻하면 그런 것은 문제가 되지 않는다. 어쨌든 명상적이고 생각이 깊고 인자하고 허세를 부리지 않는 좌담이라는 것은 여간해서 없는 것이므로 그러한 즐거움을 맛보기 위해서라면 누구나 값비싼 희생을 치르는 것도 서슴지 않는다. 그리고 가장 중요한 것은 파이프를 입에 문 사람은 항상 행복하며, 행복은 결국 도덕적인 가치 가운데에서 가장 뛰어난 것이라는 사실이다. W. 매긴은 말한다. "여송연을 피우는 사람으로서 자살한 이는 없다."

파이프 담배를 즐겨 피우는 사람은 절대로 자기 아내와 다투지 않는다는 것은 더욱 명담(名談)이 아닐 수 없다. 그 이유는 아주 분명하다. 파이프를 입에 문 채 아주 큰 소리로 아내를 야단친다는 것은 도저히 불가능한 일이기 때문이다. 그런 재주를 부리는 사람을 본 이는 이 세상에 아무도 없다. 파이프를 입에 물고 있을 때는 작은 목소리로 이야기하는 것이 자연스럽다. 끽연가인 남편이 화를 냈을 때 일어나는 현상은 대뜸 궐련이나 파이프에 불을 붙이고 불쾌한 표정을 짓는 것이다. 그러나 그런 표정도 오래는 계속되지 못한다. 왜냐하면 그의 감정은 이미 발산할 곳을 찾아낸 셈이므로 자신이 분개한 것이나 모욕감을 느낀 것을 정당화하려고 언제까지나 화난 표정을 짓고 있으려고 해도 계속되지 않기 때문이다.

파이프로부터 피어 올라가는 조용한 담배 연기는 사뭇 기분 좋게 마음을 진정시켜주기에 연기를 내뿜고 있는 동안 울적했던 노여움의 감정도 내뿜는 연기를 따라 나가고 마는 것 같은 느낌이 들기 때문이다. 그러므로 영리한 아내는 막 역정을 내려는 남편의 태도를 알아차렸을 때 상냥하게 남편의 입에나가 파이프를 물려주면서 '자아, 그런 것 따위는 빨리 잊어버리세요, 네!' 하고 말하는 게 가장 좋은 방법이다. 이 공식은 언제나 효과를 거두게 마련이다. 아내가 실패하는 경우는 있어도 파이프가 실패하는 일은 없기 때문이다.

담배를 피우는 데 있어서 얻어지는 예술적·문학적인 가치는 우리들 끽연가가 한동안 금연을 했을 경우 무엇을 잃어버리게 되는가 상상해보면 가장 잘 알 수 있다. 어떠한 끽연가도 맹세코 니코틴 부인에 대한 충성을 버리려고 애쓰는 어리석은 순간을 경험하게 마련이지만, 그 뒤 얼마 동안 공상적인 양심과 싸운 뒤에 마침내는 제정신으로 돌아가고 만다.

나도 그런 어리석은 짓을 하여 3주일 동안 담배를 끊었던 적이 있는데, 3주일이 끝날 무렵이 되니까 내 양심은 다시금 바른 길로 되돌아가라고 몹시 책망을 했다. 나는 또다시 옳지 않은 길에 빠지지 않겠다고 다짐하고 영원히 니코틴 신전의 경건한 신자가 되고자 맹세했던 것이다.

중국 문학에는 술에 비하여 담배에 대한 예찬은 비교적 적다. 담배를 피우는 풍습은 고작해야 16세기에 이르러 포르투갈의 뱃사람들에 의하여 수입된 것이기 때문이다. 나는 그 시대 이후에 쓰여진 중국 문학 전반에 걸쳐서 자세히 조사를 해보았으나 영묘(靈妙)한 향초(香草)를 칭송하는 것으로서는 너무나도 빈약한 평범한 몇 줄의 어구(語句)를 찾아내었을 뿐이다. 담배를 찬양하는 서정시는 분명 옥스퍼드 대학생들에게서나 수입하지 않으면 안 될 듯싶다.

하지만 중국인은 차나 술이나 음식을 완상(玩賞)하는 그 태도에도 분명히 나타나 있듯이 항상 냄새에 대하여 굉장히 예민한 감각을 갖고 있다. 담배가 없었던 시대에 그들은 향을 피우는 방법을 발달시켰다. 중국 문학에서 향은 항상 차나 술과 같은 범주에 들어가고, 같은 기분으로 취급되어온 것이 사실이다. 중국 제국이 인도지나까지 판도를 넓혔던 아득한 한대(漢代)의 옛날부터 공물로 바쳐진 남쪽 여러 영토의 산물인 향은 궁정이나 부호의 가정에서 쓰이기 시작했다. 생활법을 언급하는 책은 반드시 몇 조항을 만들어 향의 종류, 성질, 피우는 방법을 언급하곤 했던 것이다. 도적수(屠赤水)가 쓴 『고반여사』(考槃餘事)라고 하는 책의 향에 관한 장(章)에는 향을 피우는 즐거움을 이야기하는 다음과 같은 글이 실려 있다.

　향을 피우는 데서 얻는 이로운 점은 여러 가지가 있다. 유거
(幽居)하는 고결한 학자들이 진리와 종교를 두고 논할 때 한 줌
의 향을 피우면 신혼(神魂)이 자못 맑아지고 마음이 흐뭇해지
리라. 깊은 밤 사경(四更)에 이르러 달이 홀로 하늘 높이 뜨고
차갑고 쌀쌀한 기분이 피부에 스며들며, 인간 세상을 멀리 한
것 같은 맑고 엄숙한 기운이 천지 사이에 가득 찰 때, 사람의
마음을 온갖 근심으로부터 해방시켜 저절로 휘파람을 불게 해
주는 것은 바로 향이라고 할 수 있다. 밝은 들창 가까이에서 고
서의 필적을 살피거나, 파리채를 들고 한가로이 시를 읊조리거
나, 밤에 등잔불 밑에서 정신없이 책을 읽을 때 향은 졸음을 몰
아내는 큰 구실을 하는 것이다. 그러므로 향을 일러 ‘고반월(古
伴月)’이라고 부르는 것이다. 붉은 잠옷을 몸에 걸친 여인이 남
자 곁에 서고, 향로 위에 드리워진 여인의 손을 어루만지며 은
밀한 이야기를 주고받을 때, 향은 사나이의 마음을 뜨겁게 하
여 더욱더 연정을 부채질하기 마련이다. 그러기에 향을 일러
‘고조정’(古助情)이라고 부르는 것이다.

　또한 비 오는 날, 오후의 낮잠에서 깨어 꽉 닫힌 창가에 앉아
서 글씨 연습을 하면서 그윽한 차의 풍미를 맛보고 있을 때, 향
로는 겨우 따뜻해지기 시작하여 말로 형용하기 어려운 방향(芳
香)이 주위에 감돌며 몸을 감싸고 돈다. 주연(酒宴)이 끝나 문

득 홀로 술에서 깨어나면 구름 한 점 없이 맑게 갠 밤하늘 한복판에는 둥근 달이 훤히 빛나고 있고, 저 멀리 푸른 언덕을 바라보며 텅 빈 누각 안에서 손가락을 움직여 현(絃)을 고르거나 휘파람을 불면 주위는 더욱더 고요해진다. 타다 남은 향에서 모락모락 피어오르는 한 가닥 향연(香煙)은 문에 친 발 근처를 감돌고 있다. 이러한 정경은 더 한층 버리기 어려운 것이라고 생각한다. 향은 또한 악취를 먹고, 습지에서 올라오는 고약한 기운을 쫓는 데도 도움이 되며, 적어도 사람이 가는 곳이라면 어디서나 요긴하게 쓰이게 마련이다. 가장 질이 좋은 향은 가남(伽南)인데 이것은 좀처럼 구하기 힘든 물건이다. 산 속에 사는 사람들로서는 더욱이 손에 넣을 가망이 없는 향이다. 그 다음으로 질 좋은 향은 침향목(沈香木), 별명이 가라목(伽羅木)이라고 하는 것으로서 세 개의 등급이 있다. 일등품은 너무 냄새가 강렬하여 코에 쿡 찌르는 것이 자극이 너무 심한 결점이 있고, 삼 등급은 지나치게 건조한 데다가 연기가 너무 많이 나오는 게 탈이다. 한 냥으로 예닐곱 푼 정도 살 수 있는 이등품의 냄새가 가장 순하여 최우수품이라고 할 수 있다.

차를 달인 뒤의 숯불을 향을 담은 그릇에 넣고 천천히 피울 수도 있다. 마음이 그지없이 흡족하고 흐뭇해지는 순간, 사람들은 이 속세를 떠나 날개가 돋아 신선이 되어 하늘로 올라가 선경에서 노는 듯한 기분을 맛볼 수 있는 법이다. 아, 얼마나 큰 기쁨인가! 요즘 사람들은 진짜 방향(方香)을 감상하는 힘은 없고, 이상한 이국적인 향명(香名)만을 찾아서 몇 가지 종류의 향을 마구 섞어서 헛되어 예로부터 내려오는 향과 겨루려고 하고 있다. 침향목이 풍기는 향내야말로 진짜 자연의 향기이며, 좋은 침향목에서는 필설(筆舌)로 표현하기 어려운 미묘하고 그윽하여 깨끗한 향이 있음을 그들은 모른다.

술과 술좌석 놀이에 대하여

나는 술을 잘 못 마시기 때문에 술에 대해서 말할 자격은 없다. 내 주량이라고 해야 쌀로 빚은 소흥주(紹興酒) 석 잔 정도가 고작이고, 한 잔 맥주에도 완전히 취한다.

이것은 분명히 선천적인 문제로서 차를 즐겨 마시고 술을 마시고 담배를 피우는 성질은 아무래도 다같이 병행할 수는 없는 게 아닌가 싶다. 술을 잘 마시는 내 친구들 가운데에는 여송연 반 대도 피우지 못해서 벌써 머리가 핑 돌며 기분이 나빠지는 사람이 있는가 하면, 그 반대로 나는 적어도 눈을 뜨고 있는 동안은 하루 종일 쉴새없이 담배를 피우고 있지만 이렇다 할 만한 아무런 영향도 받고 있지 않는 것이다.

그러나 술을 마시라고 하면 영 형편이 없다. 어쨌든 이립옹은 '차를 굉장히 즐기는 이는 술을 좋아하지 않으며, 술을 굉장히 많이 마시는 이는 차를 즐기지 않는다'는 분명한 의견을 밝힌 바 있다. 이립옹 자신도 차를 굉장히 즐기는 사람으로서, 자기가 술꾼인 듯한 태도를 남에게 보인 적은 한 번도 없노라고 고백하고 있다. 그러하기에 내가 좋아하는 많은 중국의 뛰어난 문인들이 술은 그다지 잘 마실 줄 모른다고 솔직하게 고백하고 있다는 사실을 발견한 것은 나로서는 큰 기쁨이요 위안이 아닐 수 없다.

나는 상당한 시간을 들여서 그들의 편지와 그 밖의 문헌에서 이런 고백을 수집해보았다. 이립옹도 그 중 한 사람이다. 이 밖에 원매(袁枚), 왕어양(王漁洋), 원중랑(袁中郎)을 꼽을 수 있다. 하지만 그들은 모두가 한결같이 비록 술은 많이 못 마시지만 취하는 기분은 이해하는 사람들이다.

나는 술 이야기를 할 자격은 없지만, 이 제목을 무시할 수는 없다. 왜냐하면 술은 다른 무엇보다도 문학에 대하여 위대한 공헌을 했기 때문이다. 이와 마찬가지로 담배 피우는 풍습이 생긴 뒤로 끽연은 크게 인간의 창조력을 북돋워주어 상당히 오랜 세월에 걸쳐서 공적을 쌓은 것 또한 사실이라고 할 수 있다. 술을 마시는 쾌감, 특히 중국 문학 작품에 언제나 나오는 이른바 '얼근히 취하는' 쾌감은 나에게는 언제나 신비스럽게만 생각이 되었는데, 상해의 어떤 미인이 얼근히 취한 상태에서 이른바 미훈(微醺)[6]의 공덕을 누누이 이야기한 것을 듣고서야 나도 비로소 그럴지도 모른다

6 약간의 술냄새를 풍긴다는 뜻.

고 생각하기 시작하였다. 그녀는 이렇게 말했다.

"사람이란 얼근히 술이 취한 상태에서 종잡을 수 없는 소리를 그저 지껄이는 거랍니다. 이러고 있을 때가 제일 행복한 순간이지요."

얼근히 술에 취해서 기분이 돋구어졌을 때는 누구나 의기양양해지고 어떠한 어려움도 정복할 수 있는 자신이 넘치게 되고, 감수성이 매우 예민해지고 나아가 현실과 공상 사이에 자리잡고 있다고 생각되는 창조적인 사고력은 어느 때보다 활발하게 움직이기 시작한다. 또한 창조적인 심경에 도달할 때 매우 필요한 자신감과 해방감이 생겨나는 것 같기도 하다. 이 자신에 넘친 기분과 단순한 규칙이나 기술로부터 해방되는 것이 중요하다는 것은 예술 부문에 종사하게 되면 아주 분명히 깨닫게 되는 사실이다.

중국인은 차에 대해서는 서양인에게 가르칠 수가 있지만 술에 관해서는 서양인이 중국인을 가르칠 수 있다고 본다. 중국 방방곡곡 어디를 가나 소홍주가 있을 뿐, 다른 종류의 술이란 본 적이 없다. 그렇기 때문에 미국의 주점에 들어가면 여러 가지 모양의 술병과 여러 가지 레테르가 붙여진 술병들이 즐비하게 늘어서 있어 그만 어이없이 두 눈이 휘둥그레지게 마련이다. 하기야 중국에도 소홍주말고도 예닐곱 가지의 술이 있기는 하다. 몇 가지 약용 포도주 외에 수수에서 짜낸 고량주도 있지만, 중국 술의 리스트는 이내 바닥을 드러내고 만다. 중국인 사이에서는 요리에 따라 다른 종류의 술을 내놓는다는 치밀한 접대 방법이 발달되지 않았던 것이다. 한편 소홍주의 보급은 굉장한 바 있어서 그 이름이 생긴 소홍 지방에서 딸을 낳게 되면 부모는 곧 술을 한 독 빚어놓는다. 그리하여 딸이 시집갈 때는 20년 동안 묵은 오래된 술을 적어도 한 독은 예물의 하나로서 반드시 시집으로 가져갈 수 있게 하고 있다. 이 술의 본명인 화조(花雕)는 그러한 데에서 생긴 이름으로서 단지 장식의 화려한 '꽃무늬'를 뜻하는 말이다.

중국인은 술의 종류가 적은 반면 술 마시기에 알맞은 때와 환경을 유별나게 따진다. 술을 마시는 데 있어서 그 분위기와 때를 따지는 이러한 감정은 본질적으로 옳은 생각이라고 할 수 있다. 술과 차가 다른 점을 나타낸 말이 있다. "차는 세상을 버리고 숨어 사는 사람과 비슷하고, 술은 기사(騎士)에 비할 수 있도다. 술은 좋은 친구를 위하여 있고, 차는 조용한 유덕자(有德者)를 위하여 있도다."

또 어떤 중국의 작가는 술을 마시기에 알맞은 심경과 장소를 분류하여 이렇게 쓰고 있다.

"공식 석상에서 마시는 술은 천천히 한가하게 마셔야 한다. 마음을 놓고 편하게 마실 수 있는 술은 점잖게 호탕하게 마셔야 한다. 병자는 적게 마셔야 하고, 마음에 슬픔이 있는 사람은 모름지기 정신없이 취하도록 마셔야 한다. 봄철에는 집 뜰에서 마시고 여름철에는 교외에서, 가을철에는 배 위에서, 겨울철에는 집 안에서 마실 것이며, 늦은 밤에는 달을 벗 삼아 마셔야 한다."

또 다른 작가는 이렇게 말하고 있다.

"술에 취하려면 알맞은 때와 장소가 있는 법이다. 꽃의 빛깔과 향기와 동화하기 위해서는 낮에 꽃을 바라보며 술에 취해야 하며, 생각을 가다듬어 깨끗이 하려거든 밤에 설경을 보면서 취해야 한다. 성공을 기뻐하여 술에 취했을 때는 기분을 북돋우기 위해 한 곡조 가락을 뜯어야 한다. 선비가 술에 취했을 때는 수치스러운 일을 저지르지 않기 위해 조심해야 하고, 무인이 취했을 때는 무용(武勇)을 높이기 위해 많은 술을 가져오게 하고 더 많은 깃발을 세우도록 해야 한다. 누각 위에서 술을 마실 때는 시원한 바람의 덕을 보기 위해 여름철이 좋으며, 강 위에서 베푸는 잔치는 활짝 트인 자유스러운 느낌을 더하기 위해 가을철이 좋다. 이것이야말로 술을 마시는 이의 심경과 경치에 알맞은 음주의 옳은 방법인데, 이 법칙을 어기면 술을 마시는 즐거움은 사라질 따름이다."

중국인이 술을 대하는 태도와 주연(酒宴) 중의 몸가짐은 이해하기 어려운 점도 있고 비난받아 마땅한 점도 있으나 칭찬할 만한 점도 있다.

비난해 마땅한 점은 더 이상 마실 수 없다는 사람에게 억지로 마시게 하고는 좋아하는 습관이다. 서구 사회에서도 이러한 습관이 있다든가 또는 일반적으로 널리 행해지고 있다는 이야기를 나는 일찍이 들어본 적이 없다. 혼자서 마시는 경우건, 여럿이 어울려 마시는 경우건 단순한 주량보다도 술이 지닌 신비스러운 가치를 존중하는 것이 술꾼들이 지키는 규칙이기 때문이다. 하기야 술을 강조한다는 것도 유쾌하고 흉허물 없는 친밀한 기분에서 나오는 행동이고 그 때문에 술좌석이 떠들썩해지는 것은 사실이긴 하다. 여기저기서 시끄러운 소리가 일어나면 술좌석은 떠들썩해지고 그것이 또한 한결 주흥을 돋구게 마련이다. 너나할것없이 제정신을 잃게 되어 손님들은 큰 소리로 술을 더 가져오라고 재촉하고 자리를 떠나기도 하고 바꿔 앉기도 하여 누가 주인이고, 누가 손님인지 분간을 못 하게 된다. 이러한 장면은 그냥 보고만 있어도 기분이 흐뭇해지는 게 사실이긴 하다. 그러나 이러한 주연은 대개 어느 편이 더 많이 술을 마실 수 있느냐 하는 술 마시기 내기로 끝나게 되는 것이 고작이어서 사람들은 저마다 굉장한 주량 자랑과 교지(狡智)와 책략과 어떻게 해서든 상대방의 항복을 받겠다는 의기로 서로 다투게 된다. 누군가가 부정 행위를 감시하는 구실을 맡아서 상대편의 비밀 전술을 살피고 경계하지 않으면 안 된다. 여기서 느끼는 즐거움은 아마도 경쟁의 정신 속에 있지 않나 싶다.

중국인이 술을 마시는 데 있어서 칭찬할 만한 점은 그 요란스럽게 떠드는 데 있다. 중국 요리집에서 식사를 하노라면 축구 시합장이 한창인 운동장에 와 있는 느낌이 드는 때가 있다.

그 소리의 소용돌이는 도대체 어디서 생겨나는 것일까. 축구 시합에서 일어나는 갈채와 성원과 같은 아름다운 리듬의 소리는 도대체 어떻게 해서 나오게 되는 것일까. 이것은 분명 할권(割拳)의 풍습에서 비롯된 것이다. 이것은 적과 자기 편이 동시에 몇 손가락씩 내밀고 적과 자기편의 손가락 수효의 합계를 큰 소리로 맞추며 노는 놀음이다. 1, 2, 3, 4 등의 수는 모두 시적인 음절이 많은 어구로써 표현된다. 이를테면 칠성(七星 ─ 七鵲 북극성의 별자리)이라든가, 팔준(八駿)이라든가, 팔선도해(八仙渡海) 따위의 말을 쓰는 것이다. 적이나 자기 편이나 모두 완전히 가락에 맞추어서 동시에 손가락을 내미는 동작을 하지 않으면 안 되기 때문에 수를 나타내는 말은 자연히 일정한 음악적인 박자 또는 소절을 취하게 되어 있다. 그러므로 그 가운데 여러 가지 다른 음절을 압축하는 결과를 빚어내게 된다. 수효를 알아맞히는 호성(呼聲)이 끝나고, 다음 차례로 넘어가는 중간에는 게임의 시작을 알리는 일정한 호성이 들어가 그것이 또 다른 소절을 이루게 된다. 이리하여 어느 편이 제대로 맞히게 되기까지 노래는 끊임없이 리드미컬하게 계속되게 마련인데, 이 게임에서 진 편은 미리 약속한 대로 큰 잔이건 작은 잔이건 하나 가득 부어서 두 잔이고 세 잔이고, 훌쩍 마셔야만 한다. 손가락 수효를 맞히는 것은 아무렇게나 짐작으로 말하는 게 아니라 상대편이 계속해서 같은 수를 내놓는가 어떤 순서로 수효를 바꾸는가 하는 버릇을 잘 알고 내고 하기 때문에 머리를 재빠르게 움직일 필요가 있다. 이 놀이의 재미는 진행되는 놀음에 참가한 사람들의 속도와 일관된 리듬에 달려 있다.

여기서 우리는 주연의 핵심적 개념에 도달한 셈이다. 이것을 잘 이해함으로써만 중국 연회가 얼마 동안 계속되느냐 하는 것, 요리의 수효, 서비스의 방법 따위를 충분히 이해할 수 있다. 중국인이 술자리에 참석하는 것은 단지 마시고 먹기 위해서 만이 아니요, 차례차례 다른 요리들이 들어오는 사이사이에 이야기를 나누고, 농담을 주고받고, 여러 가지 문학적인 수수께끼 풀이라든가 시짓기 놀이를 하면서 유쾌한 한때를 보내자는 데 그 목적이 있다. 5분마다 또는 7분이나 10분마다 식탁 위에 놓여지는 한 접시의 요리에 좌중의 손님들은 한 젓가락 두 젓가락씩 젓가락을 대지만, 좌중은 오히려 요리 접시가 들어올 때마다 구분지어지는 입씨름을 하는 데 목적이 있는 듯한 느낌을 준다.

이러한 식사법에는 두 가지 효과가 있다.

첫째는 입씨름이 소란스러움은 몸 안에서 알콜 성분을 발산시키는 데 도움이 될 게 틀림없고, 둘째로는 한 시간 이상 계속되는 연회가 끝나기까지 먹은 음식의 어느 부분은 이미 소화가 되어버리고 말기 때문에 먹으면 먹을수록 오히려 배가 고파지게 된다.

식사하는 동안 아무런 말도 하지 않는다는 것은 결국 하나의 악덕이라고 생각한다. 위생적이 아니기 때문에 좋지 않다는 것이다.

중국인은 라틴 민족에게서 보는 것과 같은 한 가닥 쾌활한 기질을 가진 유쾌한 국민이건만 그런 사실에 의문을 품은 채 중국인은 무뚝뚝하기만 하고 감정이 없는 인종이라고 하는 선입감에 아직까지 사로잡혀 있는, 중국에 와 있는 외국인들은 모름지기 중국인들이 먹고 마시고 할 때의 광경을 보아야 할 것이다.

왜냐하면 그때야말로 중국인이 타고난 성질을 마음껏 발휘하고 있는 때이며, 도덕적인 완성이 완전한 경지에 도달해 있을 때이기 때문이다. 만일 중국인으로 태어나서 음식 먹는 동안 유쾌한 한때를 보낼 수 없다면 도대체 언제 즐길 수 있겠는가.

중국인의 주연 두 시간쯤이 금방 지나가고 마는 것은 하나도 이상한 일이 아니다. 식사하는 목적은 단순히 마시거나 먹는 데 있는 것이 아니라 유쾌한 즐거움 속에 담뿍 잠기어 마구 소리를 내는 데 있기 때문이다. 그렇기 때문에 얼근히 취할 줄 아는 사람이 진짜 술꾼이라고 할 수 있다. 현(絃)이 없는 악기를 어루만지며 즐긴 시인 도연명과 같은 애주가에게 있어서는 그 정서가 가장 소중한 것이라고 할 수 있으리라. 그러나 술 마시는 기분은 술을 잘 마시지 못하는 사람도 즐길 수 있는 것이라고 생각한다.

'일자무식의 사람이라도 시취(詩趣)를 알고, 기도 한마디 드릴 줄 몰라도 종교심이 있고, 한 방울의 술을 입에 대지 못하여도 취한 기분이 어떻다는 것을 알며, 암석이 어떤 것인지 전혀 몰라도 그림에 대한 정서를 아는 이가 있다.' 이러한 사람이야말로 시인, 성자, 애주가, 화가와 한자리에 앉을 수 있는 자격이 있는 사람들이다.

음식과 약에 대하여

집이라는 것을 넓은 뜻으로 해석하면 생활에 관계되는 온갖 것을 포함하고 있는 것처럼 넓은 관점에서 본 음식은 본래 우리들에게 영양을 공급해주는 온갖 것을 포함하고 있다. 우리들은 모두 동물인 까닭에 사람이란 먹어야만 산다는 것을 누구나 다 알고 있다.

사람의 목숨은 신의 무릎 위에서 지켜지고 있는 것이 아니라 요리사의 무릎 위에서 지켜지고 있다. 그렇기 때문에 중국의 신사는 누구나 요리사를 소중히 여긴다.

생활의 즐거움 대부분이 요리의 취사 선택을 하는 요리사의 수완에 달려 있기 때문이다. 서구인들도 그러리라고 생각하지만 중국의 부모들은 항상 유모를 소중히 여기고 친절하게 대하려고 애쓴다. 그것은 젖먹이의 건강이 전적으로 유모의 기분이나 행복이나 일반적인 생활 조건에 좌우된다는 사실을 잘 알고 있기 때문이다. 젖먹이에 대해서와 마찬가지로 자기 자신의 건강에 대해서도 조심을 한다면 음식을 만들어주는 요리사에 대해서도 유모에게 하는 것과 같은 친절한 대우를 해주지 않으면 안 된다. 날씨가 좋은 날 아침 잠자리에 누워 마음을 가라앉히고 도대체 이 세상에서 정말 즐거움을 주는 것이 몇 가지나 있는가 손꼽아 세어보면 반드시 맨 먼저 손가락을 꼽아야 할 것은 음식이라는 것을 깨닫게 된다. 그러하기에 집에서 좋은 음식을 먹고 있는가 아닌가를 알아보는 것은 그 사람이 현명한가 어리석은가를 알 수 있는 확실한 테스트라고 할 수 있다.

현대의 도시 생활의 템포는 굉장히 빨라져서 요리나 음식물의 문제에 대해서 많은 시간과 머리를 쓸 여가가 점점 줄어들고 있다. 가정의 주부이며 훌륭한 저널리스트이기도 한 아내가 남편에게 통조림 스프나 통조림 완두콩을 식탁 위에 내어놓아도 남편 쪽에서 투덜거릴 수 없는 형편이다. 그러나 인간이 먹고 살아가기 위해 일하는 것이 아니라 일하기 위해서 먹는다면 어딘지 좀 이상하다고 하지 않을 수 없다. 남에게 친절하고 관대하게 대하려고 애쓰기 전에 우선 어느 정도 자기 자신에 대하여 친절하고 관대해져야 되지 않나 생각한다.

부인이 시정(市政)의 부패상을 폭로하여서 일반적인 사회 상태를 좀 개선했다 해도 두 대의 가스 버너를 동시에 틀어놓고 음식을 만들어 10분 동안에 식사를 끝내지 않으면 안 된다고 하면 도대체 이게 무슨 꼴이란 말인가? 옛날에 공자는 요리가 서투르다고 해서 부인과 이혼했는데, 이런 여자라면 공자에게 이혼을 당하게 될 것은 너무도 뻔한 일이 아닐 수 없다.

이혼 선언을 공자 편에서 하였는지 아니면 부인이 먼저 이 까다로운 인생 예술가의 음식을 잘 만들라는 주문에서 벗어나기 위해 집을 뛰쳐나간 것인지, 그 사정은 그다지 분명치가 않다.

공자의 주문은 '쌀은 아주 희지 않으면 안 되고, 다진 고기는 매우 잘게 다지지 않으면 안 된다'라는 것이었다고 한다. 부인이 '고기에 적당한 양념을 하지 않고서 내놓았을 때'라든가, '네모 반듯하게 고기를 썰지 않았을 때'라든가, '고기 빛깔이 좋지 않을 때' 공자는 젓가락을 아예 대지도 않았다는 이야기이다. 이렇게 잔소리를 들으면서도 참고 살아가던 부인이 어느 날 신선한 음식이 동이 나서 아들인 이(鯉)를 근처 식료품점에 보내어 술과 냉육을 사오게 하여 그것으로 임시 변통을 하려고 했다. 그런데 공자는 '나는 집에서 만든 술이 아니면 안 마신다. 가게에서 사온 고기역시 먹지 않겠다'하고 버텼다. 이쯤 되고 보면 부인으로서도 짐을 싸들고 도망치는 수밖에 다른 도리가 없었으리라. 이 공자 부인의 심리는 나의 짐작에 불과한 것이지만, 공자가 불쌍한 아내에게 가한 가혹하기 이를 데 없는 조건이 고전에 남아 있다.

중국인은 음식을 통틀어 영양물이라고 생각하고 있기 때문에 음식물과 약을 전혀 구별짓고 있지 않다. 몸에 이로운 것은 약이기도 하고 음식물이기도 하다는 생각이다.

현대 과학이 병을 치료하는 데 있어서 음식물이 얼마나 중요한 것인가를 인정하게 된 것은 겨우 전(前) 세기에 들어와서의 일이지만 오늘날에는 다행히도 모든 현대식 설비를 갖춘 병원에서는 으레 식이요법 전문가를 고용하고 있다. 오늘날의 의사들이 한 걸음 더 나아가서 식이요법가를 중국으로 보내어 수업을 시킨다면 약병의 필요성이 상당히 줄어들 것이라고 생각한다. 중국의 옛날 의학자 손사막(孫思藐, 16세기에 생존했던 사람이다)은 이렇게 말하고 있다.

"참다운 의사는 우선 병의 원인부터 찾아낸다. 원인을 알게 되면 우선 식이요법으로 병을 치료하고, 식이요법이 실패로 돌아갔을 때 비로소 약의 처방을 쓴다."

원나라의 궁정에서 일한 어느 국수(國手)가 1330년에 저술한 책이 있는데, 이 책은 중국에 현재 남아 있는 음식물을 논한 가장 오래된 책이며, 음식물은 본시 양생(養生)의 문제라고 하여 서론에 다음과 같은 주의를 하고 있다.

스스로의 건강을 잘 유지하고자 생각하는 사람은 절도 있게 소식을 하고, 근심되는 일을 없애고, 욕망을 줄이고, 감정을 누리고, 체력을 헛되어 소모하지 않도록 마음을 쓰고, 말을 적게 하고, 성패를 가벼이 여기며, 슬픔과 고통을 대수롭지 않게 알고 어리석은 야망을 버리며, 호오(好惡)의 염(念)을 피하고, 시력과 청각을 진정시키고, 내장의 섭생에 충실해야 하느니라. 정신을 몹시 쓰고, 영혼을 괴롭히는 일이 없다면, 어찌 병에 걸릴 까닭이 있을까 보냐. 그런고로 심신을 기르고자 하는 이는 허기진 것을 느꼈을 때에만 먹고 결코 배가 부르도록 먹어서는 안 되느니라. 또한 목마름을 느꼈을 때만 마시고 더욱이 만복 상태가 되게 마셔서는 안 되느니라. 오랜 사이를 두고 조금씩 먹어야 하며, 너무 많은 분량을 쉴새없이 먹어서는 안 되느니라. 배가 불렀을 때도 약간 허기진 느낌을 갖고 배고플 때에 약간 만복을 느끼도록 해야 하느니라. 배부르게 먹음은 폐를 상하게 하고, 공복은 정력의 활동을 해치는 것이니라.

이렇기 때문에 중국의 모든 요리책에서처럼 이 요리책도 마치 약국 처방과 같은 느낌이 드는 게 사실이다. 그러므로 우리들은 약과 음식물을 적당히 혼동하고 있는 데 대해서 중국인들에게 축하의 뜻을 밝히지 않을 수 없다. 왜냐하면 이런 혼동으로 말미암아 약은 약다운 점이 적어지는 반면 음식물은 더욱 음식다워졌기 때문이다.

중국의 원사시대(原史時代)에 이미 포식의 신이 나타났다는 사실에는 상징적인 뜻이 있다고 생각한다. 그는 타오치〔饕餮仙〕라는 이름의 신으로서 옛날 사람들이 즐겨 청동이나 석조의 모티브로 썼던 사실이 오늘날 발견되고 있다. 이 타오치의 영혼이 우리네 중국인의 마음속에 저마다 깃들어 있다고 생각한다. 그것이 중국 약전(中國藥典)을 요리책과 비슷한 것으로 만들었고, 중국의 요리책을 약전 비슷하게 만들었을 뿐더러, 또한 자연과학의 일부분으로서의 식물학이나 동물학이 중국에서 발달하는 것을 불가능하게 만든 원인이 되었던 것이다. 중국의 과학자들은 뱀이나 원숭이나 악어 고기나 낙타의 혹이 어떤 맛일까 하는 생각을 언제나 하고 있다. 참된 과학적인 호기심은 중국에서는 식도락(食道樂)으로서의 호기심 바로 그것이다.

모든 야만족들은 한결같이 의약과 마법을 혼동하고 있었고, 노장(老壯)의 무리들은 양생(養生)과 불로불사(不老不死) 또는 오래 사는 방법을 찾아내는 것을 중심 목적으로 삼고 있었다.

이러한 점에서 생각해볼 때 음식과 약이 흔히 그들 사이에서는 혼용되고 있었다는 것을 알 수 있다. 앞서 예로 든 원조(元朝)의 궁정 요리책이었던 『음선정요』(飮膳正要)에는 오래 사는 방법과 병을 앓지 않고 재앙을 당하지 않게 하는 방법을 말한 몇 장(章)이 있다. 노장 철학을 연구한 도학자들은 열정적으로 자연에 귀의하고 있기 때문에 항상 야채성의 음식과 과일의 효과를 역설하는 경향을 갖고 있다. 이슬을 마시고 자라나는 섬세한 풍미를 간직한 신선한 연꽃 씨를 먹는 것을 학자들은 고상하고 운치 있는 기쁨의 최고로 알고 있었는데 이것은 아무래도 시와 노장파적인 탈속감(脫俗感)에 결부되어 있는 것같이 여겨진다.

가능하다면, 이슬 그 자체를 마시고 싶었을 것이다. 이러한 종류에 속하는 것으로 잣, 자고(慈姑), 칡뿌리 등이 있는데, 이것들은 모두가 마음과 영혼을 깨끗하게 해주기 때문에 장수의 효력을 지녔다고 한다. 연꽃 씨를 먹으면 색욕과 같은 인간적인 번뇌가 일어나지 않게 된다고 한다. 이것보다도 좀더 약답고 연명 장수(延命長壽)의 뛰어난 효과가 있으며 어느 때에는 식사의 일부로서 쓰이기도 하는 것으로 아스파라거스, 지황(地黃), 고려인삼, 창출(蒼朮), 자운영(紫雲英), 요(蓼) 등 그 밖에도 많이 있지만 여기서는 더 이상 예를 들지 않기로 한다.

중국의 약전은 서구의 과학자들에게 광대한 연구 분야를 제공하고 있다. 간장에 조혈(造血) 효능이 있다는 사실을 서양 의학이 발견한 것은 고작 지나간 10년 이내의 일이지만 중국인은 옛날부터 간장은 노인에게 소중한 강장제라고 생각해왔다. 서양의 도살업자가 돼지를 죽이면 신장, 위장, 장(그 안에는 위액이 가득 차 있을 게 분명하다), 피, 골수, 뇌 등 가장 많은 영양 가치를 지닌 부분을 모두 버리고 마는데 이것은 아무래도 납득이 가지 않는다. 뼈가 인간의 피의 적혈구를 만드는 장소라는 사실은 요즘에 와서야 겨우 발견이 되어가는 과정에 놓여 있다. 양 뼈, 돼지 뼈, 쇠골 등을 훌륭한 수프로 만들지 않고 버리고 만다는 것은 놀랄 만한 식품 가치의 낭비라고 생각지 않을 수 없다.

음식에서 미미(美味), 진미를 구하는 음식 철학은 결국 다음 세 가지로 요약될 수 있지 않을까, 즉 신선함과 풍미와 이와 혀 끝에 와 닿는 감촉이다. 세계에서 으뜸가는 요리사라 할지라도 요리해야 할 신선한 재료가 없다면 짭짤한 캐비지 요리 한 접시도 만들 수 없는 게 당연하며, 사실 요리법의 명인이 이르기를 훌륭한 요리를 만들려면 그 절반은 재료에 달려 있다고 했다.

17세기의 위대한 쾌락주의자이며 시인이기도 했던 원매(袁枚)가 고용하고 있던 요리사는 요리를 만들라고 주인이 일러도 구하는 재료가 한창 제철의 것이 아닌 경우에는 절대로 만들지 않는 사나이였는데, 원매는 그를 위대한 권위를 가진 사나이라고 칭찬하는 글을 썼다. 이 요리사는 매우 성급한 성질의 소유자였으나, 주인이 음식의 풍미를 이해하는 사람이기에 오랫동안 계속해서 시중을 든 것이라고 고백하고 있다. 어떤 특별한 연회의 요리사로서 정중한 태도로 부르지 않으면 절대로 와주지 않는 예순이 넘은 늙은 요리사가 지금도 사천성(四川省)에서 살고 있다. 더욱이 그는 재료를 사 모으는 데 일주일 동안의 여유를 주고 반드시 자유스럽게 자기 생각대로 해야 하며, 메뉴의 결정도 자기에게 전적으로 맡기지 않으면 안 된다는 것이다.

연하다든가, 탄력성이 있다든가, 꼬들꼬들하다든가, 입에 와 닿는 감촉이 아주 좋다든가 하는 음식이 주는 감촉의 대부분은 얼마 동안 불에 쬐느냐, 화력을 어느 정도로 조절하느냐에 달려 있다고 해도 과언이 아니다. 중국 요리점에서는 가정에서 만들 수 없는 훌륭한 요리를 만들 수 있는데, 그것은 훌륭한 화덕이 비치되어 있기 때문이다.

풍미에 대해서 말한다면 음식에는 분명히 두 가지 종류가 있다. 소금이나 간장 이외의 양념은 넣지 않고 음식의 재료 자체에서 나오는 국물로 요리를 해서 맛을 내는 것이 첫 번째 경우요, 다른 재료의 맛과 합하게 하는 것을 최상의 방법으로 하는 요리가 두 번째 경우이다. 생선의 경우를 말한다면 신선한 등어(橙魚)나 송어를 가장 맛있게 요리해 먹으려면 생선에서 저절로 나오는 국물로 요리해야 하며, 청어와 같은 기름진 생선은 소금에 절인 중국산 완두콩과 함께 요리하는 것보다 더 좋은 요리 방법은 없다고 본다. 옥수수와 콩을 함께 익힌 미국의 서커태시(succotash) 요리 같은 것은 완전히 맛이 조화된 요리의 좋은 예라고 생각한다.

자연계의 어떤 종류의 맛은 서로 다른 음식의 맛과 함께 섞이게 될 때 비로소 미미(美味)의 정점에 도달하게 되는 것 같다. 죽순과 돼지고기는 아주 좋은 한 쌍인 모양이어서 서로 상대편의 냄새를 빌려오고 자기의 냄새를 빌려주게 되어 있다. 햄은 단 것과 잘 조화가 되는 모양이어서 내가 상해에 있을 때 부리던 요리사는 햄과 품질이 좋은 황금빛 북경 대추를 함께 찜통에 넣고 쪄서 만드는 요리를 아주 잘하는 것이 자랑이었다. 검은 목이버섯과 오리

알도 수프로 만들면 아주 좋고, 뉴욕의 새우는 소금에 절인 중국의 비지와 콤비가 되면 좋다. 사실 자기가 지닌 맛을 다른 음식에다가 빌려주는 것을 주요한 구실로 삼고 있는 식품은 상당히 많다. 버섯, 죽순, 사천성의 잡채 따위가 그것이다. 그리고 중국인들이 가장 소중히 여기는 음식물로서 제 자신의 맛은 없고, 전혀 다른 식품에서 맛을 빌어다 쓰는 음식물도 상당히 많다.

중국 요리 가운데 가장 값비싼 요리에 빠져서는 안 되는 세 가지 특징은 빛이 없고, 나쁜 냄새가 안 나고, 이렇다 할 뚜렷한 맛이 없는 것이다. 상어 지느러미, 새둥우리, 은심(銀蕈)을 들 수 있는데, 이 세 가지는 하나같이 걸쭉하며, 무색, 무취, 무미가 그 특징이다. 이러한 것들이 왜 굉장히 맛이 있느냐 하면, 항상 굉장히 값비싼 수프(湯)를 만드는 데에만 쓰이기 때문이다.

집과 실내장식에 대하여

'집'이라는 말은 온갖 생활 조건, 즉 가옥의 물질적인 환경 전부를 포함해야 한다. 왜냐하면 누구나 다 알고 있듯이 집을 고르는 이의 집의 내부가 어떠냐 하는 것보다는 집 안에서 바깥을 내다본 전망이 어떠냐가 중요하기 때문이다. 집이 세워져 있는 위치와 그 주위의 경치가 어떠냐 하는 것이 중요하다. 자기가 소유하고 있는 손바닥만한 토지를 굉장히 자랑스럽게 여기고 있는 상해의 부자들을 전에 만나본 일이 있다. 그 토지 안에는 지름이 10피트 가량 되는 연못이며, 개미가 그 꼭대기까지 올라가는 데 3분쯤 걸릴 듯싶은 동산이 있었는데, 그들은 많은 가난한 사람들이 산기슭 오두막집에 살면서 산과 개울과 호수를 자기네 정원으로 삼고 있는 사실을 모르고 있었다. 양자를 비교한다는 것은 절대 불가능한 일이다. 경치가 매우 아름다운 산 속에 세워진 집들이 있는데, 그러한 경우에는 손바닥만한 땅을 자기 소유지로 만들어 담으로 둘러치거나 할 필요는 조금도 없을 것이다. 집에서 나와 걸음을 옮기는 곳마다 산마루에 걸려 있는 흰 구름이며, 하늘을 나는 새들, 새들의 노랫소리와 폭포수 떨어지는 소리가 한데 어울려 자연의 교향악을 연주하고 있음을 비롯해 눈앞에 널리 전개되는 모든 경치가 모두 자기 것이기 때문이다. 이 사람이야말로 도시에서 살고 있는 어떤 백만장자하고도 비교할 수 없는 진짜 부자이다. 도시에 사는 사람들에게도 하늘을 나는 구름은 보일 테지만 그들이 실제로 구름을 바라보는 일은 여간해서 없다고 본다. 어쩌다가 설사 구름을 바라보는 일이 있다고 하더라도 구름은 푸른 산의 윤곽과 대조를 이루고 있지는 않다.

그렇다면, 구름을 바라보는 묘미가 어디 있단 말인가? 배경이 영 틀렸으니 말이다.

그러하기에 중국인이 지니고 있는 집과 정원에 대한 근본적인 생각은 마치 아름다운 테 속에 넣은 보석이 서로 조화를 이루듯이 집이란 그 주위를 둘러싸고 있는 풍경과 조화를 이루는 한 요소에 지나지 않는다는 것이다. 그러므로 사람의 손이 간 모든 흔적을 되도록 눈에 띄지 않게 하여 벽의 직선도 그 위에 드리워진 나뭇가지로 가리거나 중단시키거나 해야만 한다. 거대한 벽돌과 같이 네모진 집은 공장의 건물이라면 또 수긍이 간다. 능률을 첫째 목적으로 삼는 것이 공장 건물이니까 말이다. 그러나 완전히 네모진 주택이라는 것은 도대체 말도 되지 않은 이야기이다.

중국인이 이상적이라고 생각하는 주택은 어떤 문인의 다음 글로 충분히 표현되고 있다.

대문 안에는 작은 길이 있다. 이 길은 구불구불 굽어 있어야만 한다. 작은 길이 구부러지는 모퉁이에는 옥외용 울타리가 있으나 이 울타리는 아주 작아야 한다. 울타리 뒤에는 테라스가 있다. 이 테라스는 평평하지 않으면 안 된다. 테라스 양쪽의 드높은 곳에는 꽃들이 피어 있는데 이 꽃들은 항상 싱싱해야 한다. 꽃 너머에 담장이 있다. 담장은 낮아야 한다. 담장 옆에 한 그루 소나무가 서 있다. 이 나무는 반드시 노송이어야 한다. 소나무 밑에는 몇 개의 바위가 놓여 있게 마련이다. 허나 반드시 야릇한 느낌을 주는 기암이어야만 한다. 바위 너머에 정자가 서 있다. 정자는 간소한 느낌을 주는 것이어야 한다. 정자 뒤에는 대나무들이 드문드문 서 있어야 한다. 대밭이 끝나는 곳에 집이 있다. 집은 한적한 느낌을 주어야 한다. 집 곁에는 길이 있다.

길은 갈라져 있지 않으면 안 된다.

몇 갈래의 길이 합하는 곳에 다리가 있다. 다리는 손님들이
건너보고 싶은 마음이 생기게 매력이 있어야 한다. 다리를 건
너면 나무들이 서 있게 마련인데, 이 나무들은 키가 커야만 한
다. 나무 그늘에는 잔디가 있고, 그 잔디는 푸르고 싱싱해야 한
다. 잔디밭 위쪽에 도랑이 있다. 도랑은 그 폭이 좁아야만 한
다. 도랑 끝에는 샘이 있다.

샘물은 콸콸 솟아나오지 않으면 안 된다. 샘 위에는 산이 있다.

산에는 깊은 산 속과 같은 느낌이 있어야 한다. 산비탈에 서
원이 있다. 서원은 네모반듯하지 않으면 안 된다. 서원 모퉁이
에 채소밭이 있다. 채소밭은 아주 넓어야 한다. 채소밭에는 황
새가 한 마리 있다. 황새는 춤추듯이 움직이고 있지 않으면 안
된다. 황새가 손님이 온 것을 알린다. 손님은 야비하게 굴어서
는 안 된다. 손님이 오면 술상이 나온다. 술상은 절대로 물려서
는 안 된다. 잔을 거듭하는 동안에 취기가 돈다. 취객은 그때
자기 집으로 돌아갈 생각을 해서는 안 된다.

집의 매력은 그 집이 지니고 있는 개성에 달려 있다. 이립옹은
그의 저서인 『한정우기』(閑情偶寄)에서 가옥과 집 안의 실내장식
에 대하여 몇 장(章)을 쓰고 있는데, 그 머리말에서 친밀감과 개성
이라는 두 점에 관하여 역설하고 있다. 나는 개성보다는 친밀감을

느낄 수 있는 게 더 중요하다고 생각한다. 왜냐하면 아무리 크고 여봐란 듯이 꾸민 집이라고 하더라도 주인이 기분 좋게 거처할 수 있는 특별실이 반드시 하나는 있어야 되기 때문이다.

그 방은 대개 어김없이 좁게 마련이고, 이렇다 할 장식도 없고 난잡하게 흐트러져 있는 것이 오히려 친밀감과 정다움을 주는 것이다. 그러하기에 이립옹도 이렇게 말하고 있는 게 아닌가.

사람이 옷을 입지 않고는 돌아다니지 못하는 것처럼 집이 없이는 살 수가 없는 법이다. 여름에는 시원하고, 겨울에는 따뜻하게 해주는 것이 의복의 본질이거니와 그것은 집에도 그대로 해당되는 이야기이다. 길이가 몇 자씩 되는 굵은 대들보에다가 높이가 2, 30척이나 되는 으리으리한 저택에 살면, 위풍이야 아주 당당하겠지만 본시 그러한 저택은 여름철에는 좋지만 겨울철을 지내기에는 힘이 드는 법이다. 관원(官員)이 사는 저택에 발을 들여놓는 순간 누구나 몸서리를 치는 것은 공간이 너무나 넓기 때문이다. 마치 너무 커서 허리 둘레에 착 들러붙지 않는 모피 외투를 입고 있는 것과 같다고 할 수 있을 것이다. 그러나 한편 낮은 벽을 둘러쳐서 겨우 무릎을 하나 들여 넣을 만한 가난한 사람의 집은 검소한 생활의 미덕이 나타나 있어 집주인에게는 좋겠지만 손님을 대접하기에는 알맞지가 않다고 본다. 가난한 선비가 거처하는 오두막집에 들어갔을 때, 왜 그런지 모르게 거북하고 답답한 느낌이 드는 것은 바로 그 때문이라고 할 수 있다.

관원의 저택은 너무 높거나 크지 않은 게 좋다고 나는 생각한다. 그림에서와 같이 집과 그 안에 사는 사람은 반드시 서로 조화가 되어야 한다고 보기 때문이다. 풍경화를 그리는 화가는 그들이 지키는 공식을 다음과 같이 말하고 있다. 10척의 산을 그리면 나무는 1척이고, 1촌의 말에 콩알만한 인물을 그려야 서로 조화가 잡힌다는 것이다.

10척의 산 위에 2, 3척이나 되는 나무를 그리고, 1촌 높이로 그린 말 안장에 쌀알이나 좁쌀만한 인물을 그리는 것은 균형이 맞지 않다고 보아야 할 줄 안다. 관원의 키가 9척이나 10척쯤 된다면 2, 30척 높이의 저택에 사는 것도 좋겠지만 그렇지가 않다면 건물의 키가 높을수록 집 안에 사는 사람은 키가 적어보이고 집이 넓을수록 몸집이 초라해 보이기 마련이다. 그러니까 저택을 조금 작게 하고 몸을 좀더 살찌게 하는 것이 훨씬 낫지 않겠는가 말이다……

이립옹이 그의 저서에서 자세히 설명한 가옥의 설계와 실내장식에 대한 요점을 다음에 소개하기로 한다. 그가 다루고 있는 제목은 지붕이 있는 집, 창, 칸막이, 등잔, 탁자, 의자, 골동품, 캐비닛, 침대, 트렁크 등에 관해서이다. 보기 드물게 독창적인 발명가였던 그는 어떤 제목에 대해서건 반드시 참신한 의견을 가지고 있었다. 그가 발명한 것 가운데 몇 가지는 이미 오늘날의 중국 전통의 일부가 되어 있다.

그가 끼친 가장 현저한 공헌은 그가 살아 있는 동안에 『개자원전』(芥子園箋)으로서 시장에 나온 그가 고안한 서간전(書簡箋)과 창과 칸막이의 새로운 안을 들 수 있다. 생활 방법에 관한 그의 저서는 아직 그다지 유명해지지는 않았지만 그의 이름은 오늘날 가장 많이 쓰여지고 있는 초보자용인 중국화의 교본 『개자원화전』(芥子園畵傳)과 연결이 되고, 또한 그의 저서인 『열 개의 희극』을 통하여 항상 기억되고 있다. 그는 실로 극작가, 음악가, 쾌락주의자, 의복 디자이너, 미용 전문가, 아마추어 발명가 등을 한 몸에 겸한 보기 드문 인재였다.

그는 침대에 대해서도 새로운 아이디어를 가지고 있었다. 그는 새 집으로 이사할 때마다 제일 먼저 찾아내어 자세히 조사해보는 것이 침대라고 말한다. 중국의 침대는 옛날부터 커튼과 테두리로 칸막이를 한 커다란 캐비닛과 같은 것으로서 그것 자체가 하나의 작은 방을 이루고 있다. 주위에는 기둥이 있어서 책이나 찻병, 구두와 양말 같은 것을 올려놓거나 넣어두거나 하는 선반과 서랍이 기둥 주위에 달려 있다.

그는 침대에도 꽃병을 놓을 수 있는 자리를 반드시 마련해놓아야 한다는 생각을 가지고 있었다. 그리하여 그 방법으로서 폭이 한 자 가량, 높이는 고작해야 2, 3치밖에 되지 않는 얄팍한 나무 선반을 만들어 수놓은 커튼 앞에 장치해놓으면 된다고 하였다.

그의 의견에 따르면 이 나무 선반은 뜬구름과 비슷한 느낌을 주도록 약간 주름을 잡아서 수놓은 비단 천으로 둘러싸지 않으면 안 된다고 하였다. 그리고는 그 위에 아무 꽃이든지 그 계절에 피는 꽃을 올려놓는 것인데, 때로는 용뇌향(龍腦香)을 피우는 것도 좋을 것이고, 향내가 좋은 불수감(佛手柑)이나 마르멜로 열매를 놓는 것도 좋다고 했다.

그는 여기서 이렇게 말하고 있다.

"내 몸은 이미 사람의 몸이 아니다. 꽃 사이에서 춤을 추고 꽃 속에서 잠을 자고 꽃 속의 꿀을 빠는 나비*인 것이다. 이미 사람이 아니고 낙원 속을 이리저리 거닐고 있는 신선인 것이다. 나는 일찍이 꿈속 같기도 하고 생시 같기도 한 어렴풋한 상태에서 매화꽃 향기를 맡은 적이 있다. 뭐라고 형용하기 어려운 그 달콤한 향기는 마치 내 몸 안에서 나오는 것인 양 목과 이와 뺨에도 스며들었다. 날아갈 듯 몸이 가벼운 것이 마치 이 세상에 살고 있다고는 여겨지지 않는 느낌이었다. 잠이 깬 뒤에 나는 아내에게 이렇게 말하였다― '여보, 이런 행복을 맛보고 있는 우리들은 도대체 어떻게 된 사람이지? 이런 즐거움을 누리고 있으니, 본시 하늘이 준 다른 모든 즐거움은 줄어들 것만 같구료.'** 그러자 아내는 대답한다. '우리가 가난하여 출세하지 못하는 것은 아마 그 때문이겠지요.'"

---

* 중국의 부자가 밤에 애첩과 즐길 때, 침대 속에서 소비(小婢)에게 음식이나 술 심부름을 시키는 일이 흔히 있다.

** 중국인은 이런 관념을 가지고 있다―사람에게는 태어날 때부터 행운이나 행복에 대한 양이 미리 정해져 있어서 그 총량은 도중에 변경되는 일이 없다. 혹시 무엇인가를 너무 즐긴다면 다른 방면의 행운이 그만큼 줄거나 목숨이 짧아진다.

이립옹이 이룩한 공적 가운데에서 가장 두드러진 것은 창문에 관한 고안이라고 생각한다.

그는 호선식(湖船式) 부채꼴 모양의 창과 산수도창(山水圖窓)을 고안해내었다.

호수 위를 달리는 유람선 옆에다가 부채꼴 모양의 창을 낸다는 생각은 부채에다가 그림이나 글을 쓰거나, 부채꼴 모양으로 그린 그림을 모아서 앨범을 만들곤 하는 중국인의 습관과 관계가 있다. 그러니까 이립옹의 생각은 부채꼴로 된 창을 액판(額板)으로 하여 배 옆에다가 달아두며 배 안에서 기슭의 경치를 바라보는 사람도, 강둑 위를 거닐면서 배 안에서 벌어지고 있는 주연(酒宴)이나 다회(茶會)의 모습을 바라보는 사람도 중국 부채에 그려진 그림과 같은 경치를 바라볼 수 있게 하자는 생각이었다. 눈은 영혼의 창문이라는 말도 있지만 본시 창이 지닌 뜻은 그곳에서 경치를 바라보자는 데 있는 것이다. 그러므로 창은 가장 좋은 경치를 바라볼 수 있도록, 또 가장 편하게 바라볼 수 있도록 설계하지 않으면 안 된다.

그것은 이립옹도 말하고 있듯이 바깥 경치에서 자연의 요소를 떼어다가 실내장식으로 이용하는 방법이라고 할 수 있을 것이다.

탁자와 의자와 캐비닛 등에 대해서도 그는 수많은 새로운 고안을 해내었다. 여기서는 다만 겨울에 쓰는 보온 의자, 즉 따뜻한 의자의 발명에 대해서만 이야기할까 한다.

이것은 방 안이 적당히 따뜻하지 않을 경우에는 굉장히 편리하고 유익한 발명이라고 할 수 있다. 보온된 긴 의자라고 하는 것은 나무로 만든 긴 의자에다가 높은 목제 받침을 장치한 것으로서 그 받침대는 높이가 두서너 자이며, 주위에는 낮은 탁자 정도 높이의 똑바른 널빤지가 있게 마련이다. 긴 의자의 앞쪽에도 두 장의 널빤지로 된 문이 달려 있어서 사람이 의자에 걸터앉으면 그 문을 닫게 되어 있다. 이 널빤지로 만든 문은 받침대의 주위에 둘러쳐진 똑바른 널빤지와 함께 완전히 조립된 탁자의 다리 역할을 한다. 이리하여 긴 의자에 걸터앉은 사람은 책상 후면에 둘러싸이게 된다. 받침대에는 뜨거운 재와 연기가 나지 않게 잘 핀 숯불을 넣는 서랍이 달려 있다. 긴 의자는 걸터앉아서 일을 하거나 피곤해지면 옆으로 누울 수도 있게 되어 있다.

따뜻하고 기분 좋아 나무랄 데 없는 이 일터를 유지하는 비용은 하루에 불과 네 개의 숯―아침에 두 개, 오후에 두 개―이상 더 필요가 없노라고 그는 잘라 말하고 있다. 또한 여행할 때는 두 자루의 튼튼한 참대 장대를 양쪽에 매어 고정시키면 이 긴 의자를 보통 가마처럼 쓸 수 있다는 것도 주장하고 있다. 그렇게 되면 발이 시럽지 않게 할 수 있는 것은 물론이요, 휴대하는 음식과 술 등을 언제나 따뜻하게 해둘 수 있다는 이익까지 있다.

그는 또한 여름철에 쓸 수 있는 것으로는 서양 욕조와 비슷한 벤치를 생각해냈다. 이것은 특별히 맞춘 도기(陶器)로 만든 욕조를 벤치 안에 장치한 것으로서 의자의 등받이까지 이르는 욕조에 물을 하나 가득 채워서 앉는 자리를 차게 하려는 취지이다. 따뜻한 의자를 난의(煖椅)라고 하는 데 반해서 이것은 양궤(凉机)라고 한다.

서양에서는 회전할 수도 있고 접을 수도 있고 그 높이를 조절할 수도 있고 역전시킬 수도 있고 새 부분품과 갈아 낄 수도 있는 침대나 소파나 이발용 의자 등을 발명했으나, 어찌 된 셈인지 분해할 수 있는 조립식 테이블이나 골동대(骨董臺) 따위는 생각해내지 못했다. 이것이야말로 중국에서 오래 전부터 발달된 것으로서 상당히 정교하게 만들어져 있다.

연궤(宴几)라고 불리는 이 조립식 테이블의 원리는 서양에서 어린이들이 갖고 노는 나뭇조각 맞추기 장난과 같은 중국 어린이들의 장난에서 비롯된 것이다. 나뭇조각 맞추기 장난이라고 하는 것은 빈틈없이 주위 맞추면 정방형이 되는 한 벌의 나뭇조각을 평평한 곳에 늘어놓아서 동물이나 사람, 도구 또는 가구 등 여러 가지 모양을 만들며 노는 놀이를 말한다. 여섯 개의 부분으로 된 연궤는 그 조립 방법 여하에 따라서 대소를 달리하는 정방형, 장방형, 정(丁)자형 등 몇 가지 모양의 탁자가 되고, 게다가 위쪽을 여러 가지 다른 각도로 향하게 하면 총계 40종의 배열을 할 수 있게 되어 있다.*

또 하나의 조립식으로 접궤(蝶几)라고 불리는 조립 테이블은

---

* 이것은 명말(明末)의 각산(閣山)이라는 이의 발명으로, 예순두 가지의 조립식 도표를 붙인 원본은 생활술에 관한 여러 가지 오래된 중국의 총서 중에 재판(再版)되어 있다.

삼각형의 부분과 대각선이 있다는 점에서 연궤와 다르다. 즉, 구성 부분이 복잡하기 때문에 완성된 것의 윤곽도 더욱 여러 모양이며, 종류도 여럿이다. 첫 번째 연궤의 형은 대체로 대소 어느 쪽으로나 만들 수 있는 식탁용, 골패(骨牌) 탁자용으로서 설계된 것으로서 촉대(燭臺)를 놓은 장소가 흔히 탁자 한가운데 만들어져 있다. 두 번째 접궤의 형은 식탁, 골패 탁자, 화대(花臺), 골동대를 겸해서 설계된 것이다. 화대와 골동대는 보다 다채로운 변화를 필요로 하는 것이기 때문이다. 이 접궤는 열세 조각으로 이루어져 있어 조립하기에 따라서 정방형의 테이블, 장방형의 테이블, 다이아몬드 형의 테이블이 되며 탁자의 표면에 여러 가지 종류의 구멍을 만드는 것도 자유자재여서 색다른 모양으로 조립하는 것은 주부가 머리 쓰기에 따라 무한해질 수 있다.*

중국인의 실내장식 중 가장 이상적인 것으로 여겨지는 것은 간소함과 공간이라는 두 가지 관념으로 이룩된 듯하다. 잘 정돈된 방에는 틀림없이 몇 개의 가구가 비치되어 있고, 그것은 대개 마호가니제로서 겉에는 단조로운 선을 새기고 매우 정성껏 닦아서

---

* 최초의 분해식 탁자를 발명한 이는 골동품과 헌 가구의 대수집가이기도 했던 원대(元代)의 대화가 예운림(倪雲林)이거나, 그렇지 않으면 더 거슬러 올라가 남송(南宋)시대의 황백석(黃白石)이거나, 둘 중 한 사람이다. 후세에 이르러 선풍경(宣豊慶)이 일흔 여섯 가지의 조립법이 있는 신형을 창안했으며, 그 조립법의 도해는 지금도 남아 있다. 설계는 극히 간단하여 모두 일곱 개의 부분으로 되어 있고, 각 부분의 폭은 모두 1단위, 길이는 세 쪽이 2단위, 두 쪽이 3단위, 남은 두 쪽이 4단위로 되어 있다. 1단위의 실제 치수는 1척 7치 5푼이므로 가장 긴 4단위의 테이블들은 길이가 7척이 되는 셈이다.

언저리는 흔히 둥그스름하게 해놓는다. 마호가니제를 닦는 일은 손수고여서 대단한 노력을 필요로 하므로 윤이 난다는 것은 물건의 값이 나간다는 뜻이다. 흔히 서랍이 없는 긴 판자로 된 테이블을 벽 쪽에 놓고 그 위에는 붉은 갈색의 큰 꽃병을 놓는다. 방 안의 다른 구석에는 높이가 다른 마호가니 꽃병 받침이나 골동대가 한둘 혹은 셋쯤, 그리고 우툴두툴한 나무 뿌리로 다리를 만든 걸상이 두엇 놓여 있다고나 할까. 책상 또는 골동품을 장식하는 장이 한편에 놓여 있고, 높이와 세로 폭이 다른 각 부분이 잇달아 있어 이상하리만큼 현대적인 효과를 보이고 있다. 벽에는 족자가 한두 폭만 걸려 있다. 순수한 필력이 훌륭한 글씨거나 화필 자국보다 여백이 더 많은 그림 족자다. 그 화면(畵面)처럼 방은 '공령(公領)', 즉 '비어 있되 생동하고' 있지 않으면 안 된다. 중국 가옥 설계의 가장 뚜렷한 특색은 돌을 깐 안마당이다. 이것은 스페인의 수도원과 같은 효과를 나타내고 평화와 정숙과 안식의 상징이다.

여행의 즐거움

옛날에는 여행이 놀이였으나 요즘에 와선 하나의 일이 되고 말았다. 물론 백 년 전에 비하면 여행은 훨씬 편해졌다.

정부는 국립 관광국을 만들어서 관광 사업을 시작하였다. 그

덕분에 현대인은 그의 할아버지가 한 것보다는 여행하는 일이 훨씬 더 많아졌다. 그럼에도 불구하고 여행은 오늘날에는 이미 사라져버린 예술이 되고 만 것 같다. 여행에서 맛볼 수 있는 묘미를 알려면 전혀 여행이라고 말할 수 없는 여러 가지 엉터리 여행에 대해서 우선 알아두지 않으면 안 된다.

엉터리 여행의 첫 번째는 정신 향상을 위한 여행이다. 오늘날 정신 향상이라는 것은 확실히 좀 정도가 지나치다.

사람의 정신이 그렇게 쉽사리 향상될 수 있는 것인지 아닌지 나는 적이 의문이 간다. 클럽에서 주고받는 담화나 강연회를 통해서 정신이 향상되기를 우선 바랄 수는 없을 것 같다. 그러나 우리들이 1년 내내 그토록 진지하게 정신을 향상시키는 데만 골몰하고 있다면 적어도 어쩌다 얻는 모처럼의 휴가 때만은 마음을 편하게 갖고 휴양을 시켜야 한다.

여행에 대한 이런 그릇된 생각은 여행 안내원이라는 제도를 만들어냈다.

내가 짐작하는 바에 의하면 여행 안내원이라는 족속만큼 견딜 수 없는 수다쟁이에다가 꼬치꼬치 성가시게 구는 패들은 없다. 이 패들로부터 아무아무개는 1752년 4월 23일에 태어나 1852년 12월 2일에 죽었다는 그런 이야기를 듣지 않고는 길모퉁이건 동상 앞이건 그냥 지나가버릴 수 없다. 나는 일찍이 승원의 여승들이 학생들을 인솔하고 가는 일행과 묘지에서 맞부딪친 경험이 있다. 그 무리가 묘석 앞에 걸음을 멈추자 여승은 학생들을 향하여 고인이 언제 어떤 일을 했다느니 몇 살에 결혼을 했다느니 부인의 이름이 무엇이라고 했다느니, 모처럼 여행하는 즐거움을 완전히 망치고 말 것 같은 박학한 잠꼬대를 하고 있는 것이었다. 어른들도 학생이나 다름없이 안내원으로부터 시끄러운 강의를 받게 된다. 우등생 타입의 여행자쯤 되면 선량한 학생들처럼 정성껏 노트에 기록까지 한다.

중국을 여행하는 사람도 미국을 여행하는 사람이 라디오시티 (Radio City)에서 경험하는 것과 똑같은 불쾌한 기분을 맛보게 된다. 다만 다른 점은 중국의 안내원은 전문가가 아니라 과일장수거나 당나귀를 모는 마부거나 농부의 아들이거나 해서 미국의 여행 안내원보다 성격은 쾌활하지만 설명이 그다지 정확치가 못하다는 결점이 있다. 전에 나는 소주의 검지(劍池)를 방문해본 일이 있는데 돌아와서 생각해보니까 머릿속에 역사의 연대와 사건이 뒤죽박죽되어 영 갈피를 잡을 수가 없었다. 그 사연인즉 이러하다— 검지의 상공 40척이나 되는 곳에 무시무시한 돌다리가 걸려 있고, 그 돌다리에는 검이 용으로 둔갑하여 승천했다고 하는 둥근 구멍이 두 개 뚫려 있었다. 귤을 파는 소년의 이야기로는 여기가 옛날 미녀 서시(西施)가 아침에 몸단장을 하던 곳이라는 것이었다(그러나 서시의 '화장대'는 여기서 10마일이나 떨어진 곳에 있었다). 결국 소년이 원하는 것은 자기가 가지고 있는 귤을 사주었으면 하는 것이었다. 그러나 그때 나는 민간에 전해져 내려오는 이야기가 어떤 모양으로 변하고 수식되어 그 모습을 바꾸게 되는가를 알 수 있는 기회를 얻은 셈이다.

두 번째 엉터리 여행은 화제(話題)를 얻기 위해, 그러니까 후일에 이야기할 재료를 얻기 위해 여행하는 일이다. 차와 샘물로 이름난 항주(杭州)의 호포(虎跑)에서 여행자들이 찻잔을 입에다 대고 있는 장면을 사진 찍게 하고 있는 것을 본 일이 있다. 호포에서 차를 마시고 있는 자기들의 사진을 친구에게 보인다는 것은 과연 시적인 생각임에는 틀림없다. 하지만 위험한 것은 이러다 보면 사진에 정신이 팔려서 진짜 귀한 차맛을 모르게 될지 모른다는 사실이다. 더욱이 우리가 런던이나 파리 시내를 달리는 관광버스 안에서 흔히 보곤 하는 일이지만 카메라를 가지고 다니는 여행자들이 특히 그렇게 될 위험성이 많다. 그리고 이런 태도가 아주 완전한 버릇이 되면 영 떨어지지 않는 고착 관념이 되고 만다.

카메라로 사진을 찍기에 여념이 없어서 그들은 모처럼 찾아온 관광지를 그들 자신의 눈으로 직접 바라볼 시간을 갖지 못한다. 집에 돌아간 뒤 사진을 들여다볼 특권이야 갖고 있겠지만 트라팔가 광장이나 샹젤리제의 사진 같은 것은 뉴욕에서도, 북경에서도 살 수 있다는 것은 뻔한 일이 아닌가. 이런 사적(史蹟)을 눈으로 보고 구경하려는 것이 아니라 후일에 이야기 재료로 삼으려는 생각이니까 유역(遊歷)하는 장소가 많으면 많을수록 기억도 풍부해질 것이고, 화제로 삼을 장소도 많아질 것이다. 그래서 박식한 사람이 되고 싶다는 욕망에 사로잡혀서 하루 동안에 단 한 곳이라도 더 찾아보지 않으면 안 되게 된다.

유역하는 명소의 프로그램을 손에 들고 그곳에 올 때마다 프로그램을 연필로 지워간다. 이러한 관광객에 대해서는 모처럼 휴가를 얻어 노는 날에도 능률만 올리려고 바둥거리는 게 아닌가 하는 생각이 든다. 실로 어이없는 일이 아닐 수 없다.

이와 같이 어리석기 그지없는 여행을 하게 되니까 아무래도 세 번째 잘못을 범하게 된다. 이 타입에 속하는 사람들은 빈이나 부다페스트에서 몇 시간 머무른다는 것을 미리부터 정확히 알고 있다. 그들은 여행을 떠나기 전에 완전한 여정표를 만들어둔다. 그리고는 여정표를 마치 무슨 신주단지나 되는 것처럼 소중히 지켜 나가는 것이다. 집에 있을 때는 시계에 얽매이고 바깥에 나가서도 시계에 얽매이고, 달력에 이리 쫓겨 다니고 있는 셈이다.

이 같은 옳지 못한 여행만이 여행은 아니라고 생각한다. 나는 감히 말하지만 진짜 여행의 동기는 다른 데 있는 것이고, 또 그렇지 않으면 안 된다고 생각한다. 우선 첫째, 여행하는 참된 동기는 세상을 피하고 사람들에게 떠나 자취를 감추는 데 있다. 좀더 멋지게 말한다면 잊기 위한 여행이라고 말하는 게 좋을 것이다.

자기 가정이 있는 동네에 있으면 손위 사람들은 실제로 어떻게 생각하고 있는지 모르지만 모두 한결같이 제법 남에게 존경을 받고 있는 것처럼 생각하여 의젓하게 지내게 마련이다. 아무래도 일정한 인습이라든가, 규칙이라든가, 습관이라든가, 의무에 얽매여 살게 마련이다.

어떤 은행가는 자기가 살고 있는 고장에 있을 때는 보통 사람으로서 취급받는다는 것이 힘들고 자기가 은행가라는 사실을 잊기가 매우 힘들다는 것을 발견하였다. 그러한 경우 여행을 떠나는 참된 동기는 여행만 하면 남과 다름없이 취급해줄 수 있는 곳에 갈 수 있다는 사실이 아닌가 생각한다. 장사 때문에 여행하는 사람에게 소개장은 매우 편리한 것이겠지만, 업무상 여행이라고 하는 것은 분명히 순수한 여행의 범주에 들어갈 수가 없다.

소개장을 가지고 있으면 하나의 인간으로서의 자기를 발견하여 사람이 조작한 우연에 의하여 만들어진 사회적인 지위를 떠나서 타고난 그대로의 자기 모습을 찾아낼 기회가 적어지게 마련이다. 외국에서 친구에게 융숭한 대접을 받고 자기와 같은 사회 계급의 사람들 사이를 돌아다니며 안내를 받는 것도 나쁘지야 않겠지만, 숲 속을 마음껏 산책하여 감흥에 젖는 편이 훨씬 더 가치 있지 않을까. 손짓만으로 치킨프라이를 주문하거나 도쿄의 순경에게 길을 묻거나 하면서 시내를 거닐 수도 있다는 것을 깨닫게 된다. 적어도 이런 여행자는 운전수나 비서에게 그다지 수고를 끼치지 않고 자기 집으로 돌아올 수 있을 것이다.

참된 여행자에게는 항상 방랑하는 즐거움, 모험심과 모험에 대한 유혹이 있다. 여행한다는 것은 방랑한다는 뜻이고, 방랑이 아닌 것은 여행이라고는 할 수 없다. 여행의 본질은 의무도 없고 일정한 시간도 없고 소식도 전하지 않고 호기심 많은 이웃도 없고 환영회도 없고 이렇다 할 목적도 없는 나그네길이다. 좋은 나그네는 자기가 이제부터 어디로 갈 것인가를 모르는 법이고 나무랄 데 없는 훌륭한 여행자는 자기가 어디서 왔다는 사실도 모르고 있는 사람이라고 할 수 있다. 그는 심지어 자기 이름이 무엇인지도 모른다.

방랑의 정신이 있으므로 사람들은 휴가를 이용하여 자연을 가까이 할 수 있다. 이 같은 나그네는 인적이 드문 곳, 참된 고독을 맛볼 수 있는 곳, 자연과 조용히 이야기를 나눌 수 있는 곳, 그런 방면에 피서지를 구해서 가고 싶어한다. 여행 준비를 하기 위해 백화점을 찾아가거나 핑크나 푸른빛 수영복을 사느라고 오랜 시간을 허비하는 짓은 하지 않는다. 입술 연지만은 그래도 좋다고 해두자, 왜냐하면 휴가를 즐기려는 사람은 장 자크 루소의 신봉자이므로 자연으로 돌아가기를 원하게 마련인데, 붉은 입술 연지를 바르지 않고서는 어떤 부인도 자연스럽게 보이지 않기 때문이다. 그러나 사실은 그게 아니라 모든 사람들은 누구나 피서지나 바닷가를 찾게 마련이어서 자연과의 보다 친밀한 결합을 잊어버리거나 또는 잊기 때문에 붉은 입술 연지를 안 바르고는 못 견디는 것이라고 생각된다.

유명한 온천으로 찾아간 사람은 혼자 이렇게 중얼거린다. '자아, 이제 완전히 자유스러운 몸이 되었구나.' 그러나 저녁 식사 후 호텔의 담화실에서 신문을 집어 들자 B부인이 월요일부터 이곳에 와 있다는 사실을 알게 된다. 다음날 아침 혼자서 산책하다가 어젯밤 기차편으로 도착한 더들리 댁 식구들과 마주치게 된다. 목요일 밤에는 S부인도 남편과 함께 이 멋진 계곡에서 휴가를 즐기고 있다는 사실을 알고 크게 기뻐한다. 이윽고 S부인이 더들리 댁 식구들을 티 파티에 초대하고, 더들리 일가는 S부부를 트럼프 놀이에 초대한다. 다음에 S부인이 호들갑스럽게 떠돌며 이런 말을 하는 게 들려온다. "얼마나 멋지냔 말이에요? 마치 뉴욕에 와 있는 것 같지 않아요. 안 그래요, 네?"

그러나 여기 또 다른 취미의 여행이 있다는 사실을 나는 말해 보려고 한다. 다람쥐와 사향쥐와 산쥐와 구름과 나무 외에는 아무 것도 보지 않고 아무하고도 만나지 않는 그런 여행이다. 내 친구인 어느 미국 부인이 중국인 친구들과 함께 항주 근처에 있는 어느 산 위에 아무것도 보지 않기 위해 등산한 이야기를 들려준 적이 있다.

안개가 짙은 아침이었다고 한다. 산 위를 향해 올라감에 따라 안개는 점점 짙어져가기만 했다. 나무 잎사귀를 후둑후둑 때리는 물방울 소리도 들린다. 안개 외에는 아무것도 보이지 않는다. 미국 부인은 실망을 했다고 한다. '그러지 말고 조금만 더 올라가 보세요. 정상에서 보는 경치가 아주 좋습니다' 하고 중국인 친구들이 주장하는 바람에 부인은 그들의 뒤를 따라 계속해서 올라갔다는 이야기였다. 얼마쯤 올라가노라니까 멀리 구름에 싸인 보기 흉한 바위가 보인다. 미리 들은 멋있는 경치란 바로 이 바위를 두고 한 말이었다. "저게 뭐죠?" 부인이 불으니까 "역련암(逆蓮巖)이라고 합니다" 라고 친구가 대답하였다.

은근히 기분이 나빠진 부인이 산에서 내려가려고 하니까 '하지만 꼭대기에서 바라보는 경치는 아주 훌륭하다니까요' 하고 그들은 말한다. 부인의 옷은 이미 안개에 흠뻑 젖어 있었다. 그래도 내려가는 것을 그만두고 남자들을 따라 올라갔다. 간신히 산꼭대기까지 올라가 사방을 둘러보니, 온통 안개만이 자욱하게 떠돌고 있을 뿐, 먼 산줄기의 윤곽만이 수평선 위로 보일 따름이었다. "하지만 여기서는 아무것도 볼 게 없지 않아요"라고 그녀는 항의했다는 것이다.

"그게 좋은 것입니다. 우리들은 아무것도 보지 않기 위해서 이리로 올라온 것이랍니다."

이것이 중국인 친구들이 들려준 대답이었다는 이야기이다.

사물을 보는 것과 아무것도 보지 않는 것과는 굉장한 차이가 있는 게 사실이다. 사물을 구경하면서 다니는 많은 나그네들은 사실은 아무것도 보고 있지 않다. 아무것도 보지 않은 많은 사람들은 사실은 많은 것을 보고 있는 것이라고 생각한다.

'새로운 책을 쓰기 위한 재료를 얻기 위하여'니 뭐니 하는 말을 하면서, 마치 자기가 살고 있는 고장 사람들이나 자기 나라 사람들의 생활은 이제 볼 만큼 다 보아서 주제가 동이 나고 만 것 같은 말투로 얘기하면서 외국 여행을 떠나는 문인들의 이야기를 들으면 나는 우스워 견딜 수 없어지곤 한다. '실밥'은 로맨틱하지 않고 게룬세이 섬7은 너무나도 따분하고 싱거워서 큰 소설의 재료로 삼

7 영불(靈佛) 해협에 있는 해협군도 중의 하나.

기에는 부족하다는 것인가 보다. 이런 돼먹지 않은 녀석들이 있기 때문에 우리로서는 여행은 관찰 능력에 달려 있다고 하는 철학을 들고 나와야 한다. 이 철학에 의하면 먼 나라를 여행하는 것과 오후에 전원을 산책하는 것의 차이는 없어진다.

김성탄이 주장한 바와 같이 양자는 똑같은 것이라고 할 수 있다. 이 극평가(劇評家)가 저 유명한 『서상기』(西廂記)의 평역(評釋) 안에서 말하고 있는 바와 같이 나그네의 몸에 간직하고 있어야 할 꼭 필요한 도구는 '가슴속에 뛰어난 재능과 눈썹 밑의 신안(神眼)'이다. 사물을 느낄 줄 아는 마음과 사물을 제대로 바라볼 줄 아는 눈을 가지고 있느냐 없느냐가 문제이다. 이것 없이 등산을 함은 시간과 돈의 낭비에 지나지 않는다. 이와는 반대로 '가슴속의 뛰어난 재능과 눈썹 밑의 신안'을 갖추고 있다면, 비록 산에는 오르지 않더라도 집에 머물러 있거나 들판을 산책하면서 뜬구름, 개, 생울타리, 외로이 서 있는 나무 등을 관찰하면 여행에서 얻는 가장 큰 즐거움을 맛볼 수가 있다고 생각한다.

참된 여행법에 대한 김성탄의 생각을 다음에 소개한다.

세상 사람들이 쓴 기행문을 읽고, 참다운 여행법을 이해하는 사람이 아주 적다는 사실을 나는 알았다.

물론 여행에 익숙한 사람은 먼 길을 여행하여 바다와 육지의 웅장한 경치를 바라보고 그 위대함과 신비스러운 정경을 보고도 놀라지 아니할 것이다. 그러나 자연의 경이와 신비함을 알아내기 위해서는 바다와 육지의 명승지를 전부 찾아볼 필요가 없음을 내 '가슴속의 뛰어난 재능과 눈썹 밑의 한 쌍의 신안'이 일깨워준다. 어느 날 다리와 눈과 마음의 힘을 많이 소모시키면서 어느 석굴을 찾아가본다. 그것이 끝나자 곧 이어서 또 다음날에도 다른 경승지를 찾아가느라고 다리와 눈과 마음의 노력을 기울인다. 그를 잘 모르는 사람들은 이렇게 말하기 쉬울 것이다. "매일같이 이곳저곳 명승지만 구경하셨으니 얼마나 좋습니까? 석굴 탐승(探勝)이 끝나자 곧 다른 명승지를 찾으셨다니 말씀입니다." 그러나 이런 말을 한 사람들은 아주 중요한 점을 빠뜨리고 있는 것이다. 왜냐하면 그가 찾아간 두 곳은 떨어져 있어 보았자, 2백리나 3백리 그렇지 않으면 80리나 70리나 50리 아닌 단지 10리나 5리밖에 되지 않을지도 모르기 때문이다. '가슴속에 뛰어난 재능과 눈썹 밑의 신안'을 가지고서 불과 10리나 5리의 거리 차이라면 석굴이나 명승지를 본 것과 같은 눈초리로 바라볼 수는 없었을까 아쉽기만 하다.

만물의 어머니인 자연이 위대한 기술과 지혜와 힘으로써 석굴이나 명승지를 느닷없이 만들어낸 것을 보면 필경 눈은 놀라고 마음은 서늘하게 느껴질 것이다. 그러나 때로 나는 이 우주의 작은 것, 즉 새, 물고기, 꽃 또는 가련한 식물, 새의 깃, 물고기의 비늘, 꽃잎, 풀 잎사귀 같은 것을 물끄러미 들여다보고는 어머니인 자연이 그 위대한 기술과 지혜와 힘을 써서 이런 작은 것까지도 창조해낸 것을 새삼스럽고 신비스럽게 여기곤 하는 것이다.

사자는 들토끼를 잡는 데도 큰 코끼리를 공격할 때와 똑같은 힘을 기울인다고 하는데 만물의 어머니인 자연이 하는 일도 이와 조금도 다를 게 없는 것이다. 자연은 석굴이나 명승지를 만들어내는 데도 그 힘의 전부를 쓰고, 물새, 물고기, 꽃, 풀잎, 심지어는 새의 깃, 물고기의 비늘, 꽃잎, 나뭇잎을 만들어내는 데도 그가 지닌 모든 정력을 기울이는 것이다. 그러니까 이 세상에서 눈을 놀라게 만들고 마음을 서늘하게 하는 것은 유독 석굴이나 명승지만이 아니다.

또한 석굴이나 명승지가 어떻게 생겨난 것인지 생각해본 일이 있을까? 장자는 현명하게도 말하고 있다. "말의 몸의 여러 가지 기관을 하나하나 이해한다고 해서 그것이 말을 이해함은 아니다. 그 서로 다른 기관이 무엇인가를 알기 이전에 말이 눈앞에 있으면 우리는 그것이 말임을 알게 되는 것이다." 또 다른 예를 든다면, 커다란 호수 주위에 무성한 숲과 거봉을 덮은 나무와 암석이 있다고 하자. 무성한 숲과 수림과 암석이 한데 모여서 큰 호수나 거봉의 경관을 이루고 있는 모습을 보는 것은 나그네에게는 즐거운 일이기는 하다. 그러나 곰곰이 생각해보면 절벽이나 높은 산봉우리도 작은 돌들이 모여서 된 것이요, 폭포는 하잘것없는 샘물이 한데 모여서 그 생명을 유지하고 있음을 알 수가 있다. 하나하나에 대해서 말한다면 돌은 사람의 주먹만한 크기의 것이고 샘은 보잘것없는 시냇물 정도밖에 되지 않음을 알 수가 있다.

노자는 이렇게 말하고 있다.

"서른 개의 바퀴살이 한데 모여서 저마다의 구실을 주장하지 않고 한 몸이 되어버리면 비로소 수레바퀴의 구실을 하게 된다. 진흙을 이겨서 그릇을 만든다. 진흙이 자기의 본성을 버리면 비로소 쓸 만한 그릇 구실을 하게 된다. 우리는 벽에 구멍을 뚫어서 창문과 문을 만든다. 창문과 문들이 자기 존재를 잃게 될 때 우리는 집으로서 그 안에 들어가 살 수가 있는 것이다."

석굴이나 경승지를 찾아가서, 우람하게 높이 솟은 산봉우리와 꼬불꼬불 돌아가는 산길, 깎아지른 것 같은 절벽, 똑바로 흘러서 강을 이루고 있는 모양, 비스듬히 기울어져 구릉을 이루고 있는 모습, 그런가 하면 복면(腹面)이 되어 고원 구실을 하고 있는 곳, 걸려서 다리가 된 것, 한데 모여서 협곡이 되어 있는 광경을 볼 때, 변화무쌍한 그 속에 위대함과 신비스러움을 엿보고 더욱이 그 위대함과 신비스러움은 자연의 각 부분이 스스로를 주장하지 않고, 공(空)이 될 때 생겨나는 것임을 알게 되는 것이다. 각 부분이 하나하나의 개성을 주장하지 않게 되면 그때에는 이미 산길도 없고, 절벽도 없고, 하천도 없고, 고원도 없고, 구릉도 없고, 다리도 없고, 협곡도 없어지게 마련이다. 더욱이 가슴속의 뛰어난 재능, 눈썹 밑의 신안이 유유히 배회부유(徘徊浮遊)할 수 있는 것은 이러한 것이 공(空)이 되었을 때라고 할 수 있다. 이렇게 되고 보면 구태여 석굴을 찾고 경승지를 가보지 않으면 안 될 이유가 어디에 있겠는가.

　이같이 생각할 때, 새삼스럽게 석굴이나 경승지를 찾아갈 필요는 없는 게 아닌가. 이미 말한 바와 같이 불과 2백리나 3백리, 아니 10리나 5리 되는 길가에도 이런 자연의 조각이 스스로를 버리고 뒹굴고 있지 않은가. 조그맣게 구부러진 다리, 가지가 엉성하게 외따로 서 있는 나무, 보일까 말까 한 늪지대, 마을, 생울타리, 개…… 내가 어슬렁어슬렁 한가히 거닐 수 있는 석굴이나 경승지의 신비러움이 이런 데도 있음을 어찌 부인할 수 있을까 보냐.

　'가슴속에 간직한 뛰어난 재능과 두 눈썹 아래 날카롭게 빛나는 눈초리'가 필요한 곳은 이 밖에 없다고 생각한다. 그러나 정처없이 여행하는 데 남다른 재능이 필요하고, 유유히 배회하는 데 날카로운 안목을 갖추어야 한다면 여행하는 방법을 이해하는 이는 한 명도 없게 될 것이리라. 내가 생각하기로는 가슴속의 특별한 재능, 눈썹 밑의 특별한 눈이라는 것이 특별이 따로 있다고는 보지 않는다. 부유(浮游)를 즐긴다는 것이 이미 남다른 재능이 있다는 것을 뜻하며, 유유히 배회할 수 있다는 사실이 이미 남다른 눈초리를 지니고 있다는 증거라고 생각한다. 저 미불(米芾)이 바위를 평가한 표준이 수(秀), 추(皺), 투(透), 수(瘦)였었다. 그런데 10리나 5리 안에 널리 있는 물, 마을, 다리, 나무, 생울타리, 개 따위는 모두가 수(秀)이고, 추(皺)이고, 투(透)이고, 수(瘦)라 볼 수 있지 않겠는가. 그것을 알아볼 줄 모른다면, 미불이 바위를 본 눈초리를 따라갈 수 없는 것이라고 할 수밖에 없다고 생각한다. 이러한 것들이 지닌 수(秀), 추(皺), 투(透), 수(瘦)를 느낄 수 있다면 그 사이를 배회하지 않고는 못 견디게 된다. 이 네 가지를 빼놓고, 준봉이나 산길이나, 절벽이나 하천이나, 고원이나 사면(斜面)이나, 다리나 협곡 또는 석굴과 경승지의 웅대함과 신비스러움이 어디에 있겠는가.

그러므로 석굴이나 경승지를 꼭 찾아가보아야 한다고 주장하는 이는 아직 보지 못한 곳을 많이 남겨두고 있다는 뜻이 된다. 왜냐하면 하나의 생울타리, 한 마리의 개에게서 자연이 지닌 신비스러움과 위대함을 알아보지 못한다면 석굴이나 경승지에 가더라도 위대하지 않은 것, 신비스럽지 않은 것 외에는 알아보지 못할 것이기 때문이다.

나의 친구인 착산은 이렇게 말한 바 있다. "역사상 여행법을 가장 잘 터득한 이는 공자요, 왕희지가 그 다음이었다고 생각하네." 왜 그렇게 생각하느냐고 물으니 착산이 설명하여 말하기를, "쌀이란 아주 희게 씻을 수는 없고, 다진 고기는 아주 훌륭하게 잘게 다질 수는 없는 법이야, 라고 말한 공자의 말에서 능히 짐작이 가는 것이고, 왕희지는 그가 쓴 글에서 알 수가 있네. 왕희지가 쓴 글에는 그의 아들인 왕헌지(王獻之)조차 이해할 수 없는 게 많았단 말일세." "자네의 이야기는 종래의 생각을 완전히 뒤집어놓는데 그래" 하고 나는 말하였다. 착산은 일찍이 이런 이야기를 한 적이 있다. "왕희지는 집에 있을 때면 정원에 심은 나무에 핀 꽃의 암술을 세면서 하루를 보낸 일이 흔했다네. 암술 세는 데 온 마음을 기울인 나머지 하루 종일 말 한마디도 하지 않고, 제자가 스승 곁에서 수건을 들고 대령하고 있는 것도 몰랐단 말일세." 나는 말하였다. "그럼, 그 이야기를 믿을 수 있다는 것을 자네는 무엇으로 보장하나?" 친구는 이렇게 대답하였다. "내 가슴속에서 보장한다니까 그러네그려." 그는 이같이 경탄할 만한 인물이었다. 아아, 그렇건만 그는 세상에서 인정을 받지 못하고, 그의 로맨틱한 공상력은 세상 사람들의 칭찬을 받지 못했던 것이었다.

6. 교양이 주는 기쁨

지식과 견식(見識)

교육 또는 교양의 목적은 지식 가운데에 견식을 키우고, 행위 가운데에서 훌륭한 덕을 쌓게 하는 데 있다. 교양이 있는 사람이라든가 이상적으로 교육을 받은 사람이란, 반드시 책을 많이 읽은 사람이나 박식한 사람을 말하는 게 아니라 사물을 옳게 받아들여 사랑하고, 옳게 미워하는 사람을 뜻함이다.

무엇을 사랑하며 무엇을 미워하는가를 알고 있는 것은 견식이 있음을 뜻한다. 머릿속이 역사의 연대와 여러 가지 숫자로 가득 차 있고 러시아나 체코슬로바키아에서 일어난 일들에 대해서는 잘 알고 있으나 그 태도나 견해가 전혀 그릇된 사람과 어떤 모임의 좌석에 함께 앉을 때만큼 불유쾌한 일은 다시 없다. 그들은 화제에 오르는 어떠한 일이고 약간의 사실과 숫자는 어김없이 알고 있지만 견해를 들으면 한심스럽기 이를 데 없는 것이다. 이런 사람들은 지식은 있지만 판단력, 그러니까 견식 또는 감식(鑑識)이 없다. 지식은 사실이나 뉴스를 따로 외고 있음을 말하지만 견식, 즉 판단력은 예술적 판단이 없는 처지에 놓이게 될 것이다.

공자는 자기의 판단력이 없이 학식만 가진 것이 학식은 없으나 자기 나름의 생각을 가진 것보다 훨씬 위험하다고 했다. 그는 말하고 있다. '배움이 없이 생각하면 사람을 경망하게 만들고, 이렇다 할 생각이 없이 배우기만 하면 몸을 망치느니라.' 이렇게 경고한 것을 보면, 공자는 그가 살던 시대의 많은 학자들이 후자의 타입에 속한다고 본 게 아닌가 싶다. 이 경고는 현대의 학교에도 매우 적절한 말이다. 잘 알다시피 현대의 교육과 학교 제도는 일반적으로 지식을 장려하지만, 판단력을 기르는 것을 소홀히 하는 경향이 있다. 그리하여 지식을 마구 주입시키는 것을 마지막 목적이라고 생각하고, 다량의 학식만 있으면 교육받은 사람이 될 수 있는 듯이 생각하고 있는 게 문제이다. 학자에 대해 말할 것 같으면 중국인은 대체로 학식, 행위와 견식, 다시 말해서 감식과를 구별하고 있다.* 역사가의 경우에는 특히 그렇다고 할 수 있다. 어느 역사 책이 최대의 학자적인 양심으로 쓰였다 해도 통찰과 명찰(明察)이 전혀 없고 역사상의 인물과 사건의 판단과 해석에 저자가

* 학(學), 행(行), 식(識) 또는 견식. 이같이 사람의 식견. 즉 역사나 현대에 일어나는 사건에 대한 통찰력은 그 밖의 것보다 '상위'에 두어도 좋으리라 생각한다. 이것이 '해석력' 또는 해명적인 통찰이라고 내가 부르는 것이다.

아무런 독창력과 이해력을 깊이 나타내지 않는 일은 흔하다. 우리는 이런 사람이야말로 견식이 없는 사람이라고 말한다. 세상 소식에 밝다든가, 사실을 수집한다든가 하는 일만큼 쉬운 일은 없다. 역사상의 어느 시기에는 쉽게 머릿속에 넣을 수 있는 사실이 많다. 하지만 그 속에서 중요한 사항을 선택하는 판단력을 움직이게 하는 일은 여간 어려운 일이 아니어서 그 인물의 견해에 달려 있다.

그러므로 교육을 받은 사람이란 사랑과 마음에 대한 판단력이 정확한 사람을 말한다. 이를 우리는 견식이라고 부른다. 견식에는 매력이 있다. 견식 또는 판단력을 가지려면 사물에 대해 철저하게 생각하는 능력, 판단의 독자성, 사회적·문학적·미술적·학구적인 어떠한 방면의 기만적인 위협에도 굴하지 않는 자연스런 태도가 필요하다. 말할 것도 없이 우리 어른들의 생활은 많은 기만에 싸여 있었다. 기만적 명성, 기만적 재력, 기만적 국가주의, 기만적인 정치, 기만적 종교, 사이비 시인, 사이비 미술가, 사이비 독재자, 사이비 심리학자들, 정신분석학자는 유년 시대의 내장의 모든 기능이 작용하는 것은 노년에 이르렀을 때의 야심, 공격성, 의무 관념과 결정적인 관계를 가지고 있다느니, 변비증은 구두쇠의 근본이니, 이런 투로 가르친다. 얼마간 견식이 있는 이가 이런 학설을 듣는다면 재미가 있다며, 일소에 붙이고 말 게 뻔한 노릇이다. 누가 저질렀건 잘못은 역시 잘못인 것이다. 위인의 이름이나, 위인은 읽고 범인(凡人)은 아직 읽은 일조차 없는 책이 수없이 많다는 것을 알고 감탄하거나 위압을 받을 필요는 조금도 없다.

한데 견식은 용기와 불가분의 관계이다. 오늘날까지도 중국인은 항상 식(識)과 담(膽)을 관련시켜서 생각하고 있다. 용기, 다시 말해서 판단의 독자성이란 우리가 알고 있듯이 실로 드물게 보는 미덕이다. 후년에 이름을 떨친 사상가나 문인은 유년 시대부터 모두 지성을 갖고 있고, 또한 용기가 있고, 그 독자성을 잃지 않았던 인물들이다. 이런 이들은 설사 그 시대의 인기 있는 시인이라 해서 무턱대고 호의를 베풀기를 원치 않는다. 하지만 정말 한 사람의 시인에 심취할 경우에는 당당히 그 까닭을 공언할 수 있다. 우리는 이것을 문예에 있어서의 견식이라고 한다. 그는 또 유행파에 속하는 화가의 그림이라 할지라도 자기의 예술적인 본능에 저촉될 경우에는 결코 그것을 인정하려고 하지 않는다. 이것은 미술에 있어서의 견식이다.

그는 또 철학에 있어서의 유행이나 시류에 따른 이론에는, 가령 그 뒤에 가장 위대한 사람의 이름이 있을지라도, 결코 감동하는 일은 없다. 자기 마음으로부터 납득되지 않는 일이라면 어떠한 저자에게도 쾌히 심취하려고 들지 않는다. 저자가 그를 심취시켰다면 저자가 옳은 것이다. 만약 저자가 그를 심취시킬 수 없다면 그가 옳고, 저자가 잘못된 것이다. 이것은 지식에 있어서의 견식이다. 원래 이와 같은 지적인 용기 또는 판단의 독립성을 지키자면 소박한 어린이가 가지는 그런 자신이 필요하다. 하지만 이런 자신이 깃들인 자아야말로 우리가 사수할 수 있는 유일한 것이며, 만약 세상의 학생들이 개인적인 판단의 권리를 포기했을 때에는 인생에 있어서의 온갖 기만을 용인하지 않을 수 없다. 그러나 학교에서 사색을 소홀히 취급하는 것은 어떤 까닭일까. 또한 어째서 사색보다는 지식을 소중하게 여기게 된 것일까.

심리학, 중세사, 논리학에서부터 '종교'에 이르는 필요한 과목 또는 청강 과정을 끝냈다는 이유로 대학 졸업생을 교양이 있는 사람이라고 부르게 된 이유는 무엇일까. 성적표나 졸업증서는 무엇 때문에 있는 것일까. 또한 점수나 졸업증서가 학생의 머릿속에서 교육의 참된 목적이 지니고 있는 지위를 빼앗아버리고 만 것은 무엇 때문일까.

그 이유는 간단하다. 오늘날의 교육 제도가 대량 교육이며, 따라서 공장과 같아서 공장 안에서 일어나는 일은 무슨 일이건 생명이 없는 기계적인 시스템에 의하지 않으면 안 되기 때문이다. 학교의 이름을 지키고 제품을 표준화하기 위해, 학교는 졸업증서를 발행하여 제품의 증명을 하지 않으면 안 된다.

졸업증서와 함께 등수를 먹일 필요가 생기고 등수를 매길 필요에서 점수를 주는 제도가 생긴 것이라 할 수 있다. 점수를 매기기 위해서는 따로 암기, 시험, 고사가 없어서는 안 되는 것이다. 교육 전체가 완전한 논리적인 연쇄를 이루고 있어서 도망칠 길이 전혀 없다.

그러나 기계적인 시험이나 고사의 결과는 우리들이 상상하는 것 이상으로 치명적이다. 그것은 견식이나 판단력을 기르는 것보다는 오히려 사실을 기억하는 힘을 기르는 데 역점을 두기 때문이다. 나도 학교 선생을 한 일이 있어서 알고 있지만, 막연한 문제에 대하여 막연한 의견을 묻기보다는 역사의 연대에 대하여 일련의 문제를 제출하는 편이 쉽다. 답안지에 점수를 매기는 일은 더욱 쉬운 일이다.

이러한 제도가 수립된 뒤로 학문은 내가 견식의 계발이라고 부르는 본래 지닌 참다운 이상에서 멀어져만 간다는 것, 아니 이미 멀어져버렸다는 사실을 우리는 자칫하면 잊고 있기가 쉽다. 위험은 바로 여기에 있다.

이제 여기서 우리는 공자의 다음과 같은 말을 깊이 음미할 필요가 있다.

사실을 암기만 해서 얻은 지식만 가지고 있는 사람은 남의 스승이 될 자격이 없느니라.

형식이야 어떤 것이든 사람이 가진 지식을 시험하게 하거나 측정할 수 있다고 하는 사고 방식은 버려야 한다. 장자는 정말 잘 표현했다. "아, 내 목숨에는 한이 있으나 지식에는 한이 없구나!"

결국 학문의 탐구는 신대륙의 탐험 또는 아나톨 프랑스가 말한 이른바 '영혼의 모험'과 같은 것에 지나지 않으며, 그 탐구하는 정신이 해명적이고 연구적이고 호기적이고 모험적인 기분으로 유지

된다면 괴로움이 되지 않고 즐거움으로 계속되는 것이다. 규칙적이고 틀에 박힌 수동적인 지식의 주입주의를 적극적이고 발전적이며 개인적인 즐거움으로 바꾸지 않으면 안 된다고 나는 생각한다. 졸업증서나 점수가 일단 폐지되든가, 단지 그것에 그치는 것으로서 취급하게 된다면 학생은 적어도 공부하는 것을 반성하지 않을 수 없게 될 테니까, 학문의 탐구는 보다 적극적이 되리라 생각한다. 현재의 상태로는 학생에게 있어서 문제의 해답은 이미 나와 있어서 마음에 어떤 의문도 느낄 것이 없다. 왜냐하면 신입생은 2학년이 되기 위해 공부하고, 2학년은 3학년이 되기 위해서 공부하고 있는 데 지나지 않기 때문이다. 하지만 학문의 본래 목적과 아무런 관계도 없는 그런 생각은 모조리 몰아내지 않으면 안된다. 학술의 규명이라고 하는 것은 오로지 자기 자신의 문제일 뿐, 남의 일이 아니기 때문이다. 그렇건만 오늘날의 학생들은 모두 대학 간사를 위해 공부하고 있는 셈이다. 많은 선량한 학생들은 부모를 위해서 또는 미래의 아내가 될 여인을 위해서 공부하고 있는 셈이다. 다시 말해 재학중 많은 학자금을 대준 부모에게 불효자가 되지 않기 위해, 근엄하고 까다롭기 이를 데 없는 선생 앞에서 근엄하게 보이기 위해, 또는 학교를 졸업한 뒤에 가족들을 부양할 많은 봉급을 받고 싶은 생각에서 공부하고 있는 게 사실이 아닌가 한다. 이 같은 생각은 모두가 부도덕적인 데서 오는 것이라고 할 수 있지 않을까.

학문의 탐구는 다른 누구의 일도 아니고, 오직 자기 자신을 위한 일이라야만 한다. 그렇게 되어야만 비로소 교육은 즐거움이 되고 적극적이 될 수 있다.

유희로서의 예술과 품격으로서의 예술

예술은 창조인 동시에 오락이기도 하다. 나는 이 두 가지 생각 가운데에서 오락, 즉 순전한 정신적인 유희로서의 예술이 보다 중요하다고 생각한다. 그림이건 건축이건 문학이건 불후의 창조적인 제작이라면 온갖 형식의 것을 존중하지만, 참된 예술적인 정신은 불후의 걸작을 후세에 남기겠다는 생각을 갖지 않고 다수의 민중이 예술을 오락으로서 즐기게 되었을 때 비로소 일반화되어 보다 넓게 보급될 수 있는 것이다. 대학이 전국 경기에 출장하는 소수의 운동 선수나 축구 선수를 양성하는 것보다는 잘하건 못하건 상관없이 모든 학생들이 테니스라든가 축구라든가를 하는 게 중요한 것처럼, 한 나라가 한 사람의 로댕을 낳게 하는 것보다 모든 어린이들이 저마다 독자적인 창작을 즐거움으로 삼게 되는 편이 더 중요하다고 생각한다. 불과 몇 명의 직업적인 예술가가 있기보다는 전국의 학생들에게 찰흙 공작을 가르치고 모든 은행장이나 경제 전문가가 크리스마스 카드를 손수 만들 수 있게 되었으면 한다. 이것은 하나의 기발한 제인일지 모르나, 나는 그렇게 생각한다. 즉, 온갖 분야에서의 아마추어리즘을 주장하는 셈이다. 아마추어 철학자, 아마추어 시인, 아마추어 사진가, 아마추어 마술사, 자기가 살 집을 자기 손으로 짓는 아마추어 건축가, 아마추어 음악가, 아마추어 식물학자, 아마추어 비행사들이 많이 나오기를 바란다는 이야기이다. 하룻밤 친구가 아무렇게나 되는 대로 소나티네를 치고 있는 것을 들으면 일류 전문가의 음악회에 참석한 것 같은 즐거움을 느낄 수가 있다. 친구들 가운데 아마추어 마술사가 있다면 누구나 무대에서 공연하는 전문가인 마술사보다 그 편을 더 환영할 것이고, 어떤 부모건 셰익스피어 연극을 보는 것보다는 자기 자식들이 하는 아마추어 연극을 훨씬 즐겁게 구경할 것이다. 아마추어 예술은 자발적인 것이라고 할 수 있다. 예술의 참된 정신은 오직 이 자발성에서만 찾아볼 수 있다. 중국의 그림은 전문가인 화가가 그리는 것이 아니라 본래 학자들의 오락이었다는 사실을 내가 중요시하는 것도 바로 이 때문이다. 유희적인 정신이 사라지지 않았을 때 예술은 비로소 상품화를 면할 수 있게 된다.

이렇다 할 아무런 까닭없이 노는 것, 또한 어떤 그럴 만한 이유가 있어서는 안 된다는 것, 바로 이것이 유희가 지닌 특성이다. 즐겁게 논다는 것, 그것 자체가 이유이기 때문이다. 이러한 견해는 진화론에 의해 충분히 증명되고 있다. 아름다움이라는 것은 생존경쟁의 원리만으로는 설명할 수 없으며, 동물에게 해로운 미(美)의 형식조차 존재하고 있다. 이를테면 너무 불필요하게 자란 사슴의 뿔이 그 좋은 예라고 할 수 있을 것이다. 아름답기야 하지만 사

슴에게 있어서는 난처하기 이를 데 없는 거추장스러운 것이라고
할 수 있다. 다윈은 식물계, 동물계에 존재하는 아름다움을 자연
도태의 원리로서는 설명할 수 없다는 사실을 깨닫고 자웅 도태(雌
雄淘汰)라고 하는 이차적인 대원리를 들고 나오지 않으면 안 되었
다. 예술이란 단지 육체적·정신적인 정력이 넘쳐흐르는 과잉된
상태를 뜻하는 것이고, 자연스럽고 아무런 속박도 없는 예술 자체
를 위해 존재하는 것이라는 사실을 인식하지 않으면 예술과 예술
이 지닌 본질을 이해하지 못하게 된다. 이것은 비난이 많은 '예술
을 위한 예술'이라는 공식이다. 이것이야말로 정치가가 간섭할 권
리가 없는 문제로 단지 일체의 예술적인 창조의 심리적인 기원에
관한 움직일 수 없는 사실에 지나지 않는다. 상업 예술은 흔히 예
술적인 창조의 정신을 해치는 것으로 되어 있지만 정치적인 예술
은 반드시 예술적인 창조의 정신을 죽여버리고 만다. 왜냐하면 자
유야말로 예술의 혼이기 때문이다.

　현대의 독재자들은 정치적인 예술을 만들어내려고 하지만 도
대체 말도 되지 않는 일이다. 총검의 힘으로 예술 작품을 만들려
고 한다는 것은 마치 창녀에게서 참사람을 구하는 것과 같은 것임
을 그들은 모르고 있는 것 같다.

　어쨌든 예술의 본질을 이해하려면 정력 과잉으로 말미암은 예
술의 육체적인 기초에까지 소급해 올라가지 않으면 안 된다. 이것
은 예술적인 충동, 또는 창조적인 충동으로 알려져 있는 것이다.
영감이라는 말이 있는 것을 보더라도 예술가 자신이 그런 충동이

어디에서 오는 것인지 거의 모르고 있다는 것을 알 수가 있다. 그것은 과학자가 진리를 발견하려고 하는 충동이나 탐험가가 새로운 섬을 발견하려고 하는 충동과 마찬가지로 단지 내적인 충동의 표현에 지나지 않는다. 따라서 그것을 납득할 수 있게 설명해줄 도리가 없다.

오늘날 생물학에 대한 지식 덕분에 인간의 정신 생활의 모든 조직은 여러 가지 기관과 그 기관을 지배하는 신경 계통에 작용하는 혈액 속에 분비된 호르몬의 증감 배분(增減配分)에 의하여 조정되고 있다는 사실을 어렴풋하게나마 겨우 알게 되었다. 노여움이나 공포조차도 단지 아드레날린의 공급이 어떻게 되었느냐 하는 문제에 지나지 않는다. 천재라는 것 자체도 선분비(腺分泌)의 과잉 때문에 생겨난 것에 지나지 않는 것 같다.

호르몬이라는 현대적인 지식 따위는 갖고 있지 않은 중국의 어느 무명 작가는 온갖 활동의 원동력은 사람의 몸 안에 살고 있는 '벌레'에게 있다는 올바른 판단을 내린 바 있다. 간통은 사람의 창자를 뜯어먹음으로써 욕망을 채우지 않고는 견딜 수 없게 하는 벌레 때문에 저질러지는 짓이라는 것이다. 야심이나 침략성이나 명예욕이나 권세욕 같은 것도 야망을 성취하기까지는 그 사람에게 마음의 안정을 주지 않는 또 다른 벌레 탓이라고 하였다. 책을 쓴다는 것, 이를테면 소설을 쓰는 것도 작자를 채찍질하여 무슨 팔자인지 창작을 하지 않고는 견디지 못하게 하는 어떤 종류의 벌레 탓으로만 여겨진다. 호르몬 때문이냐, 벌레 때문이냐 묻는다면 나는 두 번째를 택하고 싶다. 벌레라고 하는 편이 더 생생한 느낌이 들기 때문이다.

이 벌레가 몸 안에 많아지면, 아니 보통 분량인 때에도 사람은 무엇인가 창작하지 않고는 못 견디게 된다. 그렇게라도 하지 않으면 견딜 수가 없는 것이 문제이다. 어린이의 정력이 넘치게 되면 보통 걷는 방법이 변하고 뛰고 달리고 하게 된다. 어른의 정력이 과잉 상태가 되면 걷는 것이 도약이나 무용으로 바뀌게 된다. 그러니까 무용을 한다는 것은 능률적이지 않은 방법으로 걷는 데 지나지 않는 것이라고 할 수 있다. 그러나 '능률적이 아니다'는 공리적인 입장에서 보아 정력의 낭비가 있다는 뜻이지 심미적인 뜻에서 한 말은 아니다. 댄스를 하는 사람은 어느 한 점에 도달하는 최단거리인 직선을 취하지 않고 왈츠의 음악에 맞추어 원을 그리면서 앞으로 나아간다.

사실상 춤추고 있는 동안은 아무도 애국자가 되겠다는 생각을 하지 않는다. 자본주의의 이념이나 파시즘이나 프롤레타리아의 이데올로기에 맞추어 춤추라고 하는 이가 있다면 댄스가 가진 유희성과 영광스러운 비능률의 정신을 산산조각으로 만드는 결과가 된다. 공산주의자로서 그들의 정치적인 목적을 달성하려고 생각하거나 충실한 동지가 되고자 한다면 모름지기 오직 걸어야만 한다. 가장 가까운 거리를 갈지어다. 댄스 같은 것은 아예 할 생각도 말지어다.

공산주의자들은 노동의 신성함은 알고 있는 모양이지만, 유희의 신성함은 알고 있는 것 같지가 않다.

그렇지 않아도 우리들 문명인들은 다른 온갖 종족에 속하는 동물들과 비교할 때 일을 지나치게 많이 하고 있는 셈인데, 아직도 일을 덜하고 있다는 말인가. 우리가 갖고 있는 얼마 안 되는 한가한 시간, 오락과 예술을 위한 아주 짧은 시간조차도 국가라고 하는 괴물의 요구 때문에 침해되어야만 한다는 것이다!

이처럼 예술의 본질이 유희에 지나지 않는다는 사실을 알게 되면 예술과 도덕과의 관계를 분명하게 밝히는 데 도움이 된다. 아름다움(美)이란 아름다운 자태에 지나지 않는다. 그리고 이 아름다운 자태는 명화나 아름다운 다리와 마찬가지로 행위에서도 찾아볼 수 있다. 예술 전체는 그림이나 음악이나 댄스보다 훨씬 범위가 넓다. 왜냐하면 아름다운 자태란 경기 중인 운동 선수에게서 찾아볼 수 있는가 하면, 유년 시대에서 청년, 장년, 노년 시대에 이르기까지 각 시기에 알맞은 아름다운 생활을 즐기고 있는 사람에게서도 찾아볼 수 있기 때문이다. 또한 지휘와 작전이 다같이 손이 잘 맞아서 차차 마지막 승리를 향해 나아가고 있는 대통령 선거전에서도 아름다운 자태란 찾아볼 수 있고, 사람의 웃음 속에도, 침을 뱉는 데에도 아름다운 자태는 찾아볼 수 있다. 중국의 늙은 관리들은 아주 조심해서 침을 뱉도록 훈련이 되어 있는데, 이 경우가 바로 그렇다고 본다. 인간의 온갖 행동엔 자태와 표현이 있고, 온갖 표현 형식은 예술의 정의의 테두리 안에 있는 것이다. 그러므로 표현의 기법을 음악이라든가 댄스라든가 그림이라든가 하는 소수의 분야에서만 분류할 수는 없다.

예술을 이같이 넓은 뜻으로 해석하면 아름다운 행위의 자태와 아름다운 예술의 인격은 긴밀한 관계를 갖게 되고, 다같이 중요한 것이 된다. 잘 조화된 시의 운율과 마찬가지로 우리 몸의 운동도 여러 가지 사치스러운 면을 생각하게 된다. 즉, 정력이 넘쳐흐르게 되면 어떤 일을 하고 있든지 침착성과 우아함과 자태에 대한 관심이 생기게 된다. 이 침착성과 우아함은 자기는 육체적으로 능력이 있다는 의식, 즉 어떤 일이건 보통 이상으로 훌륭하게 해낼 수 있다는 의식에서 생기는 것이다. 좀더 추상적으로 말한다면 멋진 일을 하는 사람이라면 누구에게나 이런 아름다움을 찾아볼 수가 있다. 멋진 일, 즉 빈틈없는 일을 하고 싶다는 충동은 본래 미적(美的)인 충동이다. 교묘한 살인, 솜씨 좋은 교묘한 음모 등은 용서할 수 없는 행위이긴 하지만 얼핏 보기에는 아름다운 법이다. 좀더 구체적인 일상 생활의 자질구레하고 보잘것없는 일 속에도 이런 침착성과 우아함과 능력은 존재할 수 있고 또한 실제로 존재하는 것이기도 하다. 우리들이 '생활의 범절'이라고 부르는 것은 모두가 이 테두리 안에 속하는 것이라고 할 수 있다. 사람에게 적절하고 훌륭한 인사를 하면 멋진 인사를 했다고 말해지지만, 어울리지 않는 어설픈 인사를 하면 어색한 인사를 했다는 말을 듣는 것과 같은 것이라고 할 수 있다.

말과 생활과 습속에 아름다운 예의를 요구하는 경향은 중국에서는 진조(晋朝, 기원 3~4세기) 말기에 최고도로 발달되었다. 당시는 '한담(閑談)'이 유행한 시대로서 부인복의 치장에 가장 마음을 썼고, 미남자라는 단 하나의 이유로 이름을 떨친 사나이들이 굉장히 많았던 시대이기도 했다. '아름다운 턱수염'을 기르는 것이 크게 유행하고 남자들은 아주 품이 넉넉한 긴 웃옷을 걸치고 일부러 몸을 흔들거리면서 의젓하게 걷곤 하였다. 가려운 데를 긁으려고 생각하면 몸 어디에고 손길이 갈 수 있게 옷이 그렇게 만들어져 있었다. 모든 일을 우아하게 하는 것을 알아주던 시대였다.

말총을 다발로 하여 자루를 붙인 모기나 파리를 쫓는 주(塵)라는 파리채 같은 것이 대화에 필요한 중요 도구가 되었다. 이러한 한담은 오늘날까지도 문학 작품 등에서 주담(塵談)이라는 이름으로 불리고 있다. 이야기를 주고받으면서 손에 든 '주'를 천천히 우아하게 휘두르는 데서 비롯된 말이다. 또한 부채도 한담의 부속물이 되었다. 이야기를 하면서 부채를 펴기도 하고 설렁설렁 부치기도 하는 폼이 보기에 여간 아름다운 게 아니다.

마치 미국의 노인이 연설하면서 안경을 썼다 벗었다 하는 것과 비슷하다. 효용이라는 면에서 본다면 주나 부채가 미국인의 외알 안경보다는 약간 더 쓸모가 있을지는 모르지만 어쨌든 이 모두는 어떤 쓸모보다는 이야기를 나눌 때 체모를 갖추기 위한 것의 하나이다. 즉, 산책하는 데 단장이 겉치레가 되는 것과 마찬가지이다. 내가 서양에서 본 가장 아름다운 몸가짐은 프러시아의 신사가 객실에서 귀부인에게 인사할 때 구두 굽을 맞부딪쳐 탁 하는 소리를 내는 모습과 독일의 처녀가 한쪽 발을 뒤로 물리며 몸을 굽혀 절하는 모습이었다. 형용하기 어려울 만큼 아름다운 몸가짐이라고 나는 생각하는데, 이런 풍습이 사라져버린 것은 참으로 유감이 아 닐 수 없다.

중국에서는 사교상의 예의 범절이 아주 많이 행해지고 있다. 손가락, 손, 팔 따위를 움직이는 데에도 상황에 따라 어떻게 움직 여야 하는가를 신중하게 연구하여 실행하고 있다.

타천(打千)이라는 만주 사람들끼리 주고받는 인사법도 여간 아 름다운 게 아니다. 방 안에 들어온 사람은 한쪽 팔을 똑바로 늘어 뜨리고 한쪽 다리를 굽혀 점잖게 몸을 굽힌다. 자기 주위에 자리 를 같이한 손님들이 있을 경우에는 그 자세로 똑바로 편 다리를 추로 삼아 조용히 몸을 돌리며 일동에게 인사를 한다. 품격 있는 기객(棋客)이 바둑판 위에 바둑돌을 놓는 모습도 한번 보아둘 만 하다. 백(白)이나 흑(黑)의 작은 바둑돌을 하나 교묘하게 균형을 잡아 둘째손가락 위에 얹고, 엄지손가락을 바깥쪽으로 움직이고, 둘째손가락을 안쪽으로 당기면서 가만히 밀어내어 아주 우아하게 바둑판 위에 놓는다.

교양이 있는 관리는 화가 났을 때에도 아주 아름다운 몸짓을 해 보인다. 그들은 마제수(馬蹄袖)라고 하여 소매 끝을 접어 올려서 비단을 댄 안감이 드러나 보이는 긴 웃옷을 입고 있는데 몹시 기분 이 상했을 때는 오른쪽 팔이나 양쪽 팔을 동시에 탁 소리 나게 아 래로 내려뜨려서 마제수의 걷어올린 소매를 소리나게 아래로 내려 뜨리고는 아주 우아하게 어슬렁어슬렁 방에서 나가는 것이다. 이것을 불수(祓袖)라고 한다. '소매를 털고 떠난다'는 뜻이다.

　교양 있는 관리가 말하는 투도 듣기에 매우 기분 좋은 법이다. 그가 하는 말은 아름다운 운(韻)을 밟고 있기 때문이다. 북경 악센트의 음악적인 말투에는 우아한 음악과도 같은 억양이 있다. 한마디 한마디가 천천히 점잖게 발음된다. 참된 학자의 경우에는 그가 하는 말 중에 중국 문학 작품에 나오는 여러 가지 아름다운 말들이 섞여 나오게 마련이다. 중국인이 갖고 있는 예술의 품(品)에 대한 생각은 자못 흥미로운 데가 있다. 이것은 인품이나 품격이라고도 말해지는 수가 있다. '제1품' '제2품'의 예술가라든가 시인이라든가 할 경우에는 등급을 붙이는 뜻도 되고, 또한 좋은 차를 맛보거나 시음하거나 하는 것을 '차를 품(品)한다'고 말하기도 한다. 즉, 일정한 행동에 나타난 개인의 인격에 관한 표현의 모든 카테고리가 이 말에 포함되어 있는 셈이다. 쉬운 예로서 질이 나쁜 노름꾼, 곧 성급하고 버릇이 나쁜 노름꾼은 '도품(賭品)이 나쁘다'고 한다. 노름꾼으로서의 사람됨이 좋지 않다는 뜻이다. 술을 지나치게 마시고는 걸핏하면 야비한 행동을 하는 술꾼을 '주품(酒品)이 나쁘다', 즉 술꾼으로서의 사람됨이 좋지 않다고 한다. 기객(棋客)의 좋고 나쁜 것은 기품(棋品)이 좋다든가 나쁘다든가 하는 말로 표현된다.

　중국에서 가장 오래된 시의 평론은 『시품』(詩品)[8]으로서 여러

---

8 『시품』은 기원 500년에 생존했던 양(梁)의 종영(鍾嶸)이 쓴 것이다.

시인들에게 등급을 붙인 책이다. 물론 『화품』(畫品)이라는 미술 평론의 책이 몇 권 나와 있는 것도 사실이다. 이 '품'이라는 관념과 관련하여, 중국인 전부가 인정하는 어떤 신조가 생겨났다. 그것은 예술가의 제작은 엄밀하게 말해서 그가 갖추고 있는 품격에 의하여 규정되어진다는 생각이다.

이 '품격'은 도덕적인 동시에 예술적인 것이기도 하다. 그것은 인간의 오성과 고결한 마음, 탈속을 숭상하고 사소한 일과 범용, 저열을 초월하고 억누르는 정신을 고조하려는 것이다. 이런 뜻에서 품이란 영어의 'manner' 또는 'style'에 가까운 뜻을 가지고 있다 할 수 있다. 자유분방하여 낡은 풍습에 사로잡히지 않는 예술가는 분방한 스타일을 나타낼 것이고, 마음씨가 착하고 인정미가 있는 사람은 그 스타일 속에 따뜻한 마음씨와 섬세한 감정을 담을 것이고, 취미가 고아한 대예술가는 '매너리즘'에 무릎을 꿇는 것을 싫어할 것이리라. 어떠한 화가도 화가 자신의 도덕적·미적인 품격이 위대하지 않다면 거장(巨匠)이라고는 말할 수 없다는 신념을 중국인은 은연중에 승인해온 게 사실이다.

따라서 서화(書畵)를 평할 경우에도 기법이 능숙하냐 졸렬하냐를 따지는 것이 아니라 예술가 자신의 품격이 높은가 낮은가를 먼저 고려한다. 기법은 완벽하면서도 작가의 '낮은' 품격을 나타낸 작품이 있다면 이런 것은 영어에서 말하는 이른바 이렇다 할 뚜렷한 특징이 없는 작품으로 취급되는 것이다.

우리들은 이렇게 온갖 예술의 중심 문제에 도달한 셈이다. 중국의 대장군이며 대재상이기도 했던 증국번(曾國藩)은 자기 가족에게 보낸 편지 속에서 서도(書道)의 단 두 가지 살아 있는 원리는 형태와 표현이라고 말하고, 당시 첫 손가락 꼽히는 서예가였던 하소기(何紹基)가 이 공식을 인정하고 그의 높은 식견을 칭찬했다고 말하고 있다. 예술이란 모두가 구체적인 것이므로 기계적인 문제, 즉 반드시 수득(修得)하지 않으면 안 되는 기법의 문제가 항상 따라다님은 더 말할 나위도 없는 일이다. 하지만 예술은 또한 정신이기 때문에 온갖 형식의 창작이 지니고 있는 중요 요소는 표현의 품격이기도 하다. 그것은 단순한 기법을 초월한 예술가의 표현의 품격이며, 그것이야말로 예술적인 작품에서 유일불가결(唯一不可缺)의 요소이다.

저술에 대해서 말한다면 저서 가운데에서 오직 하나 중요한 것은 작자의 판단과 호오(好惡)에 나타난 그 스타일과 감정이다. 이 품격, 즉 표현의 개성이 기법 때문에 지워지고 말 위험성은 항상 따르게 마련이다. 그리고 그림이건 문학이건 연극이건 초심자 모두에게 가장 힘겨운 것은 자기를 나타내는 데 있다. 그것은 초심자가 형식, 즉 기법에 위협을 받는 결과임은 말할 것도 없다. 하지만 이 개성적인 요소가 없어서는 어떤 폼도 결코 좋은 폼이라고 말할 수가 없다. 온갖 좋은 폼에는 움직임이 있게 마련이다. 그 움직임은 골프 선수가 내리치는 골프채의 스윙이건, 로켓처럼 성공을 향해 달려 나가는 사나이의 움직임이건, 또는 공을 가지고 경기장 안을 달리는 축구 선수의 움직임이건 남이 보기에 아름다운 것이다. 예술에는 개성적인 표현이 넘쳐 흐르지 않으면 안 된다. 그리고 그 표현력은 기법에 구애되는 일이 없이 자유스럽고도 즐거이 기법 속에서 약동할 수 있는 것이어야만 한다. 모퉁이를 돌아가는 기차나 돛에 흠뻑 바람을 받고 전속력으로 달리는 요트에도 실로 아름다운 스윙이 있다. 하늘을 나는 제비, 먹이를 향하여 쏜살같이 달려드는 매, 또는 '멋진 폼'으로 결승점으로 뛰어들어 오는 우승마에도 모두 아름다운 스윙이 있는 법이다.

우리는 온갖 예술이 품격을 지닐 것을 요구하지만, 그 품격이란 예술가의 인격이라든가, 영혼이라든가, 심정이라든가 또는 중국인이 말하는 '회'(懷)를 예술 작품이 암시하거나 말없이 나타내는 것에 지나지 않는다고 생각한다. 예술 작품에 인격 또는 품격이 나타나 있지 않으면 그것은 생명이 없는 예술 작품이다. 아무리 심미안이 높아도 완벽한 기법만 가지고는 생명이 없고, 또한 생명력이 없는 예술을 구할 수가 없다. 품격이라는 고도의 개성적인 요소가 빠져서는 아름다움 그 자체가 평범하고 속된 것이 되고 만다.

품격을 기르는 것은 도덕적으로도 미적으로도 행해지지 않으면 안 된다.

그렇게 하려면 학식과 교양이 다같이 필요하다. 교양은 취미에 가까운 것으로 예술가에게는 자연히 갖추어지기 마련이지만 예술 책을 펼쳐들고 가장 높은 즐거움을 느끼는 것은 학식의 뒷받침이 있을 경우에 한해서다. 특히 이것은 그림과 서도에서 아주 뚜렷하게 나타나는 사실이다. 하나의 서(書)를 보면 그 서예가가 수많은 위(魏)의 탁본을 본 사람인지 아닌지를 알 수 있다. 만일 본 사람이라면 그 학식은 서예가에게 어떤 고풍의 품격을 줄 것이기 때문이다. 그러나 서예가는 더 나아가 자기의 영혼, 즉 품격을 그 서예 속에 집어넣지 않으면 안 된다. 이러한 품격이 모두 똑같지 않다는 것은 두말할 나위도 없는 일로서 섬세하고 감상적인 기질을 가진 사람은 섬세하고 감상적인 서체를 나타낼 것이고, 또 강함이나 흐림을 애호하는 사람은 그런 기질에 알맞은 서체를 취하게 될 것이다. 그러므로 우리는 그림과 서도, 특히 서도의 경우에 미적 특질과 여러 가지 아름다움의 온갖 카테고리를 볼 수 있다. 더욱이 완성된 작품이 지닌 아름다움과 예술가 자신이 지닌 영혼의 아름다움을 구별한다는 것은 그 누구도 할 수 없는 일이다. 변덕스럽고 방자한 아름다움도 있을 것이고, 거칠기만 한 힘의 아름다움도 있을 것이다. 웅혼(雄渾)의 아름다움도, 정신적 자유의 아름다움도, 용기와 돌진의 아름다움도, 로맨틱하고 매력적인 아름다움도 있을 것이다. 또한 자제의 아름다움, 차분하게 가라앉은 우아스러운 아름다움, 준엄의 아름다움, 소박과 우둔의 아름다움, 단순히 잘 정돈되고 균형이 잡힌 아름다움, 신속(迅速)의 아름다움, 어떤 경우 일부러 의식적으로 만들어낸 추괴(醜怪)함의 아름다움이라는 것조차 있을 수 있다. 그렇지만 여기 꼭 하나 실재하지 않기 때문에 불가능한 미의 형식이 있다. 그것은 분투 노력의 미, 즉 분투하는 생활의 아름다움이다.

독서론

독서, 곧 책을 읽는 즐거움은 예로부터 교양 있는 생활의 매력의 하나로 손꼽아왔다. 책을 읽을 수 있는 특권은 오늘날에도 여간해서 그것을 누리지 못하는 사람들로부터 존경과 부러움의 대상이 되고 있다. 이것은 책을 읽는 사람의 생활과 책을 읽지 않는 사람의 생활을 비교해보면 곧 수긍할 수 있는 일이다. 평소에 책을 읽지 않는 사람은 시간적으로도 공간적으로도 자기 혼자만의 세계에 갇혀 있는 사람이다.

그의 생활은 일정하게 틀에 박힌 것이 되기 마련이다. 그가 접촉하거나 이야기를 나누는 것은 불과 몇 안 되는 친구와 친지들뿐이므로 그가 보고 듣는 것은 거의 자기 신변에서 일어나는 사소한 일들뿐이다. 이런 감금 상태에서 벗어날 길은 없다. 그러나 한번 책을 손에 들게 되면 사람은 곧 다른 세계에 드나들 수 있게 된다. 만일 이 책이 양서라면 곧 세계 제1급의 이야기꾼의 한 사람과 만나는 것을 뜻한다. 그는 독자를 이끌고 다른 먼 세계나 훨씬 옛날로 데리고 가서 마음속의 고민을 가볍게 해주고, 독자가 일찍이 몰랐던 인생의 여러 가지 모양을 소개해준다. 고서는 유명계(幽冥界)와 독자를 서로 통하게 해주어 차차 읽어 내려가는 동안에 저자는 어떤 얼굴의 인물이었을까, 어떤 타입의 사람이었을까 하는 것을 독자가 상상하게끔 만들어준다. 맹자도, 중국의 대역사가였던 사마천도 같은 말을 한 적이 있다. 하루에 두 시간만이라도 다른 세계에 살면서 그날그날의 번뇌를 잊을 수가 있다면 더 말할 것도 없이 육체적인 감옥에 갇혀 있는 사람들로부터 부러움을 받을 특권을 얻은 것이 된다. 이와 같은 환경의 변화는 심리적인 효과를 놓고 본다면 진정 여행하는 것과 같다고 할 수 있다.

뿐만 아니라 책을 읽는 사람은 항상 사색과 반성의 세계에 출입할 수가 있다. 비록 물리적인 사건이나 현상을 쓴 책이라고 하더라도 그러한 일을 직접 보거나 몸소 경험하는 것과 책으로 읽는 것과는 많은 차이가 있다. 책을 읽을 경우에 물리적인 사건은 하나의 구경거리이며, 독자는 구경꾼의 입장이 되기 때문이다. 그러므로 가장 좋은 책은 우리들을 이런 명상적인 기분에 잠기게 하는 것으로서 사실의 보고만으로 끝나는 것이 아니다. 이런 점에서 본다면 신문을 읽느라 소비하는 막대한 시간은 독서는 전혀 아니라고 생각된다. 왜냐하면 신문을 읽는 일반 독자는 깊은 생각에 잠길 가치가 없는 사실이나 사건의 보도만을 읽게 되기 때문이다.

독서란 무엇인가, 이것을 가장 적절하게 말한 공식은 송조(宋朝)의 시인으로서 소동파의 친구였던 황산곡(黃山谷)의 설이다. 그는 이렇게 말하고 있다.

"선비가 사흘 동안 책을 읽지 않으면 스스로 이야기하는 말이 무미건조하게 느껴지고 거울에 비친 자기 얼굴을 보기가 역겨워진다."

즉, 그가 말하는 뜻은 독서는 독자에게 매력과 품격을 주는 것이며, 독서하는 목적은 이것밖에 없으므로 이 점을 노리는 독서야 말로 참된 'art'라고 부를 수 있다는 것이다. 누구나 '정신 향상'을 위해서 책을 읽지는 않는다. 왜냐하면 누구든 정신 향상을 도모해야겠다고 생각하면서 책을 읽기 시작하면 독서에서 얻을 수 있는 즐거움은 완전히 사라져버리고 말기 때문이다. 이런 생각을 하는 사람은 틀림없이 이렇게 혼잣말을 할 사람이다. '나는 셰익스피어의 작품들을 꼭 읽어야겠어. 소포클레스를 꼭 읽도록 해야지. 또한 엘리어트 박사가 쓴 『Five Foot Shelf』를 전부 읽어야겠어. 그렇게 되면 나는 학식이 있는 사람이 될 수 있거든.' 이런 사람은 절대로 깊은 학식을 가질 수 없다. 하루 저녁, 그는 억지로 『햄릿』을 읽는다. 그리고는 악몽에서 깨어난 것 같은 모습이 되어 나온다.

그러나 얻은 것이라고는 요컨대 『햄릿』을 '읽었다'고 말할 수 있게 되었다는 것뿐이다. 꼭 읽어야 된다는 생각으로 책을 읽는 사람은 책을 읽는 방법을 모르는 사람이다. 책읽기를 일로 삼는다는 것은 상원 의원이 연설하기 전에 서류와 보고서를 훑어보는 것과 같은 짓이다. 그것은 자료 모으기일 뿐 독서는 아니다.

황산곡의 의견에 의하면, 사람의 외모에 매력을 더하고 그가하는 담화에 멋을 더하는 것 외에 독서의 목적으로서 인정할 만한 것은 달리 없다고 하였다. 그러나 외모의 매력이라고는 해도 단순한 육체적인 아름다움과는 그 뜻이 다른 것은 더 말할 나위도 없다. 황산곡이 말한 이른바 '보기에 역겨울' 외모란 육체적으로 보기 흉한 것을 말하는 게 아니다. 못생겼으면서도 매력을 느끼게 하는 얼굴이 있는가 하면 아름다워도 영 매력이 없는 얼굴도 있는 법이다. 내 중국인 친구 가운데 머리 모양이 폭탄과 같은 사나이가 있는데 이 사나이는 언제 보아도 호감이 가곤 한다. 사진만 보고 말한다면 서구 문인들 가운데 가장 아름다운 얼굴은 G. K. 체스터튼의 얼굴이라고 생각한다. 콧수염이며 안경, 상당히 숱이 많은 눈썹, 주름이 잡힌 미간의 선, 이러한 것들이 야릇하게 엉켜 있는 얼굴이다. 이 사진을 본 사람은 이마 속에 무수한 사상이 약동하며, 이상하고 날카롭게 사람을 쏘아보는 눈에서 그가 가진 사상이 언제고 뛰어나올 것 같은 느낌을 받는다. 이러한 얼굴이 황산곡이 말하는 아름다운 얼굴이다. 분이나 입술연지로 치장한 얼굴이 아니라, 진실된 사색의 힘으로 치장이 된 얼굴 말이다. 담화의 품격에 이르러서는 완전히 독서 방법 여하에 달려 있다. 이야기하는 것이 멋이 있느냐 없느냐는 독서하는 방법 여하에 따라 좌우된다는 이야기이다. 만일 책에 담겨 있는 고상한 멋을 독자가 자기 것으로 만든다면 그가 하는 이야기에는 멋이 깃들게 되고, 이야기에 멋이 있는 사람은 그가 쓰는 글에도 자연히 멋이 풍기게 마련이다.

그러므로 나는 멋이니 취미니 하는 것이 모든 독서의 열쇠라고 생각한다. 음식에 대한 기호와 마찬가지로 무엇을 좋아하느냐는 아무래도 사람에 따라 다르게 마련이다. 가장 위생적인 식사법은 결국 자기가 좋아하는 것을 먹는 것이다. 그래야만 자기의 소화력에 확신이 서기 때문이다.

책을 읽는 것도 이와 마찬가지여서, 어떤 이에게는 살이 되는 것이 다른 사람에게는 독이 될 수도 있는 것이다. 그러므로 선생은 자기가 즐겨 읽는 책을 학생들이 꼭 읽도록 강요할 수 없는 것이고, 부모라 하더라도 자식들이 자기와 똑같은 취미를 갖기를 기대해서는 안 된다. 읽고 있는 것에 흥미를 느낄 수 없다면 그 책을 읽는다는 것은 완전한 시간 낭비일 따름이다. 원중랑(袁中朗)이 말한 것처럼 "당신 마음에 들지 않는 책은 모름지기 버리고 다른 사람으로 하여금 읽게 해야 하느니라."

그러므로 반드시 읽지 않으면 안 되는 책이란 없다. 왜냐하면 우리의 지적인 관심은 나무처럼 자라고, 강물처럼 흘러가게 마련이기 때문이다. 우선 수액이 마르지 않는 한 나무는 어쨌든 자라는 법이고 샘에서 새로운 물이 솟는 한 물은 흘러가게 마련이다. 물이란 화강암 절벽에 부딪치면 빙그르르 돌아서 흘러가는 것이고 깊은 골짜기로 들어가면 잠시 거기에 머물렀다가 다시 굽이쳐 흘러간다. 깊은 산 속에 괸 물이 늪 속에 흘러 들어가면 기꺼이 그 속에 머물러 있게 되고, 급류를 만나면 거침없이 급히 흘러가게 마련이다. 이같이 물이란 아무런 애도 쓰지 않고 목적도 정하지 않으면서도 언젠가는 반드시 바다로 흘러가는 것이다. 세상 사람들이 하나도 빠짐없이 꼭 읽어야 하는 그런 책이란 이 세상에 없다. 있다면 단지 어느 사람이 어느 때 어디서 어떤 주어진 사정 아래에서 생애의 어느 시기에 읽지 않으면 안 되는 책이 있을 따름이다. 나는 차라리 독서란 결혼과 마찬가지로 운명이라든가 인연에 의하여 결정되는 것이라고 생각하고 싶다. 성경과 같이 어떤 종류의 책은 모든 사람들이 다같이 꼭 읽어야만 하는 책이라고 하더라도, 역시 읽어 마땅한 시기라는 것이 있다.

그가 지닌 사상과 체험이 걸작을 읽어도 좋은 상태에 도달하지 않았을 때 걸작을 읽으면 오히려 뒷맛이 개운치 않은 법이다. 공자는 말하고 있다. '나이 쉰 살이 되면 『역경』(易經)을 읽어도 좋으리라.' 이 말은 곧 마흔다섯 살 때까지는 아직 『역경』을 읽어서는 안 된다는 이야기이다.

『논어』에 나오는 공자의 설화에는 실로 온화한 품격과 원숙한 지성이 넘치는데 접하는 사람 자신이 원숙치 못한 동안에는 그 기막힌 묘미를 알지 못하는 법이다. 나아가서 또한 같은 독자가 책을 읽는 경우에도 그 읽는 시기가 다르면 느낌이 자연히 다르게 마련이다. 이를테면 저자와 친히 이야기를 나눈 뒤나 저자의 사진을 본 뒤에 읽으면 그 책을 읽는 즐거움은 더 한층 크고, 저자와 사이가 나빠진 뒤에 읽으면 또 다른 맛을 느끼게 된다. 나이 마흔 살에 『역경』을 읽어도 어느 정도 풍미를 알 수 있지만 쉰 살이 되어서 변화무쌍한 이 세상 상태를 잘 바라다본 뒤에 읽으면 전에 못 느낀 색다른 감흥 또한 얻게 되는 것이다. 그러하기에 두 번 거듭 읽어도 얻는 것도 있고, 새로운 즐거움을 맛볼 수 있는 것이 양서이다.

나는 학생 시절에 『Westward Ho!』와 『헨리 에즈먼드』를 읽어야만 했는데, 당시 10대 소년이었던 나에게 『Westward Ho!』는 재미

있게 읽혔으나 『헨리 에즈먼드』에서는 참된 맛을 전혀 느낄 수가 없었다. 후일에 곰곰이 생각하니, 옛날에 읽은 것보다 훨씬 깊은 재미가 그 속에 있는 게 아닌가 하는 생각이 들었다.

그런 까닭에 독서는 두 가지 면, 즉 저자와 독자로서 이루어지는 행위라고 볼 수 있다. 책을 읽는 데서 정작 얻게 되는 것은 독자의 통찰과 체험을 통해 얻어지는 것과 저자의 통찰과 체험에서 주어지는 것, 이 두 가지라고 할 수 있다. 『논어』에 대하여 송(宋)의 유학자였던 정이천(程伊川)은 이렇게 말했다.

"『논어』의 독자는 어디에고 있다. 읽어도 아무 느낌을 갖지 않는 사람이 있는가 하면, 한두 줄을 읽고 자못 기뻐하는 사람도 있고, 자기도 모르게 기뻐서 덩실덩실 춤을 추는 사람도 있는 것이다."

자기 마음에 드는 작가를 찾아낸다는 것은 지성의 발전을 이루는 데 있어서 가장 중대한 사건이라고 생각한다. 이런 경우에는 영혼의 친화 현상이 나타나게 된다. 그러니까 고금의 작가들 가운데 그 영혼이 자기의 영혼과 비슷한 사람을 우리들은 찾아내지 않으면 안 된다. 오직 그렇게 함으로써만 사람들은 독서에 의하여 참으로 좋은 것을 얻을 수가 있다. 자기가 사숙(私淑)해야 할 스승을 찾는 데는 남의 힘을 빌 게 아니라 자기 힘으로 하지 않으면 안 된다. 누구에게 심취할 수 있느냐는 남이 알 바가 아니기 때문이다. 이것은 아마도 자기 자신도 알 수 없는 일이리라. 이를테면 첫눈에 반하는 것과 같은 것이다. 아무개를 사랑하라고 하는 남의 말에 따라 사랑할 수 없는 것과 같은 이치다. 결국 누구에게 사숙하느냐는 일종의 본능의 힘으로 알 수 있는 게 아닐까. 이 같은 발견이 이루어진 유명한 실례는 역사상 많이 나타나 있다. 몇 백 년을 서로 떨어져 살고 있어도, 책을 통하여 학자의 사상과 감정이 서로 통하는 데가 있으면 자기 모습을 찾아낸 것이나 다름없다고 할 수 있을 것이다.

중국인의 표현을 빌면 이같이 서로 끌리는 영혼은 똑같은 하나의 영혼의 화신이다. 소동파는 장자나 도연명의 화신*이라고 말해지고 있으며, 원중랑은 소동파가 다시 태어난 것이라고 말해지고 있다. 소동파는 처음으로『장자』를 읽었던 어렸을 때부터 장자와 아주 똑같은 생각을 했고, 같은 의견을 갖고 있었던 것과 같은 느낌이 들었노라고 말했다.

원중랑은 어느 날 밤, 작은 시집을 뒤지다가 아직 이름도 들어보지 못한 자기와 같은 시대 사람인 서문장(徐文長)을 발견하였다. 그러자 그는 침대에서 뛰어내려 친구를 불렀다. 친구가 부르는 바람에 잠에서 깨어나 시집을 읽기 시작한 그의 친구 또한 감탄하여 소리를 질렀고, 두 사람이 다같이 탐독하면서 찬탄해 마지않는 바람에 이 모습을 본 하인이 어리둥절하여 어찌할 바를 몰랐다고 한다.

조지 엘리어트는 처음으로 루소를 읽었을 때 느낀 감격을 감전

* 소동파는 도연명의 모든 시에 쓰인 운을 따라 시를 지어서 그에게 특이한 재주를 부렸다. 그「화도시」(和陶詩)의 맨 끝에서 자기는 도연명이 다시 이 세상에 태어난 재생이라고 말하고 있다. 그는 중국의 다른 어느 작가보다도 도연명을 절찬해 마지않았다.

(感電)에 비유했다. 니체가 쇼펜하우어를 읽었을 때 받은 감격도 같은 것이었다고 한다. 그러나 쇼펜하우어는 몹시 퉁명스러운 스승이었고, 니체는 격정적인 성격을 지닌 제자였으므로 후일에 제자가 스승을 거역하게 된 것도 어쩔 수 없는 일이었다.

우리가 무엇인가 얻을 수 있는 때는 이와 같이 심취할 수 있는 작가를 발견하여 그의 저서를 읽게 되는 경우이다. 첫눈에 반한 애인과도 같이 모든 것이 그저 좋게만 보인다. 키도 알맞게 크고 얼굴이나 머리카락의 빛이며 목소리며 이야기하는 품이며 웃는 모양이며 모두가 나무랄 데 없이 좋게만 보인다. 학생이 선생한테 가르침을 받아야만 알게 되는 그런 것이 아니다. 독서의 경우도 바로 그런 것이다. 저자가 그의 마음에 꼭 들 경우, 문체건 견해건 생각하는 태도건 하나같이 마음에 꼭 든다. 이렇게 되면 독자는 한 줄 한 구절을 탐독하기 시작한다. 본래 정신적인 친화력으로 맺어진 것이니까 모든 내용을 흡수하고 쉽사리 소화해버리고 만다. 작자가 주문을 외면 독자는 기꺼이 주문에 걸려, 때에 따라서는 목소리도 하는 짓도 웃는 모양도 이야기하는 태도까지도 작자와 똑같아지는 수가 있다. 그리하여 문학적인 애인에 홀딱 반해 그 책에서 자기의 영혼을 살지게 하는 자양분을 아낌없이 흡수해버리게 된다.

몇 년이 지나 주박(呪縛)이 풀려 다소 싫증을 느끼게 되면 또 새로운 애인을 구하게 된다. 서너너덧 번 애인을 바꾸고 남김없이 자양분을 흡수해버리면 이번에는 자기 자신이 저자로서 나타난다. 그러나 이 세상에는 절대로 사랑에 빠지지 않는 독자도 많다. 마치 난봉만 피우고 다닐 뿐 어떤 특정한 사람을 사랑하지는 못하는 젊은 남녀와 같다고 할 수 있다.

이 같은 사람들은 어떤 책이든 모두 읽기는 하지만 아무것도 얻지는 못한다.

독서법을 이렇게 해석해볼 때, 의무나 채무로서 책을 읽는다는 그런 생각은 단연코 배격해야 될 것이다. 중국에서는 흔히 각고면려(刻苦勉勵)라고 하여 학생들을 격려하곤 한다. 옛날에 이 각고면려를 실행한 유명한 학자가 있었는데, 밤에 책을 읽다가 잠이 오면 송곳으로 장딴지를 찌르곤 했다고 한다. 또 어떤 학자는 밤중에 공부하는 동안에는 하녀를 곁에 세워놓고 졸기 시작하면 깨워 일으키게 했다고 한다. 정말 어처구니없는 이야기라고 생각한다. 책을 펼쳐 들고 선철(先哲)이 자기에게 이야기를 걸어왔을 때도 잠이 오거든 곧 자리에 드는 게 좋다. 아무리 송곳으로 장딴지를 찔러보았자, 또 아무리 하녀에게 깨워 일으키게 해보았자 하나도 좋을 게 없으니 말이다. 이 같은 사람들은 책 읽는 즐거움을 완전히 잃어버렸다는 느낌을 준다. 어쨌든 제법 사람이 된 선비라면 '자자면학'(孜孜勉學)이니 '각고면려'니 하는 말이 무슨 뜻인지 절대로 아는 법이 없다. 다만 그렇게 하지 않고는 못 견디기 때문에 책을 사랑하여 읽을 따름이다.

이 점을 알게 되면 독서할 때와 장소를 어떻게 골라야 하느냐 하는 문제의 해답도 얻게 된다. 즉, 책을 읽고 싶은 마음이 생기면 아무 데서나 읽어도 좋다. 책을 읽는 즐거움을 알게 되면 학교에서 읽어도 좋고, 학교 바깥에서 읽어도 좋고, 또는 학교 따위는 전혀 문제로 삼지 않아도 좋다. 공부하고 싶다면 가장 좋은 학교는 어디에고 있다. 옛날에 증국번은 가족에게 보낸 편지 속에서, 동생이 서울에 와서 좀더 좋은 학교에 다니고 싶다고 한 데 대하여 이렇게 대답했던 것이다. "공부가 하고 싶다면 시골 학교에서도 할 수가 있다. 사막에서도, 사람들이 오가는 거리에서도 할 수 있고, 나무꾼이나 목동이라도 공부는 할 수가 있다. 공부할 뜻이 없다면 시골 학교에서도 못할 뿐만 아니라, 조용한 시골집도, 신선이 사는 섬도 공부하기에는 적합하지 않다."

흔히 세상에는 무엇인가 책을 읽으려면 꼭 책상 앞에 거드름을 피우며 앉아서 방 안이 너무 춥다는 둥, 의자가 너무 딱딱하다는 둥, 빛이 너무 강해서 책을 읽을 수 없다는 둥 투덜대는 사람이 있다. 그런가 하면 모기가 너무 많다느니, 종이가 너무 반들거린다느니, 거리의 소음이 너무 시끄럽다느니 하면서 글을 쓸 수 없다고 불평하는 작가도 있다. 송(宋)나라의 위대한 학자였던 구양수(歐陽修)는 '삼상'(三上)을 가장 좋은 집필 장소라고 하였다.

삼상이란 침상(枕上), 마상(馬上), 측상(廁上)9을 말한 것이었다. 청나라의 유명한 학자 고천리(顧千里)는 한여름에 '벌거벗고 유서(儒書)를 읽는' 버릇으로 널리 알려져 있다. 한편 또 책을 읽

9 변소 마룻바닥 위.

고 싶은 생각이 나지 않을 때에는 사계절 어떠한 때에도 독서하지 않는다는 그런 태도도 충분히 수긍이 간다. 다시 말하면,

봄철에 공부함은 봄의 뜻을 어기는 것이고, 여름철은 잠자기에 가장 좋은 계절이고, 가을이 속절없이 지나고 겨울이 오면, 다음 봄철이 올 때까지 기다리세그려.

그렇다면 참된 독서법은 무엇일까? 대답은 간단하다. 기분이 내키면 책을 손에 들고 읽는 것이다. 책읽기를 진심으로 즐기려면 어디까지나 마음이 내킬 때 읽는 수밖에 없다고 본다.

표지가 부드러운 『이소』(離騷)라든가 오마르 카이엔[10]의 책 한 권을 손에 들고 애인과 함께 강둑으로 그 책을 읽으러 간다. 그때 하늘에 아름다운 구름이 떠 있다면 구름을 읽고 책은 잊는 것이 좋다. 그렇지 않으면 책과 구름을 다같이 읽어라. 때로 한 대의 담배, 한 잔의 차가 있으면 더 나무랄 데가 없다. 또는 흰 눈이 내리는 한밤중에 화로가에 앉아 있을 때, 화로 위에서는 차 주전자 끓는 소리가 나고, 곁에는 담배 한 갑이 놓여 있다. 그럴 때 철학, 경제학, 시가, 자서전 등의 책을 열두서너 권 책상 위에 쌓아놓고 한가로운 기분으로 그 가운데 몇 권을 펼쳐 보다가 재미있다고 생각되는 대목을 찾으면 조용히 담배에 불을 붙여 문다. 김성탄은 눈

---

10 Omar Khayyan : 1025~1123, 페르시아의 시인.

내리는 밤에 문을 닫아걸고 금서(禁書)를 읽는 것을 인생에서 가장 큰 쾌락이라고 생각했다.

책을 읽는 흐뭇한 기분은 진계유(陣繼儒, 眉公)의 다음 한마디에 남김없이 잘 표현이 되어 있다. "옛 사람들은 서화를 유권(柔卷), 연첩(軟帖)이라고 말하였다. 그러므로 책을 읽거나 서첩을 펼쳐 볼 때의 가장 좋은 태도는 한가로운 태도라고 생각한다." 이러한 태도로 세상 모든 일에 대하여 참고 견디는 끈기를 기르는 것이다. 진계유는 또한 이렇게도 말하고 있다.

"참된 대가는 사서(史書)를 읽을 때 오식(誤植)에 신경을 쓰지 않는 법이다. 마치 그것은 훌륭한 여행가가 등산할 때 길이 나쁜 것을 마음에 두지 않는 것이나, 설경(雪景)을 구경하려는 이가 튼튼치 못한 다리를 참고 걷는 것이나, 전원 생활을 원하는 이가 야인(野人)을 피하지 않는 것이나, 꽃을 감상하는 이가 탁주를 사양치 않고 마시는 것과 같은 것이라고 할 수 있다."

책을 읽는 즐거움을 가장 아름답게 쓴 글을 나는 중국에서 으뜸가는 규수시인 이청조(李淸照, 易安, 1081~1142년)의 자서전 속에서 찾아내었다. 그녀의 남편이 국립학교의 선생으로서 매달 급료를 받게 되는 날에는 어김없이 고본이나 탁본을 팔고 있는 사원으로 부부가 함께 찾아가곤 했었다. 돌아오는 길에 얼마간의 과일을 산다. 집에 돌아오면 과일의 껍질을 까면서 사온 탁본을 부부가 함께 조사하며 차를 마시거나 판본(版本)의 다르고 같은 점을 비교하거나 한다. 『금석록발문』(金石錄跋文)으로서 알려져 있는 청조 여사의 자서전의 한 구절에 다음과 같은 글이 있다.

　　나는 기억력이 좋은 편이다. 저녁 식사를 끝낸 뒤면 우리들은 조용히 귀래당(歸來堂)에 앉아서 차를 끓여놓고 선반 위에 수북히 쌓여 있는 책들을 가리키면서 어떤 구절이 어느 책의 몇 권의 몇 면의 몇 항째 있는가를 알아맞히곤 했었다. 알아맞히면 먼저 차를 마실 수 있는 것이다. 잘 맞히면 찻잔을 높이 쳐들고 크게 소리내어 웃는다. 너무 흥이 도도해진 나머지 차가 옷 위에 쏟아져서 마시지 못하게 된 일도 여러 번 있었다. 이러한 분위기 속에서 우리들은 만족을 찾고 살면서 나이를 먹어간 것이었다. 비록 가난과 슬픔이 따르긴 했지만, 우리는 머리를 높이 쳐들고 생활해 나갔던 것이다…… 그러는 동안 수집품이 점점 많아져서 책이며 미술품이 책상 위에도 탁자 위에도 침대 위에도 수북히 쌓이게 되었다. 우리들 부부는 그것을 눈과 마음으로 즐기면서 장차 이렇게 하리라 하고 자주 이야기를 주고받곤 했다. 그것은 개나 말을 기르거나 음악을 즐기는 도락보다도 훨씬 즐거운 것이었다.

7. 신에 가까운 자는 누구냐

종교와 부활

신(神)이란 무엇이며, 신의 뜻을 좇는 것은 무엇이고, 신의 뜻을 좇지 않은 것은 무엇인가. 그것을 분명히 알고 있다고 뻐기는 사람들이 상당히 많은 오늘날, 내가 다음과 같은 문제를 취급하게 되면 신을 모독하는 녀석이니, 예언자인 체한다느니 하는 비난을 면할 길이 없으리라고 생각한다. 대우주의 몇 억분의 1도 되지 못하는 작은 지구, 그 지구의 그 몇 억분의 1도 되지 못하는 인간이라는 생물이 감히 뻔뻔스럽게 신을 알고 있다는 게 아닌가! 그렇지만, 우리를 둘러싸고 있는 대우주의 생명과 훌륭하게 조화된 관계를 갖게 되지 않는 한 어떠한 생의 철학도 완전한 것이라고는 말할 수 없고, 인간의 정신 생활에 대한 어떠한 생각도 충분하다고는 할 수 없다. 그야 인간이 중요한 존재인 것은 사실이고, 또한 가장 중요한 연구 제목이기도 하다. 그것이 바로 휴머니즘의 본질이기 때문이다. 그러나 그런 인간은 광대한 우주에 살고 있으며, 인간에 못지않게 경탄할 만한 우주에 살고 있다. 그러므로 인간의 주위를 에워싸고 있는 이 넓고 큰 세계의 기원과 숙명을 무시하고서는 참된 의미의 만족스러운 생활을 해나갈 수 없는 것이다.

정통파 종교가 겪고 있는 고충은 종교가 역사적인 발전을 계속해 나가는 동안에 엄밀하게 종교의 정신적인 테두리 바깥에 놓여져 마땅한 것─즉 물리학, 지리학, 천문학, 범죄론 또는 부인관(婦人觀) 따위와 한데 범벅이 되고 만 데 있다.

만일 도덕 의식의 영역 안에 머물러 있었다면 이른바 종교 재정위(reorientation)의 일도 오늘날과 같이 그토록 거창한 것은 되지 않았을 것이리라. 신의 관념을 때려부수기보다는 걸핏하면 들고 나오는 '천국'과 '지옥'의 관념을 때려부수는 편이 쉽다.

한편 과학은 현대 기독교도들에게 우주의 신비에 대한 새롭고 깊은 의의와 에너지의 환칭명사(換稱名辭)로서의 물질이 지니고 있는 새로운 개념을 분명히 하고, 신 그 자체에 대해서 제임즈 지인즈 경[11]도 말한 바와 같이 '우주는 커다란 기계라기보다는 위대한 사상이라고 하는 편에 가까워진' 것 같다. 수학 그 자체가 수학으로서는 계산해낼 수 없는 것이 존재함을 증명한 것도 사실이다. 그리하여 종교는 어쩔 수 없이 후퇴하지 않을 수 없게 되었고, 여

11 Sir James Hopwood Jeans ; 영국의 천문학자, 물리학자, 케임브리지 대학 교수.

태껏 해온 것과 같이 자연과학의 영역에서 수다를 떠는 것을 그만두고 그런 것은 종교가 관여할 바가 아니라는 것을 깨끗이 승인하지 않을 수 없는 입장에 놓이게 되었다. 하물며 인류 역사는 4천 년이라는 둥 1백만 년이라는 둥, 지구는 평평하다는 둥, 둥글다는 둥 분해식 차탁형(茶卓形)이라는 둥 지구는 인도코끼리의 등 위에 타고 있다는 둥 거북에게 떠받쳐져 있다는 둥 하는 따위의 전혀 터무니없는 이야기를 정신적인 경험의 타당성을 따지는 근거로 삼는다는 것은 도대체 말도 되지 않는 일이다. 종교는 모름지기 정신적인 영역에만 머물러 있어야 될 것이다. 아니 틀림없이 머물러 있을 것이다. 이 영역이야말로 어떠한 의미에서든 꽃이나 물고기나 별의 연구와 겨룰 수 있는 그 자체의 존귀함을 간직하고 있기 때문이다.

현대 생활에 적합한 종교는 사람들이 저마다 멋대로 교회에서 찾아내지 않으면 안 될 것이다. 무릎을 꿇은 채 말없이 기도를 드리고 색 유리창을 바라보는 예식과 예배의 분위기 속에 휩싸여 있노라면 신학상의 교양에 대하여 다소 의문을 느끼는 일은 있더라도 위대한 정령 앞에 무릎을 꿇고 싶은 마음은 저절로 생기게 마련이다. 이런 뜻에서 예배는 참된 심미적인 경험을 겪는 것이라고 할 수 있다. 예배 드리는 사람이 겪는 체험이다. 사실 산 위 나무들 윤곽 뒤로 가라앉는 석양을 바라보는 것과도 비슷한 심미적인 경험이라고 할 수 있다. 그에게 있어서 종교는 의식의 최종적인 사실을 뜻하는 것이다. 왜냐하면 그것은 시와 매우 흡사한 심미적인 체험이 될 것이기 때문이다.

그러나 오늘날의 교회를 본다면 누구나 경멸하지 않을 수 없으리라. 생각해보라. 우리들이 예배할 정도의 신이라면 매일매일 조그마한 혜택을 부탁할 만한 너절한 신은 아니기 때문이다. 북쪽으로 항해할 때는 북쪽으로 바람을 불게 하고, 남쪽으로 갈 때는 남쪽으로 바람을 불게 하는 그런 신은 아니기 때문이다. 순풍을 불게 해준 것을 신에게 감사드리는 것은 뻔뻔스럽기 그지없는 일이다. 또한 이기적이기도 하다. 왜냐하면 신은 이 중요한 한 개인인 그가 북쪽으로 항해할 때는 남항(南航)하는 사람들을 사랑하지 않는다는 뜻이 되기 때문이다. 그러한 영험이라면 누구나 남이 행복하기를 원하지 않는 자기 본위의 것이다. 그래서야 교회가 존재하는 참뜻을 알 수 없게 될 것이다. 그래서 종교가 경과해온 이상야릇한 변질에 경이의 눈을 뜨게 마련이다. 그러니까 현재의 형태 그대로 종교를 정의하려고 하면 어리둥절해질 수밖에 없다.

나는 생각한다. 우리네의 생활 속에 종교로서 남아 있는 것은 인생의 아름다움과 장대함과 신비스러움, 또한 그 의무에 대한 굉장히 단순화된 생각이며, 신학이 오랜 세월에 걸려서 종교의 표면에 뒤집어씌운 정답고도 기쁘게 느껴야 할 공물이나 신조는 이미 없어져버린 게 분명하다고. 이렇게 되면 종교는 단순해진다. 더욱이 현대인에게는 이것으로 충분하다. 중세의 행복했던 정신적인 신권 정치는 결정적으로 물러가버리고 만 게 사실이다. 그리고 이른바 영생에 관련된 사상이야말로 종교가 사람의 마음을 움직이는 두 번째 가장 큰 이유였으나 오늘날의 많은 사람들은 죽을 때는 미련 없이 죽겠노라며 완전히 이승의 생활만으로 만족하고 있다.

영생 타령을 하는 사람들은 어딘지 병적인 데가 있다. 사람인 주제에 영생 불멸을 바란다는 것은 나로서는 아무래도 납득이 가지 않는 이야기다. 그러나 기독교의 영향이 없었더라면 이렇게 요란스럽게 세상을 떠들썩하게 하는 일은 아마 없었으리라고 생각한다. 시의 영역에 속하는 허구와 현실 한가운데 자리잡은 아름다운 명상이라든가 고상한 환상에 지나지 않는다면 또 모르겠지만, 그런 것이 아닌 영생은 굉장히 신지한 문제가 되었으며, 더욱이 승려에게 있어서는 죽음과 죽은 뒤의 생명이 어떻게 되느냐 하는 것이 이 세상에서 중요한 관심사가 되고 말았다.

그러나 현실은 그렇지 않다. 이 세상에 살고 있는 반수(半數)의 사람들은 기독교이건 이교도이건 죽는 것을 무서워하지 않는다. 그러므로 그들은 천국과 지옥의 위협을 받는 일도 없고, 거기에 대해서 생각하는 일도 별로 없다. 하기야 자기가 죽은 뒤의 묘비명이나 묘비의 설계와 화장의 가부에 대해서 대수롭지 않게 이야기를 주고받는 모습은 흔히 볼 수 있는 광경인데, 이것 역시 반드시 천국행을 확신하고 있는 사람들만이 아니라 죽으면 목숨은 촛불과 같이 꺼지고 만다고 정직하게 생각하고 있는 사람들에게도 많은 것이다.

현대에 있어서 가장 뛰어난 사람들은 영생에 대한 불신을 표명하여 그런 것은 전혀 마음에도 두고 있지 않다. H. G. 웰즈, 알버트 아인슈타인, 아더 키드 경 등 그 밖에 얼마든지 찾아볼 수 있다. 그러나 죽음의 공포를 정복하는 것은 반드시 일류급 인물이 아니라도 좋다고 나는 생각한다.

많은 사람들은 개인적인 영생 사상 대신에 좀더 수긍할 수 있는 영생 사상을 지니고 있다. 즉, 인종의 영생, 행위와 사상의 영생이 그것이다. 우리가 죽더라도 뒤에 남겨놓은 일이 여전히 후세 사람들을 움직이게 하고, 아무리 적은 것이라고 하더라도 우리가 살고 있는 사회적인 생명 속에서 한 구실을 한다면 그것으로 충분하다는 생각이다. 우리가 꽃을 따거나 꽃잎을 뜯어서 땅 위에 버리더라도 그 꽃이 풍기는 미묘한 향기는 공기 속에 남아 있다. 이런 유의 영생 사상이 훨씬 멋이 있고, 이치에도 맞을 뿐더러 이기적인 데가 없어 좋다. 이런 참된 뜻에서 루이 파스퇴르[12]나 루터 버뱅크[13]나 토머스 에디슨은 우리들 속에 살아 있다고 말할 수 있다. '육체'란 끊임없이 변화하는 화학 성분의 결합을 추상적으로 일반화한 것에 지나지 않는 것이니까 육체가 없어졌기로 그게 어쨌다는 것인가. 인간은 차차 자기의 일생이 영원히 흘러서 그치지 않는 큰 강물 속의 한 방울의 물방울에 지나지 않는다고 생각하게 된다. 그리하여 기꺼이 생명의 대본류(大本流)에 자기의 구실을

---

12 Louis Pasteur : 1822~1895, 프랑스의 화학자, 세균학자, 파스퇴르연구소 창시자.
13 Luther Burbank : 1849~1926, 미국의 육종가(育種家), 작물화훼(作物花卉)의 개량 사업에 큰 공적을 남겼다.

맡기게 된다. 그다지 욕심을 부리지 않는다면 그것으로 충분할 것이다.

왜 나는 이교도가 되었는가

종교란 항상 자기만의 것이라고 생각한다. 사람은 누구나 자기 자신을 위한 종교관을 갖지 않으면 안 된다. 진지하기만 하다면 결말이야 어떻게 되었건 신의(神意)를 어기는 게 아니라고 나는 생각한다.

각자가 겪은 종교적인 경험은 한결같이 모두 정당하다. 왜냐하면 앞서도 말한 것처럼 각 개인이 겪은 종교적인 경험은 이러니저러니 따질 성질의 것이 아니기 때문이다.

그러나 종교 문제로 몹시 괴로워하는 정직한 사람의 진지한 체험담은 언제나 다른 사람들에게 어떤 도움을 주게 마련이다. 그러기 때문에 나는 종교에 대해서 이야기할 때는 언제나 일반론을 피하고 내 자신의 이야기를 하고 있다.

나는 이교도이다. 이 성명(聲名) 가운데에는 기독교에 대한 반역적인 뜻이 포함되어 있다고 생각하는 사람이 있을지도 모르겠다. 그러나 반역이라는 말은 너무 가혹한 말이다.

내 경우는 아주 천천히, 그리고 조금씩 기독교로부터 멀어진 인간이며, 그 동안에도 사랑과 경건한 마음으로 온 힘을 다해 여러 가지 교리에 매달려보았지만, 유감스럽게도 그것은 모두 나에게서 도망쳐버리고 말았다. 반역이란 말은 이런 상태에 놓인 사람의 마음을 옳게 표현한 것이 아니다. 즉, 증오하는 마음은 절대로 없었으니까 반역이라고는 말할 수 없다.

나는 목사의 집에서 태어나 한때는 기독교의 선교사가 되기 위한 교육을 받았다. 덕분에 종교적인 고투를 겪은 모든 시기를 지낸 나의 자연적인 감정은 반종교적이라기보다는 오히려 종교적인 편이었다. 감정과 이성의 싸움을 겪은 뒤 나는 점차로 어떤 입장에 도달하게 되었다. 이를테면 속죄설(贖罪說)을 단호히 부정하게 되었다. 그것은 이교도의 입장에서 가장 간단하게 설명할 수 있는 문제이다. 우주와 인생에 대한 이런 신앙 상태는 내적인 투쟁을 할 필요도 없이 나에게 자연스럽고 편한 마음을 갖게 해주었다. 지금도 그 점은 변함이 없다. 이런 마음의 과정은 갓난애가 젖에서 떨어지고 잘 익은 사과가 땅에 떨어지듯이 자연스럽게 찾아왔다. 사과가 떨어질 시기가 왔을 때 나는 사과가 떨어지는 것을 막지 않았다. 노장 철학가의 말을 빈다면 진리대로 산다는 것에 불과하다. 또 서구인의 말투로는 자기의 영혼의 불길을 쫓아 자기와 우주에 충실하다는 것에 지나지 않는다. 자기 자신에 대하여 지성적인 진지함이 없다면 아무도 자연스럽고 행복할 수는 없는 법이다. 이미 자연스럽다면 천국에 있음을 뜻한다. 그는 그렇게 믿고 있다. 이교도라는 것은 내게 있어서는 바로 자연스러운 상태인 것이다.

그러나 '이교도이다'라는 것은 '기독교도이다'라는 것과 같이 단지 말에 지나지 않을 따름이다. 그것은 소극적인 발언에 지나지 않는다. 일반 독자에게 이교도라는 뜻은 기독교도가 아니라는 뜻으로밖에 여겨지지 아니할 것이다. 한편 '기독교도이다'라는 말은 매우 막연하고 애매한 말이기 때문에 '기독교도이다, 아니다'라는 말도 오해되고 있는 게 사실이다. 이교도란 종교를 믿지 않고, 신의 존재도 믿지 않는 사람들, 이렇게 해석된다면 그것은 당치도 않은 생각이다. 왜냐하면 '신'이니, '인생에 대한 종교적인 태도'니 하는 데 대한 의의는 아직 명확하게 밝혀진 것이 아니기 때문이다. 지난날의 위대한 이교도들은 자연에 대하여 항상 몹시 경건한 태도를 가져온 게 사실이다. 그러므로 우리들은 이 말을 보통 흔히 쓰이는 뜻으로 해석하여 단지 교회에 가지 않는 사람이나 (단, 심미적인 영감을 얻으러 가는 것은 이에 한하지 않는다. 그런 것이라면 지금의 나도 할 수 있는 일이니까) 기독교의 종단(宗團)에 속하지 않고 보통의 정통적인 교의(敎義)를 받아들이지 않는 사람으로 생각하지 않으면 안 된다.

적극적인 이교도로서 중국의 이교도가 있는데, 그들은 내가 누구보다도 친밀감을 느끼면서 이야기할 수 있는 유일한 이교도이다. 그들은 이 땅 위에서의 생활이야말로 인간이 누릴 수 있고, 또 염두에 두지 않으면 안 되는 전부라는 생각에서 인생을 출발하고 있다. 즉, 이 세상에서의 목숨이 다하게 되는 날까지 아주 즐겁게 살아가자는 것이다. 인생이 주는 깊은 슬픔도 잘 알고 있지만 기꺼이 슬픔과 마주 대하고, 인간 생활의 착하고 아름다운 면에 마주치게 되었을 때는 언제나 날카로운 눈초리로 이를 보고 착한 일을 행하는 것 자체가 충분한 보상을 받는 것이라고 생각하는 사람들이다. 천국에 가기 위해서 선(善)을 행하거나 천국에 마음이 끌리고 지옥에 떨어진다고 위협을 받지 않으면 선을 행할 필요가 없다고 마음속으로 생각하는 '종교인'에 대하여 그들은 약간 불쌍하게 생각하고 경멸을 느끼고 있다. 이 점은 나도 얼른 수긍이 간다. 지금의 이 설명이 옳은 것이라면 자기 자신이 스스로 자각하고 있는 이교도말고도 아주 많은 이교도들이 미국에도 있다고 나는 믿고 있다. 현대의 자유주의적인 사상을 가진 기독교도와 이교도와의 간격은 사실상 종이 한 장의 차이에 불과하다. 다만 다른 점이 있다면 그들이 신에 대해서 이야기를 하기 시작할 때뿐이다.

종교적인 경험의 깊이를 나는 알고 있다고 생각한다. 교황청 추기경인 뉴먼[14]과 같은 신학자가 아니더라도 이 경험은 맛볼 수 있는 것이기 때문이다. 만일 그렇지가 않다면 기독교의 신앙은 가질 만한 가치가 없는 것이 될 것이고, 또한 벌써 오래 전에 끔찍스럽게 오해를 받았으리라. 현재 내가 보기에는 기독교 신자와 이교도의 정신 생활에서 서로 다른 점은 다음과 같은 점에 있다고 생각한다.

---

14 John Henry Newman ; 1801~1890, 영국의 가톨릭 신학자. 처음에는 영국 국교회에 속했으며 옥스퍼드 운동의 유력자였다.

기독교도는 신이 지배하고 신의 보살핌을 받고 있는 세계에 살고 있어서 끊임없이 신과 교섭하고 있다. 다시 말하면 자애로우신 하느님 아버지께서 인도하시는 세계에서 살고 있는 것이다.

그의 행동도 또한 때에 따라서는 신의 아들이라는 의식과 일치할 수 있는 데까지 높여지는 수도 있다고 본다. 물론 사람의 일이니까 모든 생애를 통해서, 일주일 동안 또는 단 하루조차도 이런 수준을 줄곧 유지한다는 것은 매우 힘든 일이어서 그의 생활은 인간적인 수준과 참된 종교적인 수준 사이를 오르내리게 마련이다.

한편 이교도들이 이 세상에서 살아가고 있는 모습은 흡사 고아와 같은 것이다. 천국에서 누군가 언제나 그를 지켜보고 있는 이가 있어서 기도라고 하는 영적인 관계를 통하여 자기의 복리를 지켜주고 있다는 마음 든든한 느낌이 이교도에게는 주어져 있지 않기 때문이다. 물론 기독교도가 살고 있는 세계와 비교해볼 때 그다지 편안한 곳이 못 됨은 사실이다. 하지만 그곳에는 또한 고아들이 누릴 수 있는 은혜와 위엄이 있다. 필요에 의하여 독립을 배우고 자기를 지탱해 나가는 방법을 알게 되고 원숙해질 수 있는 덕을 닦는 것이다. 세상의 모든 고아들이 그렇게 되는 것과 마찬가지로 말이다.

이교(異敎)로 개종하게 되는 마지막 순간까지 나로 하여금 두려움에 떨게 한 것은 이지적인 신앙 문제가 아니라, 신의 사랑이 없는 이 세상에 내던져진다는 느낌이었다. 기독교도로서 이 세상에 태어난 많은 사람들은 모두 그렇게 느끼리라고 생각하는데, 만일 신이 존재하지 않는다면 그야말로 이 세상은 밑바닥이 없는 늪이 되고 말 것이라고 나는 느꼈다.

하지만 이교도가 이윽고 도달할 수 있는 하나의 경지가 있다. 그곳에 서서 기독교의 세계를 보면 보다 따뜻하고 보다 유쾌하게는 보이지만, 동시에 훨씬 유치하고 아직 미숙하다고 말하고 싶은 데가 있다. 기독교 세계의 환각이 깨지지 않게 가만히 놓아두면 유익하기도 하고, 활동하기에 편하게 되어 있는 것도 사실이지만, 참된 이교도의 생활 방법 이상의 것도 이하의 것도 아님을 알 수 있다. 또한 아름답게 채색된 세계이기는 하지만 그 때문에 도리어 뚜렷한 진실성이 부족하여 결국 가치가 낮은 세계이다. 나라는 인간은 어찌된 셈인지 무슨 일이건 적당히 색칠해져 있다든가 실질적인 진리가 없는 게 아닌가, 의심하기 시작하면 치명적인 타격을 받게 마련이다. 진리를 알기 위해서는 자진해서 치르지 않으면 안되는 대가가 있는 법이다.

그 결과가 어떻게 되든 어쩔 수 없는 일이다. 이런 입장은 살인자의 입장과 아주 비슷하고 심리적으로는 똑같은 것이기도 하다. 즉, 사람을 죽이면 다음에 할 수 있는 최선의 길은 죄를 자백하는 일이다. 이교도가 되려면 약간의 용기가 필요하다고 내가 주장하는 이유도 바로 여기에 있다. 그렇지만 한번 최악의 것을 받아들인 자에게는 더 이상 두려워할 것이 아무것도 없게 마련이다. 마음의 평화란 최악의 것을 받아들였을 때의 정신 상태를 말하는 것이다(여기서 나 자신이 불교 또는 도교의 영향을 받고 있음을 알 수가 있다).

또는 기독교도와 이교도의 세계가 서로 다른 점을 다음과 같이 말해도 좋으리라.

내 마음속에 있는 이교도는 긍지와 겸허한 생각 때문에, 다시 말해서 정서적인 자존심과 이지적인 겸허 때문에 기독교를 몰아내고 만 것이다. 그러나 아마도 전체적으로 말한다면 후자 편이 중요한 동기가 되었던 것 같다.

우선 정서적인 자존심(긍지)이 어째서 동기의 하나가 되었느냐 하면, 우리들이 근엄하고 단정한 신사 숙녀로서 행동하는 것은 인간이라는 사실 외에 무엇인지 다른 이유가 있다고 생각하는 것이 마음에 들지 않았기 때문이다. 이론상으로(또한 여러분들이 굳이 분류하고 싶다면) 나의 이런 생각을 전형적인 휴머니즘이라고 부르는 게 좋으리라고 생각한다.

다음은 겸허한 마음이다. 곧 이지적인 겸허한 생각이 기독교를 배격하게 하는 가장 강한 동기가 되었다고 하는 것은 간단한 이유에서이다. 즉, 이 우주의 극히 작은 먼지에 지나지 않는 태양계, 그 먼지의 극히 작은 한 조각에 지나지 않는 지구, 나아가 그 보잘것없는 지구 위에 사는 보다 작은 조각인 하나하나의 인간이 대조물주의 눈에 아주 중요하게 보인다는 것은 우리들이 알고 있는 천문학상의 지식으로 미루어 도저히 믿을 수 없는 사실이기 때문이다. 인간의 뻔뻔스럽기 그지없는 행동과 교만하게 거드름을 피우는 그 태도는 나를 소스라치게 하였던 것이다.

조물주가 이룩한 것의 불과 1백분의 1도 제대로 볼 수 없는 인간인 주제에 무슨 권리로 조물주의 성질이나 속성을 감히 가정할 수 있겠는가.

물론 개인을 소중히 여기는 것은 기독교의 근본 교의의 하나이기는 하다. 그러나 기독교도가 일상 생활 면에서 얼마나 우습고 불손하기 이를 데 없는 행동을 하고 있는가를 다음 두서너 가지 예로 알아볼까 한다.

나의 어머니의 장례식을 치르기 나흘 전에 큰 비가 내렸다. 7월의 상주(常州) 지방에서는 흔히 있는 일이지만, 만일 계속해서 비가 내린다면 시가지는 홍수를 만나게 되어 장례식을 거행할 수 없게 될 판이었다.

가족의 대부분이 상해에서 와 있었기 때문에 장례식은 연기한다는 것은 좀 괴로운 입장이었다. 집안 식구들 가운데 한 기독교도가 있었다. 좀 극성스러운 신자였는데, 하기야 중국의 기독교도로서는 그다지 드물다고 할 만한 정도는 아니었다. 그 부인이 나에게 말하기를 자기는 하느님이 계시다는 것을 믿고 있으며 하느님은 당신의 자손들을 도와주실 게 틀림없다고 말하고, 비를 멎게 하여 주시옵소서 하면서 기도를 드렸다. 그러자 비가 멎었다. 마치 조촐한 기독교도 일가가 날을 연기하지 않고 장례식을 치를 수 있게 하기 위해 비가 멎은 것 같았다. 그런데 이때 부인이 한 말이 정말 걸작이었다. 우리들 일가족이 없었다면 하느님께서는 아무런 사정없이 상주에 사는 몇 만 명의 주민들을 무서운 홍수의 희생되게 하셨을 것이라느니, 비가 멎은 것은 상주에 살고 있는 백성들을 위해서가 아니라 우리들 기독교도의 한 집안을 위해서이며, 예정대로 장례식을 거행하고 싶으니 비를 멎게 해달라고 기도를 드렸기 때문이라는 이야기였다. 이 믿을 수 없을 만큼 자기 본위적인 생각은 나에게 큰 충격을 주었다. 하느님이 이토록 이기적인 자식들에게 은총을 주신다고는 도저히 상상할 수조차 없는 일이기 때문이었다.

옛날 중국에 불교를 믿지 않는 학자와 불교 신자인 어머니가 있었다. 독실한 불교 신자인 어머니는 밤낮으로 1천 번씩 나무아미타불을 외우며 부처님의 은총을 받으려고 하였다. 그런데 부처님의 이름을 외기 시작하면 아들이 번번이 '어머님!' 하고 소리를 지르곤 하였다. 어머니는 이를 몹시 민망히 여기게 되었다. "그것 보세요, 어머님. 부처님 역시 어머님의 목소리를 들으면 어머님이 민망히 여기시는 것처럼 민망하게 여기시리라는 생각이 들지 않습니까?" 하고 아들은 말했다고 한다.

나의 부모님은 두 분 모두 독실한 기독교도였다. 아버지가 저녁 기도를 드리는 것을 듣는 것만으로도 나는 충분했다. 나는 다감하고 종교적인 어린애였다. 나는 목사의 아들로서 종교 교육의 혜택을 받았다. 그러나 혜택을 받음과 동시에 그 약점 때문에 괴로움도 겪어야만 했다. 종교 교육이 베풀어준 은전(恩典)에 대해서 나는 언제나 감사히 여겼고, 그 약점을 오히려 내 힘이 되게끔 바꾸었다. 중국인의 철학에는 인생에는 행운이나 불운이 따로 없는 것으로 되어 있기 때문이었다.

내게는 중국 연극을 보러 가는 것도 금지되었고, 중국 악사들이 부르는 노래를 듣는 것도 절대로 허용되지 않았다. 또한 위대한 중국 민족의 진실이나 신화와도 완전히 절연되어 있었다.

신학 대학에 들어간 뒤로는 그나마 아버지에게 가르침을 받은 초보의 중국 고전 지식도 완전히 무시되는 생활을 해야만 했다. 하기야 이것은 오히려 좋았던 일인지도 모르겠다. 그 덕분에 나중에 완전히 서구식인 교육을 받은 뒤에 동쪽 동화의 나라를 찾아간 서쪽 나라 어린이처럼 신선하고 생생한 기쁨을 느끼면서 동양으로 돌아올 수 있었던 것인지도 모르기 때문이다. 학생 시절, 청년 시절에 붓을 버리고 만년필을 쓴 것이 내게는 가장 큰 행운이었다.

왜냐하면 내 마음의 준비가 다 이루어질 때까지 동양 정신 세계의 신선함이 손상됨이 없이 보존되어 있었기 때문이다. 베수비오 산의 대분화가 폼페이 시를 뒤엎어버리지 않았더라면 오늘날의 폼페이의 유적은 아마도 사라지고 없으리라. 돌을 깐 차도 위에 마차바퀴 지나간 자국이 오늘날 볼 수 있는 것과 같이 그토록 뚜렷하게 새겨진 채 남아 있지는 않았으리라. 신학 대학에서 받은 교육은 실로 나에게 있어서는 베수비오의 화산이었던 셈이다.

사색한다는 것은 항상 위험한 노릇이었다. 뿐만 아니라 사색은 항상 악마와 동맹을 맺고 있었다.

누구나 그렇겠지만, 젊은 대학생 시절이 내게도 가장 종교적인 시절이기도 했다. 그 무렵에 기독교적인 생활의 아름다움을 느끼는 감성과 무슨 일이나 이성으로 규명해내고 말겠다는 지성과의 싸움이 일어났다.

톨스토이로 하여금 하마터면 자살하게 만들 뻔했던 고뇌나 절망을 이상하게도 나는 느껴본 일이 없었다. 어느 단계에서도 나는 내 자신을 빈틈없는 기독교도라고 느꼈고, 신앙에도 파탄을 느끼지 않았다. 다만 톨스토이와 비교할 때 약간 더 자유주의적이었고, 기독교의 교의도 전부 받아들이지 않았던 것만은 사실이었다. 그러나 어쨌든 나는 언제든 산상의 수훈으로 되돌아올 수가 있었다. '들에 핀 백합을 보라'고 한 시구는 그것이 진실이 아니라고 하기에는 너무나 좋은 말이었다. 나에게 힘을 부여해준 것은 이 시구와 기독교도로서의 정신 생활을 하고 있다는 자각이었다.

그러나 교리는 무섭게 나에게서 멀어져 가기만 하였다. 우선 표면적인 문제가 나를 괴롭히기 시작했다.

서기 1세기 무렵에 일어나리라고 예상되었던 예수 그리스도의 재림도 이루어지지 않았고, 사도(使徒) 또한 부활하지 않았다. 하지만 이미 깨어져버린 '육체의 부활'이 아직 사도 신앙에 그대로 남아 있다는 사실이 나로 하여금 의아심을 느끼게 한 일 가운데 하나였다.

신학과에 적을 두고, 신성한 것 가운데에서도 가장 신성한 것을 배우게 된 뒤로 신앙 가운데 하나의 제목, 처녀 잉태가 논의의 대상이 되었는데 그때 미국 신학교의 여러 선생들의 설이 모두 다르다는 것을 알게 되었다. 기독교 신자는 세례를 받기 전에 우선 이 제목을 무조건 믿지 않으면 안 되게 되어 있는데, 같은 교회에 속하는 신학자들이 이 문제를 논의 대상으로 삼고 있다는 사실이 나로 하여금 분격하게 만들었으며, 그것은 진지한 태도라고는 생각되지 않았다. 또한 아무래도 옳은 일이라고 생각되지는 않았다.

더 나아가서, 천국의 '수문'이 어디에 있는가 하는 아주 사소한 일에 대한 신학적인 주석을 공부하게 되자 내 마음도 편해져서 이제는 더 이상 진지하게 신학 연구를 해보겠다는 생각은 완전히 없어지고 말았다. 따라서 내 성적은 그다지 좋지가 못했다. 교수들은 내가 기독교 선교사로서 적임자가 아니라고 생각하고, 장로도 내가 신학 공부를 그만두는 편이 낫겠다고 생각하기에 이르렀다. 나 같은 학생을 가르치려는 헛된 수고를 하고 싶지 않았기 때문이다. 지금 와서 생각하면 이것은 그 모습을 달리한 하늘의 축복이었던 것같이 여겨진다.

만일 그대로 계속해서 사제복을 입는 몸이 되었다면 지금처럼 쉽사리 내 자신에게 충실할 수 있었을까 의문이다. 그렇지만 신학자에게 요구되는 신앙과 일반 사람들이 개종할 때 요구되는 신앙과의 모순, 나는 이에 대하여 반항적인 느낌을 갖는데 이것이야말로 내가 '반역'이라고 부르고 싶은 감정에 가장 가까운 것이 아닌가 싶다.

요즘에 와서 나는 기독교 신학자는 기독교의 적이라는 생각까지도 하게 되었다. 나는 아무리 애써도 두 개의 커다란 모순을 극복할 수가 없었다. 첫째의 모순은, 신학자들이 기독교의 모든 구성이 사과의 존재에 달려 있다고 생각하고 있는 점이었다. 만일 아담이 사과를 먹지 않았다면 원죄를 저지르지 않은 게 되고, 원죄가 없었다면 속죄할 필요도 생겨나지 않았을 것이기 때문이다. 사과라고 하는 것의 상징적인 가치가 무엇이든 간에 이것이 내게는 자명한 이치가 아닐 수 없었다. 더구나 이런 생각이 도대체 예수 그분의 가르침에 대하여 불충실하기 이를 데 없는 것이라고 나는 생각한다. 그렇지 않은가. 예수 자신은 원죄니 속죄니 하는 말을 한 번도 입 밖에 내지 않았다. 어쨌든 여러 문헌을 연구한 나머지 나는 모든 현대 미국인들처럼 죄의식을 느끼지도 않을 뿐더러 또한 믿지도 않게 되었다. 만일 신이 나의 어머니의 절반 정도라도 나를 사랑해주신다면 나를 지옥에 떨어뜨리지는 아니하리라. 이것이 내가 알고 있는 전부이다. 이것이야말로 내가 의식하고 있는 최종적인 사실이다. 어떤 종교에 대해서도 나는 이 진리를 부정할 수 없다고 생각한다.

또 하나의 명제는 이것보다도 더 한층 부자연스럽게 생각이 된다. 즉, 이런 이야기이다. 아담과 이브는 그들의 신혼 시절에 사과를 먹었고, 이에 대하여 신은 광장히 화를 내어 두 사람에게 벌을 주었다. 그런데, 두 남녀가 저지른 이 조그만 죄 때문에 그들의 자손인 인류는 대대로 말대(末代)에 이르기까지 죄를 등에 지고 고통을 받지 않으면 안 되게 되었다고 하였다. 그런데 신이 벌을 준 아담의 후손들이 신의 외아들인 예수를 죽이자 신은 크게 기뻐하여 그들을 용서했다고 하지 않은가. 다른 사람들이야 뭐라고 설명하거나 혹은 따지거나 나로서는 이런 터무니없는 이야기를 도저히 받아들일 수가 없다. 이것이 나를 괴롭힌 마지막 것이었다.

그렇지만, 학교를 졸업한 뒤에도 나는 아직도 열렬한 기독교도였다. 자진해서 북경에 있는 예수교 계통이 아닌 대학인 정화학당(精華學堂)의 주일학교 선생 노릇을 하여 많은 동료들을 어리둥절하게 만들었다.

주일학교에서 맞이한 크리스마스는 내게 큰 고통을 안겨주었다. 마음속으로는 전혀 믿고 있지도 않는데 맑게 갠 한밤중에 노래를 부르는 천사의 이야기를 중국 어린이들에게 들려주지 않으면 안 되었기 때문이다.

이미 모든 것은 이성에 의하여 정리가 된 다음이었다. 다만 사랑과 공포만이 남아 있을 따름이었다. 사랑이라고 하는 것, 그것은 내게 행복과 평화를 느끼게 해주는 전지전능한 신, 그 신의 사랑 없이는 행복이나 평화가 도대체 있을 것 같지 않다고까지 생각되는 신, 그 신에 대한 이를테면 하나의 미련이었다. 공포라고 하는 것, 그것은 내게 고아의 세계로 들어가지 않으면 안 되는 두려움이었다.

마침내 내가 구제되는 날이 왔다.

어느 날 나는 동료와 함께 토론하고 있었다.

"만일 신이 없다면 사람은 착한 일을 하지 않게 되고, 인간 사회는 엉망이 되어버릴 게 아닌가."

"어째선가?" 하고 유교도인 그는 말하였다.

"사람이란 원래 올바른 마음을 갖고 태어났다는 것일세. 그러니까 올바른 생활을 하는 게 마땅하지. 단지 그뿐이야. 달리 다른 이유는 없네."

인간 생활의 존엄을 말한 이 한마디는 기독교와 이어진 나의 마지막 인연의 줄을 끊어버리고 말았다.

그때부터 나는 이교도가 되어 오늘날에 이르고 있다.

이제 내게는 모든 것이 뚜렷하다. 이교의 세계는 기독교의 세계보다는 단순하다. 기독교하고는 달라서 아무것도 가정하지 않는다. 또 아무것도 가정하지 않게 되어 있다.

올바르고 착한 생활을 하고 싶다고 생각하기 때문에 하는 것뿐이다. 아무런 가설도 필요없다. 선행을 하는 것을 정당화할 필요가 없다는 사실로서 선행을 보다 정당화하고 있는 것이 이교의 세계이다. 선은 누가 뭐래도 선이기 때문이다. 그러기에 이교에서는 구태여 사람들에게 착한 일을 하라고 격려하지 않는다. 이를테면 사람들에게 조그만 자선 행위를 하게 하는 데도 기독교적인 일련의 가설이나 가정, 다시 말하면 원죄니 속죄니 십자가니 천국에 축재하는 것이라느니 천국에 있는 제삼자를 위한 인간 서로간의 의무니 뭐니 말하면서 공연히 복잡하기만 하고 아무도 그 사실을 직접 증명할 수도 없는 이야기를 들려주는 일은 없다는 이야기다. 선행은 선행이기 때문에 선행이라는 선을 받아들인다면, 올바른 생활에 대한 온갖 신학상의 좋은 미끼는 장황하고 도덕적인 진리의 빛을 흐르게 하는 것이라고 생각하지 않을 수 없다.

사람들 사이에 존재하는 인간애는 최종적이며 절대적인 사실이다. 구태여 천국에 있는 제삼자까지 생각하지 않더라도 우리는 서로 얼굴을 마주보고 사랑할 수가 있다.

기독교는 도덕성이라는 것을 공연히 이해하기 어렵고 복잡한 것으로 만들어버렸다고 나는 생각한다. 그리고 죄라고 하는 것을 다소 매력 있고, 그럴 듯하고, 한 번쯤 범하고 싶은 욕망을 느끼게 하는 것으로 만들어버렸다고 나는 생각한다. 이교는 종교를 신학에서 구해내어 아름다운 신앙의 소박함과 인간적 감성의 존엄성을 다시 찾게 해준 것이다.

생각해보라. 1, 2, 3세기에 신학적으로 복잡한 일이 얼마나 많이 일어나고, 산상수훈의 단순한 진리를 거북하고 독선적인 구성으로 바꾸어 결국 성직(聖職)이라는 것을 고맙기 이를 데 없는 제도로 만들었는가? 나는 잘 알 수 있을 것 같다. 묵시(默示, revelation)라는 말 속에 그 이유가 포함되어 있다. 예언자에게 주어지고, 사도가 이어받아서 지키는 특수한 신비, 또는 신의 계획을 묵시하였다는 생각, 이것은 마호메트교, 몰몬교, 활불(活佛)을 숭상하는 라마교, 에디 부인[15]의 크리스찬 사이언스에 이르기까지 온갖 종교에 있어서 인간을 구제하는 전매 특허를 얻기 위해서 필요한 것이었다.

---

15 Miss Mary Baler Eddy ; 1821~1903, 미국의 종교가. 크리스찬 사이언스(Christian Science)의 창시자.

승려는 모두 묵시라는 공통된 음식을 먹고 살아가고 있다. 그러니까 예수 그리스도의 산상수훈에 담겨 있는 단순한 진리는 장식하지 않으면 안 되고, 그리스도가 그토록 탄상(嘆賞)한 들에 핀 백합화도 도금하지 않으면 안 되었던 것이라고 나는 생각한다. 이리하여 생겨난 것이 '첫 번째 아담', '두 번째 아담' 등이다.

초기 기독교 시대야말로 강한 설득력이 있어 반박하는 이도 없었던 사도 바울식 논리도, 그 시절보다는 훨씬 치밀해진 현대의 비평 의식 앞에서는 더 이상 힘이 없고 약한 것으로 되어버린 것이다. 엄격한 아시아식인 귀납법과 그보다는 탄력이 있고 정교한 현대인의 진리관 사이에 가로놓여 있는 모순과 간격, 여기에 기독교적인 묵시나 그 밖의 묵시가 현대인의 마음을 사로잡을 수 없는 힘의 약점이 있다. 그러니까 이교의 세계로 돌아가서 묵시를 단념하는 것에 의해서만 원시적인(내게는 보다 만족스러운) 기독교로 돌아갈 수 있다는 이야기이다.

그러므로 이교도를 가리켜 무종교자라고 말하는 것은 당치도 않은 말이다. 다만 어떤 특수한 종류의 묵시를 믿는 것을 거부한다는 점만이 무종교라고 할 수 있다. 이교도는 항상 신의 존재를 믿고 있다. 다만 오해받을까 두려워서 신을 믿고 있다는 이야기를 하지 않을 따름이다.

중국의 이교도는 모두 신을 믿고 있다. 중국 문학에서 가장 잘 나타나는 호칭인 이른바 조물주가 존재함을 믿고 있다. 다만 기독교도하고는 달라서, 중국의 이교도는 매우 정직하기 때문에 조물주를 신비스러운 후광 속에 모셔놓고 거기에다가 외경과 존숭하는 마음으로 대하고 있는 것만이 다를 뿐이다. 이러한 느낌을 갖는 것만으로 그에게는 충분한 것이니 그 이상 무엇이 필요할까. 이 우주의 아름다움, 수천 만에 이르는 이 훌륭한 창조의 솜씨, 별이 지닌 신비, 하늘의 장엄함, 인간 정신의 존엄을 그들 또한 잘 알고 있는 것이다. 그에게는 그것으로 충분하다. 그들은 고통과 어려움을 받아들이고 죽음 또한 받아들인다.

그러나 이 세상에는 생활의 즐거움 또한 있는 법이다. 전원에는 시원한 바람도 불고 산 위에는 밝은 달이 떠 있다. 인생의 명암을 적당히 받아들여 불평을 말하지 않는다. 하늘의 뜻을 좇는 것이야말로 진실로 종교적이고, 경건한 태도라고 생각하여 이를 '도(道)를 따라 산다'고 말하는 것이다. 조물주가 70에 죽으라고 하면 기꺼이 70에 죽는다. '천도(天道)는 운행(運行)'하는 것, 이 세상에 영원히 계속될 수 있는 부정이란 없다는 것을 믿고 있다. 그 이상은 필요 없는 것이다.

8. 사고방법론

인간미 있는 사고법의 필요성

사고란 하나의 기술일 뿐 과학은 결코 아니다. 중국의 학문과 서양의 학문을 비교할 때 여러 가지 점에서 좋은 대조를 이루고 있지만, 그 중에서 가장 현저하게 두드러지는 한 예로서 다음과 같은 사실을 들 수 있다. 중국인은 생활 문제에 대하여 서양 사람보다 훨씬 많은 관심을 가지고 있으나, 전문화된 과학이 없다. 이와 달리 서양 사람은 전문적인 지식은 매우 풍부하나 인간적인 면에서의 지식이 빈곤하다. 서양에서는 과학적인 사고가 인간적인 지식의 원래 영역 안으로 침입하고 말았다. 과학적인 사고의 특징은 학문이 고도로 전문화한 것과 과학적 술어 혹은 반과학적 술어를 풍부하게 구사하는 일이다.

내가 여기에서 말하는 '과학적인' 사고라 함은 보편적인 뜻이며, 진실한 뜻에서의 과학적인 사고를 가리킴이 아니다. 만약 진실한 것이라면 한편에 상식, 한편에 공상, 이 두 가지 것으로부터 떨어질 수 없을 것이다. 헌데, 이 보편적인 뜻의 '과학적'인 사고는 엄밀히 말해서 논리적이며 객관적이어서 고도로 전문화되며, 이 방법과 관찰력은 원자적(原子的)이라고 할 만큼 극히 세밀하다. 동양의 학문과 서양의 학문, 이 두 가지 학문의 형은 거슬러 올라가보면 결국 논리와 상식의 대립으로 돌아가고 만다. 상식을 잃은 논리란 비인간적인 것이 되고 만다. 논리를 잃어버린 상식이란 대자연의 신비를 꿰뚫어볼 수 없게 되고 만다.

중국 문학과 중국 철학의 세계를 훑어보면 무엇이 발견되리라고 생각하는가? 중국에는 과학이 없다는 것, 극단적인 이론이나 독단이 없다는 것, 실제로 상반되는 철학의 대학파가 없다. 하지만 상식과 양식을 소중히 여기는 정신이 온갖 이론과 독단을 두드려 부수고 만 것이다. 중국의 학자는 대시인인 백낙천(白樂天)처럼 "겉은 유교로써 그 몸을 닦고, 안은 불교로써 그 마음을 다스리며, 한편 산수풍월 가시금주(山水風月歌詩禁酒)로써 그 뜻을 즐겁게 하는도다."* 이런 식이 아닌가 한다. 그의 몸은 비록 이승에 있었으나, 정신은 이승 아닌 곳에 있었던 것이다.

중국 문학은 전체가 짧은 시와 수필뿐인 사막과 같다. 가치를 모르는 사람에게 사막은 한없이 계속되고 있는 듯이 보일지도 모

* 백낙천이 스스로 엮은 「취음선생묘지명」(醉吟先生墓誌銘)에서.

르겠으나, 광야의 풍경 그 자체와 같이 그곳에는 또한 변화가 있는 무한한 아름다움이 있다. 중국에는 미국의 초등학교 학생의 글짓기보다도 훨씬 짧은 3백자나 5백자 정도의 단문(短文)이나 수기에다 인생관을 실어보려는 수필가나 서한 작가밖에 없다. 이러한 우연한 기회에 쓴 문장, 편지, 읽기, 문학적인 각서, 수필 일반의 작품 속에는 영고성쇠(榮枯盛衰)를 읊은 짧은 감상이 깃들어 있거나 이웃 마을에서 자살한 여인의 기록이 있다. 그런가 하면 즐거운 봄의 잔치나 눈 속의 향연, 달밤의 뱃놀이, 무시무시한 번개가 치고 비가 쏟아지는 밤을 절에서 보낸 추억 같은 것이 있다. 그리고 대개의 경우 추억이 될 만한 인상적인 말을 그 중간에 엮어 넣고 있다. 그러므로 수필가이며 시인이고, 시인이며 수필가인 사람은 얼마든지 있다. 5백자 내지 7백자 이상의 긴 글은 쓰지 않으나, 단 한 줄 속에도 온 인생 철학이 뚜렷이 표현되어 있다. 또 자기의 사상을 엄격하게 체계화하지 않으려는 만화 작가나 경구(警句) 작가, 가정적인 서한의 필자도 있다. 이런 일이 중국에 있어서의 학파와 체계의 출현을 방해하였다. 양식, 다시 말해서 상식적인 판단을 소중히 여기는 정신이나 작가의 예술적인 감수성 뒤에 지성은 항상 숨겨져 있다. 지성을 진심으로 믿는 이도 있다.

과학의 정복을 가능케 하는 이론적인 능력이 인간 정신의 지극히 강렬한 무기임을 새삼스럽게 말할 필요도 없다. 서양에 있어서 인간의 진보가 지금도 상식과 비판적인 정신에 의해 지배되고 있다는 것은 나도 알고 있다. 이 비판적인 정신은 논리적인 정신보다 위대한 것이어서 이것이야말로 서양에 있어서의 인간적인 사고의 최고 형식을 대표하는 것이라고 생각한다. 중국보다 훨씬 발달된 비판적인 정신이 서양에 존재한다는 것은, 내가 새삼스럽게 말하지 않더라고, 익히 아는 사실이다. 나는 논리적인 사고의 약점을 지적했지만, 오직 서양 사상의 특수한 결함에 관해서만 언급했을 따름이다. 이를테면 독일이나 일본에서의 무력 정책과 같이 때때로 서양의 정치에서도 볼 수 있는 특수한 결함을 지적하고 있을 따름이다. 하지만 논리에도 독특한 매력은 있다. 나는 탐정 소설의 발달을 가장 흥미 있는 논리적인 정신의 소산으로 보고 있으나, 이것은 중국에서는 전혀 발달되지 못했던 문학 형식이다. 하지만 너무 열중하여 논리적인 사고에 빠지고 말면 역시 그 약점이 눈에 띄게 된다.

서양적인 학문의 두드러진 특징은 그의 전문화와 지식을 다져 넣어 각기 다른 구획 안에 집어넣는 일이다. 논리적인 사고와 전문화가 지나친 발달을 이루고, 그에 따라 전문적인 말투도 매우 분화된 결과 철학이 정치나 경제보다 훨씬 뒤쪽으로 물러나 있고, 일반 사람 따위는 조금도 양심의 가책을 느끼지 않고 철학의 길을 지나갈 수 있다는 현대 문명의 이상한 현상이 나타난 것이다. 교육을 받은 사람일지라도 철학 따위는 있으나마나 한 '학과' 중에서도 으뜸이라는 생각을 가지고 있다. 이것은 틀림없이 현대 문화의 괴상한 변태 현상이라고 생각한다. 그 까닭인즉 인간의 마음과 일에 가장 가까워야 할 철학이 인생으로부터 가장 거리가 먼 것이 되고 말았기 때문이다. 인생에 관한 지식을 연구하는 일을 학자의 주요한 직분으로 여겨오던 그리스나 로마의 고대 문명에서는 그런 일이 없었으며, 같은 시대의 중국에서도 그런 현상은 일어나지 않았다. 그것은 현대인이 철학의 본래 제목인 생활 문제에 흥미를 느끼지 않게 되었거나, 우리가 철학의 최초의 개념에서 너무 동떨어지고 말았거나, 그 중 어느 하나의 결과가 아닌가 생각한다. 우리의 지식 범위는 매우 확대되어 각기 전문가에 의하여 성심껏 지켜지는 굉장히 많은 '부문'이 발생하게 되었으나, 철학은 인간 최고의 학문이라는 관록도 찾을 길 없이 겨우 아마도 자진해서 전문적으로 연구하려 들지 않는 한 분야로 남고 말았다. 전형적인 현대 교육의 상태는 미국에 있는 어느 대학의 다음과 같은 발표를 읽으면 알 수 있을 것이다.

대학은 다음과 같이 발표하였다. '심리학부는 호의를 베풀어, 경제학부 3학년 학생에 대하여 심리학부 4학년의 문호를 개방함.' 그리하여 경제학부 3학년의 교수는 그의 사랑하는 학생들의 앞날을 축복하여 일체의 시중을 심리학부 4학년 교수에게 맡기는 셈이지만, 한편 그의 호의에 보답하기 위해 친절어린 환영의 뜻으로 심리학부 4학년 학생이 경제학부 3학년이 성역에 들어올 것을 허락한다. 이렇듯 학생 수가 적은 학자는 차츰 몰락하여 간다. 옛날 중국의 전국시대 황제는 번속제방(藩屬諸邦)으로부터 공물을 거둬 들이기는커녕 세력도 영토도 차츰 줄어들어 겨우 성충순량(誠忠純良)하며 배고픈 소수의 백성만을 심복으로 붙들어둘 상태가 되고 말았는데, 이것은 남의 일 같지가 않다. 지식의 왕좌를 뽐낸 철학도 그럭저럭하는 사이에 그와 똑같은 꼴이 되고 만 셈이니 말이다.

지식, 그 자체는 없으면서 지식의 구획만이 있는 인간 문화의 계단에 도달했으므로 이런 일이 일어난 것이다. 전문화된 것은 있으되 하나로 종합된 것은 없다. 전문가는 있으되 인간적인 예지를 취급하는 철학자는 없다. 도가 지나친 지식의 전문화는 중국 궁정의 주방(廚房)에서 볼 수 있는 지나친 전문화와 별로 다를 게 없다.

옛날 어느 왕조가 멸망하였을 때, 어떤 돈 많은 관리가 대궐의 수랏간 숙수(요리사)로 있다가 도망쳐 온 한 여인을 요리사로 맞게 되었다. 그는 그 일이 자랑스러워 여러 곳에 있는 친구들에게 안내장을 보내고, 수랏간 숙수였던 여인의 요리 솜씨를 맛보아주면 고맙겠다는 말을 퍼뜨렸다. 초대한 날이 가까워졌으므로 그는 숙수에게 궁정 요리를 만들라고 명령하였다. 그러자 여인 편에서는 요리 같은 건 도저히 만들 자신이 없다는 뜻밖의 대답이 나왔다.

"그렇다면 넌 무슨 일을 했었단 말이냐?" 하고 관리가 묻자, "예, 저는 만두를 만드는 일을 거들고 있었습니다"라고 대답했다. "그래, 그렇다면 그날이 되거든 손님에게 대접할 맛있는 만두를 만들어다오." 헌데 숙수의 대답에는 그도 아연실색할 수밖에 없었다.

"아니요. 전 만두를 만들 줄 모릅니다. 저는 폐하에게 드릴 만두에 넣는 둥근 파를 다졌을 뿐입니다."

이와 비슷한 상태는 오늘날 인간 지식의 영역이나 아카데믹한 학문의 분야에서도 볼 수 있다. 인생과 인간성에 대해서는 극히 조금밖에 알지 못하는 생물학자가 있는가 하면 같은 분류의 정신병학자도 있다. 인류의 고대사만 알고 있는 지질학자, 문명인에 관한 일은 알지 못하나 야만인의 심리는 알고 있다는 인류학자도 있다. 어쩌다 친절한 사람이 있어서 인류사에 반영된 인간의 예지와 어리석음에 대하여 가르쳐주는 사학가도 있다. 심리학자는 곧잘 인간의 행위를 이해하는 데 도움이 될 지식을 주지만 동시에 또 루이스 캐롤은 새디스트였다는 둥, 실험실에서 닭을 실험한 결과 강렬한 소음이 닭에게 주는 영향은 심장을 뛰게 하는 데 있는 게 판명되었다는 둥, 이런 것을 발표하여 공연히 아카데믹한 것만 찾을 뿐 사실은 아무것도 아니라는 것을 폭로하는 경우도 많다. 교육심리학자는 그 설명이 잘못되었을 때에는 언제나 얼이 빠져 보이나, 옳았을 때에는 더 한층 얼이 빠져 보인다.

하지만 이 전문화되는 과정의 한편에 종합의 과정, 다시 말해서 이들 모든 부문의 지식을 한데 모아서 인생의 슬기로움이란 최고 목적에 도움이 되게 하려는 노력에 대한 필요성을 뼈저리게 느끼지 않았던 게 사실이었다. 또한 예일 대학의 인류종합학회나 하버드 대학 창립 3백주년 기념제의 식사에서 실증되었듯이 오늘날에 있어서는 어느 정도의 지식을 종합할 준비가 되었다고 생각된다. 하지만 서양의 과학자들이 보다 단순한, 보다 비논리적인 사고방법을 취하게 되지 않는 한 종합이란 실현될 수 없다. 인간의 슬기로움이란 단순한 전문적인 지식의 산더미도 아니며, 통계적인 평균치의 연구에 의하여 얻어질 수 있는 것도 아니다. 슬기로움은 오로지 견식에 의해서만 이루어질 수 있기 때문이다. 상식, 기지, 솔직 미묘한 직감이 보다 널리 골고루 퍼지게 되어야만 비로소 사람은 슬기로운 존재가 될 수 있다.

논리적인 사고와 합리적인 사고 사이에는 뚜렷한 구별이 없다. 이것은 또 아카데믹한 사고와 시적인 사고와의 차이라고 말해도 좋을 것이다. 아카데믹한 사고의 보기는 매우 많이 있으나 시적인 사고의 보기는 오늘날 전혀 찾아낼 수 없다. 아리스토텔레스와 플라톤은 놀라울 지경으로 현대적이다. 하지만 그것은 고대 그리스인이 현대인과 비슷했기 때문이 아니라, 그들이야말로 현대 사상의 조상이었기 때문이다. 아리스토텔레스에게는 인간적으로 사물을 보는 법과 생각하는 법이 있고, 중용설을 취하고 있던 점도 있으나, 분명히 현대적인 교과서를 쓴 필자의 조상이라고 할 만한 인물로 의학, 식물학, 윤리학, 정치학에 이르기까지 지식을 많은 구획으로 분리시켜놓은 최초의 인물이기도 했다. 그는 또한 그로서는 어쩔 수 없이 한 일이겠지만, 보통 사람들로서는 조금도 알 수 없는 아카데믹한 잠꼬대를 입에 담기 시작한 최초의 인물이기도 했다. 하지만 잠꼬대가 심한 것으로 따진다면 도저히 오늘날 미국의 사회학자, 심리학자를 따를 수는 없다.

플라톤은 진정한 인간적인 통찰력을 가지고 있던 사람이다. 그

역시 신(新)플라톤학파에서 볼 수 있는 것 같은 관념이나 추상적인 개념을 숭배하게 만든 책임자이다. 죄가 없다고는 할 수 없다. 이 추상적인 관념을 숭배하는 전통은 보다 통찰력이 풍부한 인물에 의하여 완화되는 일 없이 오히려 관념이나 이데올로기가 독립적으로 존재하고 있는 듯한 투로 논하고 있는 학자들 사이에 전해지고 있다. 오직 최근의 심리학은 '이성', '의지', '감정'의 물 샐 틈 없는 구획을 쳐부수고 중세의 신학자에 있어서는 엄연한 실체였던 '심령'을 없애는 일에 조력하였다. '심령'은 죽이고 말았으나, 한편 우리들의 사상을 제압하는 이상한 사회적·정치적인 슬로건은 수없이 난립하게 되었다. '혁명파', '반혁명파', '부르주아', '자본주의―제국주의자', '탈주파'(脫走派) 따위. 또 '계급'이니, '운명'이니, '국가'니 하는 똑같은 것을 창조하고 개인적인 자유를 말살시키는 방향으로 논리적인 행진을 계속하고 있는 중이다.

　인생을 분명하게 파악하고 인생을 전체로서 바라볼 수 있는 참신한 사고 방식, 보다 재미있는 사고 방법이 오늘날에 와서는 지극히 요망되고 있다고 나는 생각한다. 고(故) 제임스 하비 로빈슨이 경고했듯이 '사상을 종전보다 훨씬 높은 수준으로 끌어올리지 않는다면 문명에 있어 어떤 후퇴가 오리라는 것은 피할 수 없는 일이다. 구안(具眼)의 관찰자는 극히 솔직하게 이와 같은 확신을 말하고 있다.' 또한 로빈슨 교수는 현명하게도 다음과 같이 갈파하였다. '실직(實直)과 달식(達識)은 서로 시기하고 있는 듯하나

이윽고 친구도 될 수 있을 것이다.' 현대의 경제학자와 심리학자는 양심적인 실직은 지나칠 정도로 지니고 있으나, 달식이 결여되어 있는 듯한 생각이 든다. 이곳이 윤리를 인간적 사상에 적용할 위험성이 있는 곳이어서 이 점을 크게 역설해야 한다. 근대에 있어서의 과학적 사고의 힘과 위세는 너무나 컸다. 그러므로 각종 아카데믹한 사고는 온갖 경고에도 불구하고 인간 정신은 하수도와 마찬가지로 연구할 수 있다느니, 인간의 사고의 파동은 라디오의 전파와 마찬가지로 측정할 수 있다느니 하는 따위의 천박한 신념을 지니고 끊임없이 철학의 영역으로 침투했다. 그러므로 우리의 일상의 사고는 얼마만큼 교란당한 정도에 그쳤으나, 실제 정치에 있어서는 비참한 결과를 초래하고 말았다.

상식으로 되돌아가라

중국인은 '논리적 필연'이란 말을 싫어한다. 인간적인 사상에 논리적 필연이란 없기 때문이다. 중국인이 논리를 불신임하는 것은 우선 말에 대한 불신임에서 비롯하여 더욱 정의를 혐오하게 되고, 마지막으로 온갖 체계와 이론에 대하여 증오하게 되었다. 까닭인즉 말과 정의와 체계가 있었기에 철학의 여러 학파가 생겼기 때문이다. 철학의 타락은 말에 몰두하는 것에서 비롯되었다. 중국의 학자인 공정합(龔定盦)은 말하였다. "성현(聖賢)은 말하지 않고 능자(能者)는 말하며, 우자(愚者)는 논(論)하도다." 헌데 이런 말을 한 그 자신은 매우 논쟁을 좋아하였다니 흥미로운 이야기다.

성현과 능자 사이에는 서로 다른 점이 있다. 다시 말해서 성현은 스스로가 직접 체득한 인생에 대해서 말하지만 능자는 성현의 말에 대해서 말하며, 우자는 능자의 말을 서로 논할 따름이다. 고대 그리스의 궤변학자 중에는 말을 주고받는 놀이 그 자체를 흥겨워한 순진한 담론자가 있었다. 지식에 대한 사랑에서 비롯된 철학이 말에 대한 사랑으로 변하고 궤변학적인 경향이 커져감에 따라 철학과 인생과의 거리는 점점 더 커져가기만 했다. 시간이 흐름에 따라 철학가는 점점 더 많은 말을 사용하고 더욱더 긴 문장을 쓰기 시작하였다. 인생을 풍자하는 경구는 문장으로 바뀌고, 문장은 논증으로, 논증은 논문으로, 논문은 평석(評釋)으로, 평석은 철학적인 연구로 자리를 양보하게 되고, 또한 사용하는 말을 정의하고 분류하느라고 더욱더 많은 말이 필요하게 되었으며 기성학파로부터 떠나서 그 파와 다르게 보이기 위하여 더욱더 많은 학파를 필요로 하게 되었다.

이와 같은 과정은 어디까지 가도 끝날 줄을 모른다. 드디어 생활을 직접 가까이 느낄 수 있는 감정이나 각식(覺識)은 완전히 자취를 감추고, 오히려 속인들이, "도대체 당신은 무슨 이야기를 하고 계십니까?"라고 역습할 권리를 갖게 되었다.

하지만 그 뒤의 사상사를 통하여 괴테나 사무엘 존슨, 에머슨,

윌리엄 제임스 같은 인생 그 자체를 직접 체험한 소수의 독립된 사상가는 저 담론자가 지껄이는 투의 잠꼬대를 배척하고 완강히 분류적인 정신에 반대를 계속하였다. 그도 그럴 것이 그들이야말로 인생에 있어서 지식이 되는 철학의 참다운 의의를 유지하여 준 현철(賢哲)이었기 때문이다. 그들은 대개의 경우 의논을 집어치우고 경구를 쓰기로 하였다. 경구로 말을 할 능력을 잃었을 경우에는 짧은 글을 썼다. 짧은 글로 분명히 표현할 수 없을 경우에는 의논을 시작하였다. 의논을 하여도 진의를 나타낼 수 없을 경우에야 비로소 논문을 쓰기 위해 붓을 들었다.

인간이 말을 사랑하는 일은 무지로 빠지는 첫걸음이며, 정의를 사랑하는 일은 무지로 빠지는 두 번째 걸음이다. 분석을 세밀하게 하면 정의는 더욱 많아지며, 정의가 많아지면 더욱더 불가능한 논리적인 완성을 보게 되지만, 이 같은 노력은 무지하다는 걸 나타내는 표시에 불과하다. 말은 인간 사상의 재료이므로 정의를 내리려고 하는 노력은 여간 특수한 마음가짐이 아니고서는 안 된다. 소크라테스는 유럽의 정의광(定義狂)들의 원조였다.

다만 위험한 것은 정의를 내린 말의 의의를 안 다음, 그 정의에 사용된 말에다 또 정의를 내려야만 되는 일이다. 다시 말해서 마지막에는 인생 그 자체를 정의하고, 또는 표현하는 말 이외에 다른 말을 정의하는 다른 종류의 말을 가져야 하는 셈이므로 결국은 그 편이 철학가들의 주요 관념이 되고 마는 것이다. 바쁜 말과 한가한 말, 일상 생활에 쓰이는 말과 철학가의 연구실에서만 쓰이는 말 사이에는 분명히 구별이 있으며, 소크라테스와 프란시스 베이컨의 정의와 현대 교수들의 정의 사이에도 또한 구별이 있다. 인생을 가장 뼈저리게 느꼈던 셰익스피어는 일체의 정의를 내리려고 하지 않았다. 정의를 내리려고 하지 않았으므로 그의 말에는 다른 작가에게선 볼 수 없는 실체(實體)가 구비되어 있다. 그의 어법에는 오늘날의 작가에게는 흔히 볼 수 없는 인간적인 비극과 장엄이 붙어 넣어져 있다. 우리는 셰익스피어에게 어떤 특수한 여성관을 실토시킬 수 없듯이 그의 말을 특정한 기능에 고정시켜놓을 수도 없다. 그도 그럴 것이 정의란 인간의 사상을 숨막히게 하고, 인간 그 자체의 특질인 공간적인 색채를 말살하기 쉽기 때문이다. 대체로 정의란 이와 같은 성질을 지니고 있다.

헌데 만약 말이 아무래도 표현 과정에 있는 사상을 훼방하는 것이라면 체계를 사랑한다는 것은 인생의 예민한 지각에 한층 더 치명적인 장애가 된다. 체계란 진리에 대한 사팔뜨기에 불과하다. 체계가 논리적으로 발전하면 할수록 사팔뜨기는 더 심해진다. 인간은 가끔 진리를 인정하면서도 오로지 그 한쪽만을 보고 그것을 한 개의 완전한 논리적 체계로 발전시키고 승격시키려고 하는 것이지만, 철학이 점점 더 인생으로부터 멀어지는 운명에 놓여 있는 이유의 하나는 바로 여기에 있다. 진리를 말하는 것은 말하는 것에 의하여 진리를 해치고, 진리를 실증하려고 하는 것은 실증하려고 하는 것에 의해 진리를 해치고 또 왜곡시킨다.

진리에 상표를 붙이고 유파(流派)의 이름을 쓰는 사람은 진리를 죽이고, 스스로 신봉자라고 말하는 이는 진리를 땅 속에 묻어 버린다. 그러므로 어떠한 진리라도 일단 체계가 된 것은 세 번이나 죽어서 묻힌 진리이다. 그를 장사 지낼 때 합장자(合葬者) 일동이 부르는 만가(挽歌)는 '우리는 모두 옳고 그대는 온통 그르느니라'라는 문구이다. 어떤 진리를 장사 지내느냐 하는 것은 전혀 문제가 되지 않고, 장사 지낸다는 그 사실이 중요하다. 까닭인즉 진리는 이렇듯 옹호자의 수중에서 괴로워하며 옛날이나 지금이나 철학의 온갖 유파는 '우리는 모두 옳고 그대는 온통 그르느니라'라는 한 가닥 증명을 하기에 분주하기 때문이다.

독일인은 그들이 자랑으로 삼는 근본성이라는 것을 내세우고 진리를 증명하기 위하여 대논저(大論著)를 쓰지만, 결국은 진리를 당치도 않은 어리석은 것으로 만들고 만다.* 그들이야말로 진리에 대한 최악의 모독자라고 할 수 있으리라. 하지만 대개의 서양 사상가들에게서는 이와 비슷한 사고의 질환을 인정할 수 있다. 추상적이 되면 될수록 증상은 더욱더 악화되게 마련이다.

이와 같은 비인간적 윤리의 결과로서 비인간적인 진리가 나타난다. 오늘날의 철학은 인생 그 자체와는 더욱더 거리가 먼 것이 되고, 생의 의의와 생활의 지식을 가르치려고 하는 의도는 거의 포기되고 말았다. 이와 같은 철학은 우리가 철학의 가장 중요한

---

* 어느 독일의 학자는 논문 모두를 걸고 천재란 눈을 과로하게 한 결과임을 증명하려고 하였다. 슈펭글러가 박식함을 자랑하고 있는 것은 화려하나, 그의 추리는 유치하며 소박하다.

것으로 인정하는 인생에 대한 친밀감 혹은 생활의 지각을 잃고 만 것이다. 윌리엄 제임스가 스스로 '경험의 요소'라고 부른 것은 인생에 대한 이런 친근감이다. 내가 보는 견해에 의하면 장차 윌리엄 제임스의 철학과 논리는 현대의 서양적인 사고법에 더욱더 파괴적인 힘을 가지게 될 것이다. 오늘날 서양 철학을 인간적인 것으로 하려고 마음을 먹는다면 우선 서양 논리를 인간적인 것으로 만들지 않으면 안 된다. 오직 정확하고 논리적이며, 논리 정연케 하려는 것보다 더욱 정열적으로 현실과 접촉하고 인생과 접촉하며, 특히 인간성과 접촉하려는 사고 방식으로 되돌아가지 않으면 안 된다. '나는 생각한다. 고로 나는 존재한다'는 유명한 데카르트의 발견 속에서 전향적으로 나타나 있는 사고의 질병을 없애고 '나는 존재한다. 있는 그대로 충분하다'라고 말하는 휘트먼의 보다 더 인간적이며 현명한 생각으로 옮아가지 않으면 안 된다. 인생, 다시 말해서 실체는 논리 앞에 무릎 꿇고 자기의 존재와 실재를 증명해 달라고 애걸할 필요가 없다.

윌리엄 제임스는 무의식중에 중국인이 생각하는 투의 사고 형식을 실증하고 옹호하는 데 온 생애를 바쳤다. 하지만, 윌리엄 제임스가 만약 중국인이었다면 소요되는 학설의 논문 연구에 그렇듯 많은 말을 쓰지 않았을 것이다. 단지 3백 단어나 5백 단어의 수필이나 한가로운 일기 형식의 수기에, 이러하기 때문에 이렇게 믿는다고 쓰는 걸로 그쳤을 것이다. 말을 많이 쓰면 오해를 받을 두려움도 많아지므로, 그는 말 그 자체에 대하여 겁쟁이가 되었을 것이다. 하지만 윌리엄 제임스에게는 예민한 인생에 관한 지식과 인간적인 경험의 다양성과 기계론적인 합리주의에 대한 반역이 있었다. 그는 또 사상을 끊임없이 유동시키려고 노력하였다. 그리고 나야말로 절대적이고 보편적이며 본원적인 진리를 발견했다고 생각하고 그것을 혼자만의 체계 속에 집어넣고 말려는 인간에게 안타까움을 느꼈다. 이런 점에서 그는 틀림없는 하나의 중국인이었다. 그는 또 예술가의 지각적인 현실감은 개념적인 현실감보다 훨씬 중요하다고 주장한 점에서 중국인이었다. 진실한 철학가란 감수성을 최고 초점으로 하여 생명의 흐름을 지켜보고, 신기하고 이상한 역설이나 모순, 원칙에 맞지 않는 알 수 없는 예외에 부딪치면 영원히 놀라움을 느끼는 마음가짐이 준비되어 있는 사람을 말한다. 체계를 인정하지 않는 것은 정확하지 않아서가 아니라 체계를 세웠다는 바로 그 이유 때문에 용납되지 않는 것이다. 이와 같은 태도는 온갖 서양 철학의 학파에 대하여 파괴적인 힘을 지니고 있다. 실제로 그가 말했듯이 우주의 일원관과 다원관의 상위점은 철학사상 가장 함축성 있는 점이다. 그는 철학으로 하여금 화려한 공중누각을 잊게 하였으며, 인생 그 자체로 되돌아갈 수 있게 하였다.

공자는 이렇게 말했다. "진리란 인간에게서 떨어져선 안 된다. 만약 진리라고 인정되는 것이 인간으로부터 떠난다면 그걸 진리로서 인정해서는 안 되느니라." 거듭 공자는 제임스의 입에서라도 나올 듯한 기지에 가득 찬 말로 "진리가 인간을 위대하게 만드는 것이 아니라 인간이 진리를 위대하게 만드느니라" 하였다. 하지만, 세계는 삼단논법(三段論法)이나 의논(議論)이 아니라 실재이다. 우주는 말하지 않고 오직 살아 있는 존재이다. 우리는 논의하지 않고 오직 존재할 따름이다. 영국의 어느 천재적인 소질이 있는 저술가의 말을 빌면, "이성은 신비의 한 항목에 지나지 않는다. 훌륭하기 그지없는 의식의 등 뒤에서 이성과 회의가 서로 얼굴을 맞대고 있다. 논리적인 필연은 썩었도다. 하지만 회의와 희망은 사이가 좋다. 우주에는 야성(野性)이 있고, 매의 날개처럼 날짐승의 냄새가 난다. 하지만, 그건 불행한 일이 아니다. 대자연은 온통 기적이다." 나는 생각한다. 서양식인 논리학자에게 필요한 것은 얼마간의 겸손이라고. 그들을 구하는 길은 오로지 헤겔식의 자만을 고치는 데에만 있다.

경우 있게 하라

논리와 좋은 대조를 이루는 것에 상식이 있다. 상식이라고 하기보다 '경우'라고 하는 편이 이해하기 쉬울 것이다. 경우를 중히 여김은 인간 문화에 있어 가장 건전한 최고 이상이라서 경우를 아는 사람은 으뜸가는 문화인이라고 생각한다. 누구나 완전무결할 수는 없다. 다만 경우 있게 구는 믿음직한 인간이 되도록 노력할 따름이다. 실제로 나는 세계의 사람들이 개인적인 문제이건 국가적인 문제이건 이 정신을 터득하는 시대가 올 것을 손꼽아 기다리고 있다. 경우를 아는 국민은 평화로운 생활을 하며, 경우를 아는 부부는 행복하게 살 수 있다. 딸의 신랑감을 고르려면 기준은 단한 가지뿐이다. 상대방이 경우를 아는 사람인가 아닌가. 절대로 싸움을 하지 않는 완전한 부부란 상상조차 할 수 없다. 오직 경우를 따져서 다투고 경우 있게 화해할 수 있는 부부를 상상할 수 있을 따름이다. 경우 있는 인간 세계에서만 평화와 행복을 즐길 수 있다. 경우를 따지는 시대라고나 할까, 그런 시대가 언제고 온다면 그야말로 평화로운 시대이며, 경우 있는 정신이 널리 골고루 퍼진 시대일 것이다.

인생에 있어서 경우를 소중히 여기는 정신은 중국이 세계에 제공해야만 할 최선의 것이다. 중국의 군벌들이 50년이나 앞날의 세금을 국민으로부터 요구하는 것을 경우 있는 정치법이라고는 할 수는 없다. 하지만 어쨌든 이 정신이야말로 중국 문화의 핵심이며, 그 최선의 측면이다. 나의 이와 같은 발견은 우연히 오랫동안 중국에 살았던 두 사람의 미국인에 의해 확인되었다. 그 중의 한 사람이며 30년이나 중국에 머물렀던 미국인은 중국의 온갖 사회생활은 강리(講理, 도리를 말한다)라는 말에 기초를 두고 있다고 말한다. 중국인이 싸움에서 마지막 결판을 내는 말은 '이봐, 그게 도리에 맞는단 말이냐!'이다. 누구나 곧잘 하는 가장 통탄할 만한 선언은, 부강리(不講理) 같은 놈이라는 것, 다시 말해서 '경우에 맞지 않는 말을 하는 놈이다'라는 한마디다. 자기가 '경우에 맞지 않는 일'을 인정하게 되면 이미 싸움에서 진 것이다.

인간미가 있는 사고 방법이란 경우를 아는 사고 방법이라는 뜻이다. 논리적인 인간은 항상 자기를 정당하다고 여긴다. 그러므로 인간적일 수 없고, 그렇기 때문에 잘못되어 있다. 그런데 경우를 아는 인간은 혹시나 자기가 잘못되지나 않았나 의심을 한다. 그러므로 항상 올바른 것이다. 편지의 추신(追伸)에는 이 두 가지의 대조가 나타나는 일이 있다. 나는 항상 친구가 보내주는 편지의 추신을 아끼고 있으나 본문과 전혀 모순된 말을 쓴 추신은 특히 재미있다. 추신 중에는 본문을 쓴 뒤에 가슴에 손을 얹고 여러 가지 세상에서의 경우에 비춰 보아서 생각한 일이나 망설임이나 기지나 상식이 섞여 있다. 어떤 명제를 긴 논의로 증명하려고 안간힘을 쓴 뒤에 갑자기 어떤 직각(直覺)에 부딪쳐서 상식이 떠올랐으므로 지금까지의 논의는 온통 허물어지고 자기가 잘못되었음을 인정한다 — 이런 사람이야말로 온정 있는 사상가이다. 또 이와 같은 사고 방법이야말로 내가 말하는 인간미 있는 사고 방법이라는 것이다.

편지의 본문에서는 논리적인 인간으로서 말하고 그 추신에서는 참다운 인간적 정신과 경우를 분간한 사람으로서 말하고 있는 편지를 상상할 수 있다. 지금 어떤 아버지가 여자대학에 입학시켜 달라고 졸라대는 딸에게 편지를 쓰고 있다고 하자. 그는 붓을 들고 왜 딸을 대학에 보낼 수 없나 하는 이유를 첫째, 둘째, 셋째로

조목조목 말하고 누가 보아도 그렇구나 하고 생각할 수 있을 만한 여러 가지의 논거(論據)를 적어놓는다. 논리 정연하게 늘어놓아, 반문할 여유라곤 추호도 없다. 다시 말해서 현재 이미 오빠 셋을 대학에 보내고 있으며, 어머니가 병이 났으니 누군가 시중을 들어야 하지 않겠니 하면서, 그 밖에도 여러 가지를 적어 넣었다. 한데 편지 맨 마지막에 이름을 쓰고는 간단한 글귀를 한 줄 적어 넣는다. '얘, 괜찮다. 주리야, 올 가을에 입학할 셈으로 준비를 해놓아라. 어떻게 해볼 테니.'

혹은 또 아내에게 편지를 써서 이혼할 뜻을 적어 보내려고 하는 남편의 경우를 상상해보자. 그럴 듯한 이유는 얼마든지 있다. 첫째, 그녀는 남편에 대하여 성실성을 잃고 있었다. 둘째, 남편이 집에 들어왔을 때 따뜻한 음식을 대접한 일이 없다는 등 모두 당당하고 그럴 만한 이유이며, 정당하다고 생각되는 것도 있다. 만약 변호사를 댄다면 논리는 한층 더 완전해지며, 사정은 한층 더 정정당당하게 되는 셈이다. 한데 편지를 다 써놓고 보니 갑자기 마음이 변하여 간신히 알아볼 수 있을 만한 글씨로, '제기랄, 사랑하는 소피여! 나야말로 정말 형편없는 사람이야. 꽃다발을 들고 집으로 돌아갈게'라고 갈겨썼던 것이다.

이 양쪽 편지의 본문에 있는 논의는 아주 완전하며 옳다. 말하고 있는 이는 하나의 논리적인 인간이다. 한데 추신에서 말하고 있는 것은 참다운 인간적인 정신 — 인간적인 아버지와 인간적인 남편이다. 조금만 경우를 아는 사람이라면 쓸데없이 까다로운 논의 때문에 골치를 앓지 않고 서로 반대되는 충동과 감정과 욕망이 끊임없이 변화하는 바다 가운데서 건전한 균형을 잡도록 노력해야만 하며, 그것이 인간으로서의 정신적인 의무이다. 우리를 진실하게 만들어주는 것이 진실이라는 것은 인간 세계에 있어서의 진리의 모습이다. 공박할 여지가 없는 논의에는 인정이라는 게 맞서며, 정당한 것일지라도 애정 앞에는 약한 법이다. 그러므로 가장 확신이 가는 데도 불구하고 논리에 들어맞지 않는다고 할 때가 흔히 있다. 법률조차도 그가 주장하는 절대적 정의의 불완전함을 인정하고 있다. 법률은 때로 조문의 '조리해석'(條理解釋)으로 되돌아가지 않으면 안 될 경우가 있고, 최고 행정장관에 사면권을 주고 있는 것을 보면 충분하다 — 에이브라함 링컨은 어느 어머니의 아들에 대해 이 사면권을 매우 효과 있게 행사하였다.

이렇듯이 경우를 중히 여기는 정신은 온갖 사고 방법을 인간적인 것으로 하며, 우리들 자신이 정확하다는 것에 대한 확신을 감퇴시킨다. 그것은 우리들의 관념을 원숙하게 하며, 행위에 있어 모가 난 곳을 둥글게 만들어준다. 여기에 대립되는 것은 사상과 행위 — 개인 생활, 국가 생활, 결혼, 종교, 정치에 있어서의 온갖 종류의 광신과 독단이다. 나는 감히 주장하는 바이지만, 중국에는 지적인 광신과 독단론이 다른 어느 나라보다 적다. 중국의 폭도는 매우 흥분하기 쉬운 면도 있으나(1900년의 권비(拳匪)가 그 실례), 경우를 분별하는 정신은 중국의 전제군주제, 종교 또는 소위 부인의 억압을 매우 인간미 있는 것으로 만들었다. 또한 이런 일들은 모두 얼마간 조건부로 받아들이지 않으면 안 되지만 어쨌든 틀림없는 일이다.

경우라는 것이 중국의 황제, 신(神), 남편을 단순한 인간으로 끌어내리고 말았다. 중국의 역사가와 황제는 하늘의 명령에 의해 통치하는 것이며, 실정(失政)하였을 경우에는 '하늘의 명령'에 의하여 권리는 잃는다는 이론을 발전시켰다. 황제가 악정(惡政)을 펼 경우에 우리들은 사정없이 목을 베고 만다. 지난날 수없이 흥하고 망한 그 많은 왕조의 왕이나 황제의 목을 너무도 많이 베었으므로 그들이 신성하다거나 반신적(半神的)이라는 것은 도저히 믿을 수 없다. 중국의 성현은 신으로 모셔지지 않고, 오직 지식의 스승으로서 추앙을 받았을 따름이다. 또 중국의 신은 완전무결한 전형이 아니라 중국의 관리와 마찬가지로 돈의 힘으로 어떻게든 할 수 있는 썩어 빠진 족속이어서 아첨이 통하는가 하면 뇌물도 통한다는 것이다. 중국에서는 경우에 어긋난 일은 곧 부친인정(不親人情, 인간성으로부터 동떨어진 것)이라는 낙인이 찍히고 만다. 너무나 성인인 체하며 완전무결한 인간은 마음속에 이상이 있다고 여기고 반역자 취급을 당하는 일조차 있다.*

이런 관점에서 오늘날의 유럽을 살펴본다면 경우대로 지배되고 있다고는 말할 수 없으며, 경우에 따라 하지 않을 뿐더러 이성조차 통하지 않고 오히려 광신적인 정신에 의하여 지배되고 있다.

* 이 생각은 사회개량주의자의 승상인 왕안석(王安石)을 비난한 논문에 나타나 있다. 그 필자는 소동파의 부친이라고도 전해지고 있다.

오늘날 유럽의 실정을 보면 누구나 신경과민이라는 느낌이 든다. 단지 국가의 목적에 대한 충돌이 있다든가, 국경 문제나 식민지를 요구하는 마찰이 있다든가, 그런 일만이 원인은 아니다. 그런 일들만이라면 이성으로 판단하여 충분히 처리할 수 있을 것이다. 한데 좀처럼 그렇게 되지 않는 것은 그 근원이 더 깊고, 오히려 유럽의 통치자라는 사람들의 정신 상태에서 빚어졌기 때문이다. 이를 다른 일로 비유해서 말한다면, 낯선 도시에서 택시를 탔으나 갑자기 운전수를 신용할 수 없게 되어 불안감 속에 사로잡히고 만 일과 같다. 운전수가 지리에 어둡고 정확한 노선으로 손님을 목적지까지 모시지 못한다면 다소 납득이 가는 이야기겠지만, 운전수가 무슨 이상한 말을 중얼거리는 소리가 자리에 앉아 있는 손님 귀에 들려, 이 사람이 과연 올바른 정신의 소유자인가 하는 의심을 하게 만들면 그야말로 곤란한 문제다. 하지만 정신이 이상한 운전수가 권총을 가지고 있어 손님이 차에서 내릴 기회가 없다면 신경과민증은 극도로 심해진다. 그러나 인간 정신의 이런 희화는 인간 정신의 진짜 모습은 아니다. 이제 그는 온갖 나쁜 병의 물결에 휩쓸리듯 마침내 자기 자신을 불태워버리고 말 단순한 착란 상태, 일시적인 발광의 단계에 서 있게 된 셈이다. 이렇게 믿을 만한 까닭이 내게는 있다. 인간의 정신의 힘이란 원래 한정이 있는 것이긴 하지만 무모한 유럽의 운전수의 지능보다는 무한히 높은 그 무엇이기에 언젠가는 평화스러운 생활을 즐길 수 있을 때가 오리라고 생각한다. 왜냐하면 인류는 앞으로 머지않아서 경우에 입각하여 사물을 생각하는 일을 배우게 될 것이기 때문이다.

이렇게 믿을 만한 이유가 우리에게는 있다.

옮긴이의 말

이 책은 중국의 유명한 작가이며 문명 비평가이기도 한 린위탕 (林語堂)의 대표작 『생활의 발견』(*The Importance of Living*)을 우리 나라의 새로운 독자들이 읽기 편하도록 옮겨놓은 책이다.

여기서 우선 저자인 린위탕에 대해 간단하게 소개하면, 그는 중국 푸젠(福建) 성 룽시에서 태어났으며 아버지는 그리스도교 장로회 목사였다. 때문에 그는 태어나면서부터 엄격한 그리스도교도로서 교육을 받았고 전통적인 중국 문화와는 거리가 먼 생활을 해야만 했다.

그는 신학교를 졸업하기는 했으나, 그리스도교에 회의를 갖게 되어 신앙을 버리고 미국의 하버드 대학, 독일의 라이프치히 대학에서 유학, 라이프치히 대학에서 언어학 박사 학위를 받았다. 귀국 후 베이징 대학, 칭화(清華) 대학, 베이징 여자사범 대학 등에서 강의했다. 1936년 미국으로 건너가 뉴욕에서 『뉴욕타임스』 특별기고가로 활약하는 한편 중국에 관한 다수의 영문 평론을 발표했다.

그의 저서에는 애초부터 영문으로 쓴 것과 중국어로 쓴 것들이 있는데, 그 중 중요한 것들을 들어보면, 1935년 수많은 영문 저서의 첫 번째인 『내 나라 내 민족 *My Country and My People*』을 출간했다. 그 후 3대에 걸친 북경의 상류 가정을 그린 『북경호일(北京好日) *Moment in Peking*』(1937), 그 속편으로 항전(抗戰) 중국을 그린 『폭풍우 속의 나뭇잎 *A Leaf in the Storm*』(1941), 그리고 이 역서의 원본인 『생활의 발견 *The Importance of Living*』(1940) 등은 영문으로 출간된 책들 가운데 대표적인 것들이고, 『전불집(剪拂集)』(1924), 『대황집(大荒集)』(1934), 『아적어(我的語)』(1935) 등이 중국어로 쓰여진 그 대표적인 저서이다.

린위탕은 그 저서를 보아도 알 수 있듯이 동서양의 문화를 한 몸에 흡수한 보기 드문 석학으로서, 『생활의 발견』을 읽으면 그의 지식이 얼마나 광범하고 치밀한가를 잘 알 수 있다. 그러나 원서를 완역한다는 것은 너무나 방대하여 이 책 전문 13장 가운데에서 중요한 내용이 담겼다고 생각되는 8장만을 간추려 옮겨놓았다.

옮긴이가 사용한 텍스트는 국립도서관에 소장되어 있는 1957년에 영국에서 출간된 원본을 빌려 썼으며, 일본의 창원사(創元社)에서 간행된 판본승 씨 번역의 일본어 번역본을 참고로 삼았는데, 일본어 번역본은 상당히 여러 곳에 분명한 오역이 있음을 발견하였으며, 특히 중국의 원전에서 인용한 대목은 너무나 난해하게 옮겨져 이를 참고로 하지 않고, 린위탕의 영문 해석에 따라 무슨 뜻인지 그 뜻을 정확하게 알 수 있도록 노력했음을 밝혀둔다.

린위탕이 쓴 영문을 읽어보면 참으로 유려평이(流麗平易)하여 마치 유유히 흐르는 강물을 보는 듯한 느낌이 들며, 이렇게 아름답고 쉽게 읽혀지는 글이란 참으로 드물다는 생각을 하게 된다. 그래서 옮긴이는 미숙하나마 원문이 지니고 있는 유려함을 그대로 우리말로 옮겨보려고 애를 쓴 것도 사실이며, 고생한 보람이 있어서 독자 여러분들에게 마음의 부담 없이 쉽게 읽힐 수 있다면 이에 더한 다행이 없다고 생각한다.

—안동민

옮긴이 **안동민**

서울대학교 문리대 국문과 졸업

경향신문에 장편소설『聖火』당선(1951년)

조선일보 신춘문예『밤』입선(1953년)

저서

장편소설『生』,『숙영낭자전』

작품집『문』,『益春』,『어느 날의 아담』

동화집『이상한 꿈』

역서

고골리『죽은 혼』, 입센『인형의 집』

헤밍웨이『해는 또다시 뜬다』

에밀리 브론테『폭풍의 언덕』, 린위탕『내 나라 내 국민』

존 파울즈『콜렉터』외 다수

생활의 발견

1판 1쇄 발행 1968년 2월 20일

2판 1쇄 발행 1999년 9월 10일

3판 재쇄 발행 2023년 4월 1일

지은이 린위탕(林語堂) | 옮긴이 안동민

펴낸곳 (주)문예출판사 | 펴낸이 전준배

출판등록 2004. 02. 12. 제 2013-000360호 (1966. 12. 2. 제 1-134호)

주소 04001 서울시 마포구 월드컵북로 21

전화 393-5681 | 팩스 393-5685

홈페이지 www.moonye.com | 블로그 blog.naver.com/imoonye

페이스북 www.facebook.com/moonyepublishing | 이메일 info@moonye.com

ISBN 978-89-310-0413-7 03840